**BEST**SELLER

**José Calvo Poyato** (Cabra, Córdoba, 1951) es catedrático de Historia y ha simultaneado la docencia con la investigación. Se doctoró con una tesis sobre los señoríos en el paso del siglo XVII al siglo XVIII, período que, centrado en el reinado del último Austria, Carlos II, y el primero de los Borbones, Felipe V, constituye la mayor parcela de su labor investigadora: *La guerra de Sucesión* (1988), *Así vivían en el Siglo de Oro* (1989), *De los Austrias a los Borbones* (1990), *Carlos II el Hechizado y su época* (1992) y *Felipe V, el primer Borbón* (1993). Ha realizado asimismo investigaciones sobre aspectos de la segunda mitad del siglo XIX, recogidos en *Conflictividad social en Andalucía* (1981), *Los Orléans en España* (1998) y *El desastre del 98* (1998). Además ha publicado también las novelas de base histórica: *Conjura en Madrid* (1999), *La Biblia negra* (2000), *El hechizo del rey* (2001) y *Jaque a la reina* (2003), que han cosechado un gran éxito de crítica y público.

Biblioteca

# JOSÉ CALVO POYATO

## El manuscrito de Calderón

DEBOLSILLO

Diseño de la portada: Departamento de diseño de Random House Mondadori
Fotografía de la portada:© Michael Freeman/Corbis

Primera edición en DeBOLS!LLO: noviembre, 2005



Printed in Spain – Impreso en España

ISBN: 84-9793-777-5 (vol. 421/5)
Depósito legal: B. 43.332 - 2005

Fotocomposición: Lozano Faisano, S. L. (L'Hospitalet)

Impreso en Litografia Rosés, S. A.
Progrés, 54-60. Gavà (Barcelona)

P 837775

Estas aventuras de Pedro Capablanca y fray Hortensio Algodonales son una ficción ambientada en el marco histórico de la España de Carlos II. Deseo manifestar mi agradecimiento a los amigos que siempre me animan y a mis lectores por su fidelidad. Y a Cristina, a Helena y a Alonso por el tiempo que no les di para dedicárselo al pesquisidor.

El Autor

# 1

Los alguaciles habían recibido instrucciones muy concretas ante los problemas que provocaban ciertos excesos. El ambiente que se respiraba no era propicio para que la autoridad ejerciese sus funciones con severidad, y el corregidor había reunido a los alcaldes de Casa y Corte para que advirtiesen a todos los hombres a su cargo que hicieran la vista gorda ante determinados incumplimientos de la ley. La situación requería mucha paciencia y no poca habilidad porque la tensión era tan fuerte que cualquier asunto menor podía encender la chispa de un altercado, cuyas últimas consecuencias nadie era capaz de prever en las circunstancias que se vivían.

Bastante tenían las autoridades con que no se repitiesen los problemas de desabastecimiento de pan y otros productos de primera necesidad que el vecindario había sufrido hacía pocas fechas. Los esfuerzos deberían concentrarse —el corregidor lo había dejado muy claro— en que llegasen de los dos Carabancheles, de Valdemoro y de Pinto las carretadas de pan suficientes para cumplir con el abasto que los panaderos de la corte no podían suministrar. También había insistido en que se extremase la vigilancia del tropel de ociosos y desocupados que pululaban por las calles y que eran un peligroso elemento para calentar cualquier algarada que se pudiese producir. No había sido más explícito, pero sus palabras fueron rotundas: «Las cosas están mucho peor de lo que vuesas mercedes puedan imaginar».

Había recomendado una especial atención a los grupos de veteranos que andaban, por todos los rincones de Madrid —mostrando unas agallas que no tuvieron con los portugueses en la rota de Extremoz—, desafiantes con las gentes más indefensas, a las que amenazaban y vituperaban si no se sometían a los dicterios de su arbitrio.

Las rondas nocturnas de alguaciles se preparaban para sus cotidianos paseos con el objeto de asegurar el necesario descanso a los vecinos y de evitar en lo posible los altercados que durante la noche solían producirse por los más variados motivos. Eran frecuentes los ajustes de cuentas, así como los encargos de apaleos y otros crímenes mayores. En las últimas semanas se habían sufrido, además de los atracos y hurtos comunes a una capital como Madrid, dos robos sonados. Uno en la casa de un hombre de negocios —mercader de paños de Flandes y banquero—, Juan de Arteta, donde, después de malherir a dos de sus criados, se llevaron la suma de dos mil y quinientos ducados que estaban en un arca, dispuestos para el pago de una partida de encajes venidos de Brujas. El otro, en casa del duque de Osuna, en la quinta que el noble poseía en la alameda de su nombre, donde a falta de buenos doblones los autores del latrocinio arramblaron con la plata que encontraron, llevándose piezas de la vajilla, candelabros, cubertería y otros objetos de adorno. Los rumores apuntaban a que por lo bajo, una vez fundida, aquella plata podía amonedarse en no menos de cinco mil ducados.

Pese a las pesquisas nada se había sacado en claro. Aquel fracaso de la autoridad, sin duda, daría alas a los malhechores para próximas actuaciones, alentados con la impunidad en que quedaban sus crímenes.

Una de las rondas formada por dos alguaciles y cuatro corchetes, pertrechada convenientemente con sus fanales, bujías, mechas y otros adminículos de alumbrar, y armada como si de entrar en combate se tratase, dejó atrás la plazuela de la Villa y cruzó el dédalo de callejas que se abrían a poniente de la plaza Mayor camino de la calle de Toledo, donde en su parte alta se concentraban mesones, figones y otros tugurios donde a partir de aquellas horas se daban cita *capaores*, jugadores de ventaja, tahúres, comediantes, algunos poetas y gentes de la farándula de parecida condición y que en tales lugares de perdición se amontonaban. Allí, a partir de la hora en que lo decente y honrado era permanecer encerrados en las viviendas, dichas gentes —lo más granado de la truhanería madrileña— desarrollaban sus actividades, como si de aves de rapiña se tratase. Allí se cerraban tratos sobre ajustes de cuentas, se le daba aire a los naipes y a los dados, se cantaba y se bailaba, se fornicaba en camaretas dispuestas al efecto, se bebía sin tasa ni medida, se juraba, se blasfemaba y se cometían todo tipo de ofensas a Dios Nuestro Señor, a las que no eran ajenos clérigos procaces y descarriados.

El que fuese tiempo de cuaresma, época propicia al arrepentimiento y la meditación, poco importaba a gentes de tan baja calaña, sin alma, sin Dios y sin principios, que no tenían empacho alguno en juntarse para sus diversiones y fechorías. La ronda pasaría por delante de aquellos antros de pecado, pero no ejercitaría sus funciones en cumplimiento de las órdenes recibidas, a no ser que los excesos pasasen más allá de lo que en punto de honra sus integrantes pudiesen soportar. Es decir, sólo en caso de ser agredidos se daría la respuesta requerida por aquello de salvar el principio de autoridad, que era el único que el corregidor estaba dispuesto a defender a todo trance.

Los dos alguaciles habían discutido sobre la conveniencia o no de transitar por tales predios, dadas las circunstancias que concurrían y las consecuencias que podían derivarse de su presencia. Se había impuesto el criterio del de más edad de, al menos, pasear por el lugar para no dejar totalmente el campo libre a gentes de tal laya y condición. Había también influido el que los vecinos respetables que, desde sus ventanas, rejas y celosías fisgoneaban, se viesen arropados por la presencia de los representantes de la justicia, aunque hubiesen de hacer la vista gorda ante los desmanes que allí tenían lugar, siempre y cuando todo transcurriese con cierta discreción en el interior de aquellos antros del infierno.

—Como ya sabrá vuesa merced, se reabren los corrales de comedias —desde hacía algunos días aquél era el tema principal de las conversaciones por todos los rincones de Madrid.

—¿Y conoce vuesa merced —respondió el otro alguacil— las causas que han motivado esa apertura?

—No, no las conozco. Pero he de suponer que se ha dado por concluido el luto por la muerte de Su Majestad, que gloria de Dios haya.

Aquella respuesta hizo que el alguacil que había hecho la pregunta se atusase los bigotes de forma ostentosa, dando a entender que poseía mejores fuentes de información. Para completar su gesto de superioridad, guardó silencio hasta que la voz irritada del más veterano hubo de preguntar:

—¿Acaso hay otras razones que conozca vuesa merced?

—Ciertamente.

—¿Y cuáles son, si es que pueden saberse? —El tono de la pregunta denotaba cierto malestar.

—Las mismas por las que el señor corregidor ha ordenado que se haga la vista gorda para evitar en lo posible situaciones de conflicto.

—¿Puede vuesa merced explicarse mejor?

—Se ha decidido la apertura para tener algo con que entretener al pueblo. Ya sabe vuesa meced, un escape para dar salida a las tensiones que estamos viviendo. ¡Corren malos tiempos, don Pedro!

—¡En eso tiene vuesa merced toda la razón! ¡Por este camino no sé adónde vamos a llegar! —apostillo el otro alguacil.

El recogimiento era la nota dominante a aquellas horas en que la noche avanzaba sin remedio. En los campanarios y las espadañas de parroquias, conventos y ermitas hacía rato que habían sonado los toques que anunciaban la oración. Era el último acto de una jornada que concluía, como tantas otras, con más pena que gloria. La ronda apenas se cruzó en su recorrido con algunos viandantes que, presurosos, caminaban para recogerse antes de que la noche cayese definitivamente sobre la corte. Madrid era una ciudad agobiada por el miedo. Atravesaron una plaza Mayor casi desierta; hacía rato que habían cerrado las tiendas y talleres que se abrían en sus bajos, dedicadas al comercio de quincalla, cuchillería, telas, encajes y bordados, así como a la actividad de zapateros, sastres, bordadores o escribanos. La oscuridad se disimulaba en algunos lugares por las candelillas que alumbraban la hornacina de un santo o de una de las numerosas advocaciones de la Virgen que contaban con el fervor de los madrileños. Bajaron los escalones que embocaban hacia la calle de Toledo, lugar de asiento nocturno para la truhanería madrileña. Hicieron ojos ciegos y oídos sordos cuando pasaron ante el mesón de la Perendanga, prostíbulo encubierto donde se bailaban las más insinuantes y lujuriosas zarabandas y chaconas, y garito en el que se montaban algunas de las timbas más sonadas de la villa. Apretaron el paso para dejar atrás, lo antes posible, aquel compendio de bellaquerías.

Los alguaciles y sus corchetes, hombres de orden y encargados de mantenerlo en nombre de Su Majestad, habrían confirmado sus sospechas si hubiesen podido atisbar, aunque fuese por el ojo de una cerradura, el ambiente que se respiraba en el mesón y las cosas que se decían entre la numerosa parroquia que lo llenaba.

La Perendanga acababa de anunciar, para cuando la ronda diese la voz de que eran dadas las diez —era un decir porque con la algarabía reinante nadie escucharía dicha voz—, la actuación de la singular Repolida y la sin par Rosario Castañeira, más conocida como la Gallega, que bailarían una zarabanda achaconada. Las palabras de la mesonera, que sólo pudieron ser escuchadas por una parte de la clientela, pese a que se había valido de un embudo de latón para realzar la fuerza de las mismas, arrancaron una ovación. Muchos de los que aplaudían preguntaban a su vecino qué era lo que había ocurrido. Tal era el caso de un viejo desdentado, que se aplicaba con fruición y mano temblorosa a darle tientos a un jarrillo de vino de Arganda, de los de medio azumbre. Algunos de los trasiegos derramaban generosamente una parte por las comisuras de su boca desdentada, haciendo correr el rosado líquido por su arrugada garganta.

En uno de los rincones, alrededor de un mugriento tapete, se porfiaba a los naipes, se votaba por todos los santos de la corte celestial y se apostaba con fuerza en algunos envites. Ya se había producido más de un enfrentamiento verbal entre dos de los jugadores. Todos los que tomaban asiento era tipos fachudos y rajados. Hablaban arrastrando las eses y apretando las erres, como los valentones. Los de la mesa de al lado jugaban a los dados en una especie de artesa, cuya madera renegrida tenía aspecto encerado de tanta manoseada suciedad como la cubría. De vez en cuando brotaban exclamaciones del corro que allí se apiñaba, en una mezcolanza de alegrías y desilusiones según el dictado inapelable de los dados. Un vozarrón poco amigable se elevó por encima del apretado corro:

—¡Para mí que esos dados están cargados! ¡No es posible tanta suerte! —Era un tipo corpulento, de piel cetrina y una cicatriz que le cruzaba la cara de la frente al mentón, pasando por el ojo izquierdo, que tenía perdido, dándole un aspecto fiero.

Se había dirigido a un individuo que por la tonsura y el hábito parecía fraile franciscano, aunque sus maneras no lo declarasen. Pese a estar entrado en carnes, tenía aspecto fornido y sus brazos tatuados —llevaba remangada la sotana— denotaban fortaleza.

—¡Eso no lo dirá vuesa merced por mí! —el tonsurado respondió desafiante.

—¡Lo digo mismamente por vos! —gritó el grandullón.

—¡Repetidlo si os atrevéis y alargaré ese chirlo que tan bien os sienta hasta la barriga de voacé! —El franciscano sacó de entre los hábitos una daga vizcaína de dos palmos de hoja.

La respuesta del gigante fue volcar la mesa de juego y echar mano a la espada que pendía del labrado tahalí que cruzaba su pecho. Se formó un corro inmediatamente. Los dos contrincantes se estudiaban para acometerse, cuando la presencia de la Perendanga puso fin, con una autoridad que parecía impropia de una mujer, a lo que era ya una pelea segura.

Agarró a los dos por las muñecas de las manos que sostenían las armas y les gritó bien claro:

—¡Me da una higa que vuesas mercedes se rajen! ¡Pero en mi casa, no! ¡Ésta es una casa decente y no se permiten altercados! ¡Así es que sepan vuesas mercedes que aquí se viene a jugar, a beber, a mirar o a fornicar como Dios manda! ¡Pero se guarda el quinto mandamiento! ¿Está claro?

Los dos rufianes asintieron sin abrir la boca.

—¿Está claro? —repitió la Perendanga.

Hubo nuevos asentimientos de cabeza.

—¡Pues entonces, esas cuchillas a sus vainas y aquí no ha pasado nada! —La mesonera levantó su voz un tono más y se hizo oír por encima del ruido—: ¡Julián, dos jarrillas de arganda para los señores! ¡Invita la casa!

La breve expectación levantada por el conato de pelea se había aflojado; cada cual volvió a lo suyo. Recompusieron la mesa de los dados y continuó el juego.

En uno de los rincones del fondo y separado de la pieza principal por una albardilla de poco más de una vara de altura, había una mesa, a la que los asiduos llamaban el «rincón de los hambrientos». El nombre venía porque era el lugar elegido —hasta el punto de ser casi como un reservado— por un grupo de poetas y escritores que allí se daban cita cada noche para hablar de sus cuitas y quebrantos, dolerse de las injusticias del destino y quejarse del poco aprecio que se hacía a su trabajo por parte de mecenas, impresores y mercaderes de libros, quienes —se referían a los dos últimos gremios— les sangraban como sanguijuelas de barbero.

Justo detrás del «rincón de los hambrientos» había un pasillo o galería donde se abrían las camaretas, cuyas puertas de entrada estaban cerradas por cortinas de paño barato. Allí era donde ejercían su oficio, por dos reales de vellón, las rameras que la Perendanga tenía a su cargo. Fuera de esa tarifa quedaban Sofía la Griega, una chipriota de la que se contaban tales maravillas que el precio de sus servicios doblaba al de las otras compañeras de oficio, y la famosa Vizcaína, que presumía dc tener los pezones más grandes que había en Madrid.

La conversación de los que asistían aquella noche al «rincón de los hambrientos» giraba en torno al tema que ocupaba todos los mentideros de la villa. La reapertura de los corrales de comedias, cerrados por disposición de la reina regente, desde el fallecimiento de su esposo Felipe IV, como señal de luto. Un luto demasiado riguroso y demasiado largo porque el óbito del monarca iba camino de los dos años. Algunos lenguaraces señalaban que aquella disposición de doña Mariana de Austria, aconsejada por su confesor, el padre Nithard, era una pequeña venganza por las correrías que don Felipe había practicado en vida por aquellos corrales, a los que tan aficionado fue. Nadie podía discutir el amor del soberano difunto por el teatro y más aún la atracción que ejercían sobre Su Católica Majestad las actrices.

—El estreno está previsto para el segundo Domingo de Pascua y he sabido de buena tinta que don Pedro se ha esmerado con una comedia que será de campanillas —señalaba un individuo de extremada delgadez, completamente vestido de negro, con un jubón y unas calzas raídas, llenas de zurcidos por todas partes.

—Espero que el *barquero* no nos obsequie con otro soporífero auto sacramental —replicó uno de los contertulios, cuyo rechazo a don Pedro Calderón de la Barca, la figura señera del teatro de aquel momento, era patente en sus palabras.

—Don Pedro —medió otro individuo—, aunque no sea santo de vuestra devoción, ha dado a la escena algunas piezas sublimes.

—¡Bah! ¡No deja de ser un santurrón! ¡No se le puede comparar al gran Lope! —insistió el que había motejado de *barquero* al insigne dramaturgo.

—Será un santurrón, aunque no sostienen tal parecer algunas damas que le conocieron en su juventud, pero su estreno ha levantado la expectación de los grandes acontecimientos. No podéis negar que el ambiente ya es extraordinario y eso que todavía faltan más de tres semanas para el estreno. ¡Seguro que se mantendrá en cartel por lo menos una quincena! ¡Y ya veréis, ya veréis, los alguaciles tendrán que emplearse a fondo el día del estreno para poner orden en la concurrencia!

—¡Yo no lo veré! ¡No pienso asistir!

—¡Pues seréis el único! —gritó carcajeándose el defensor de Calderón.

—Es cierto lo de la expectación, no se habla de otra cosa —quien hablaba era un individuo de escasa estatura, generosa calva, mentón rasurado y poblado bigote, que vestía mejores galas que los demás contertulios—, si bien influye en todo en ello la necesidad imperiosa que tiene el gobierno de distraer a la gente ante los problemas cotidianos que nos aquejan. Hace días que falta el abasto del pan y ayer hubo protestas en el mercado de la plaza de la Cebada. Hay quien apunta a que la hacienda, que está sin un maravedí, prepara una nueva rebaja del vellón.

La cosecha que se espera no es tal, porque la sequía tiene los barbechos agostados y se teme que si Dios Nuestro Señor no lo remedía, el hambre sea terrible el próximo invierno.

—Todo eso que dice vuesa merced es cierto, don Gaspar, pero Calderón levanta pasiones por sí solo. Un estreno suyo ha sido siempre un acontecimiento.

—No niego vuestras razones. Pero no os equivoquéis, mi buen amigo, la apertura de los corrales es una medida política. Miembros relevantes de la Junta de Gobierno le han hecho llegar a la reina la necesidad de entretener al pueblo para evitar alborotos. Y para eso nada mejor que el teatro; si Calderón es el autor y la compañía es la de Pardiñas, con Jusepa Figueroa en las tablas, se habrá ganado mucho terreno en el camino de que la gente se distraiga y no hable de otra cosa que no esté relacionada con ese estreno.

Un individuo malencarado, cuyo rasgo más característico era una prominente nariz sobre la que descansaban un gruesos quevedos, que eran puro adorno porque carecían de cristales, rompió el silencio que había mantenido hasta entonces.

—¿Ha oído, por un casual, alguna de vuesas mercedes el rumor que corre de que el francés prepara una nueva guerra?

Varios de los presentes torcieron el gesto.

—¿Guerra, decís?

El de los quevedos afirmó con energía:

—Guerra. Sí, señor, guerra.

—¿Y se puede saber dónde?

—¡En Flandes! Los franceses quieren echarnos de allí para llegar hasta el Rin, como hace algunos años llegaron hasta los Pirineos.

—Otra razón más para abonar lo que acabo de deciros acerca de la apertura de los corrales —apuntó don Gaspar—. Si es cierto que los gabachos nos amenazan, los nervios habrán hecho presa en el Alcázar.

—¿Qué estáis escribiendo, don Gaspar? —preguntó el del jubón raído a quien el tema de la guerra parecía importarle poco.

—Estoy trabajando en unos sonetos, cuyos borradores traigo conmigo.

Alguno de los presentes lanzó una iracunda mirada al del deteriorado jubón por haber hecho aquella pregunta. Había dado pie a don Gaspar para que sacase a relucir sus mal rimados versos; se le tenía cierta consideración en aquella reunión porque era el único de los asiduos cuyos posibles permitían que, de vez en cuando, circulase a su costa una ronda de arganda o de cervezas. El precio era escuchar y ponderar sus rimas.

Sacaba don Gaspar sus papeles cuando la voz potente de la Perendanga anunció la salida de la Repolida y de la Gallega. Iba a dar comienzo la zarabanda. Se produjo una fuerte ovación acompañada de palabras obscenas, exclamaciones y silbidos. En cuestión de unos instantes el centro del mesón quedó despejado de sillas y con las mesas limpias de platos, escudillas y jarras los mozos improvisaron un escenario. Cada cual buscó acomodo lo mejor que pudo. Muchos se pegaron a la pared y otros se sentaron en el suelo, formando corro alrededor de las mesas. El jaleo imperante fue disminuyendo de manera gradual, hasta quedar convertido en poco más que un rumor.

Salió primero la Repolida, lo hizo con paso cadencioso, dándose importancia y mostrando aires de señorona; quien la había bautizado con aquel nombre lo hizo de forma certera. Iba descalza por lo que muchas miradas se concentraron en sus pies, como objeto de libidinoso deseo. Vestía una amplia falda de listas rayadas que le llegaba hasta el tobillo y una especie de chaquetilla bordada como las que usaban las gitanas, que no tenía mangas y dejaba al descubierto su cintura. Era moza estilizada, de cabellos rubios y ojos azules. Tenía la agilidad de un felino y era capaz de dar a sus movimientos una carga de erotismo tal, que dejaba embelesada a la concurrencia.

Inmediatamente después salió la Gallega que era moza de formas más opulentas. Bajo la delgada tela de su corpiño se adivinaban unos pechos turgentes y voluminosos. Tenía el cabello negro brillante igual que sus ojos, cuya forma rasgada le daba un exotismo que hizo aullar a más de uno. Vestía de forma similar a la que iba a ser su compañera de danza.

—¡Fijaos qué pies tiene la Repolida! —susurró al oído de don Gaspar el tipo de los quevedos de adorno. El poetastro que, por lo general, hacía gala de una circunspección muy marcada, no pudo contenerse:

—¡Sólo tengo ojos para las tetas de la Gallega!

El inicio de la zarabanda fue como una señal de ataque. Comenzaron los gritos y las risotadas con tanta fuerza que apenas podía escucharse la música que marcaba el compás. Las dos mujeres habían concentrado la atención de la variada fauna humana que allí se hacinaba, en medio de un ambiente cargado por los humos de las candelas y el que lanzaban al aire algunos fumadores, una moda que cada vez ganaba mayor número de adeptos, pese a los denuestos que desde ciertos sectores del clero se lanzaba contra una práctica cuya relación con el diablo resultaba patente. Muy pronto, algunos espectadores, encandilados como estaban, no pudieron resistirse a la lascivia de los movimientos de las bailarinas. Hubo proposiciones obscenas y ofertas de dinero. Unos porfiaban por las piernas de la Repolida, quien al girar levantaba el vuelo de su falda hasta enseñar las rodillas; entonces se escuchaban aullidos de placer. Otros apostaban por los pechos de la Gallega.

—¡Un cuartillo, si nos enseñas las tetas, Gallega!

La aludida respondió con un mohín de desprecio.

—¡Las piernas, Repolida! ¡Enséñanos las piernas!

Dio más intensidad a su giro y la falda voló por encima de las rodillas enseñando una generosa porción de sus muslos. Los que estaban sentados en el suelo chillaron como posesos.

Don Gaspar se puso de pie y alzando su jarra de vino gritó fuerte:

—¡Gallega, un real, si me enseñas las tetas!

Aquello eran palabras mayores. La bailarina giró hacia donde había salido la voz que le ofertaba un real. Vio a don Gaspar puesto de pie en el «rincón de los hambrientos» y le lanzó una mirada seductora.

—¡Serán tuyas por ese real! ¡Venga de ahí!

Alargó el brazo y extendió la mano, don Gaspar le entregó una reluciente moneda. La Gallega desabrochó lentamente, sin dejar de bailar, los botones del corpiño, cuando liberó el último de ellos se lo quitó y arrojó la prenda a don Gaspar. Tenía unas tetas espléndidas en las que resaltaban dos oscuros y grandes pezones que apuntaban, desafiantes, hacia arriba. Se acercó hasta el borde del improvisado tablado en el lugar donde estaba el pagano, le tomó la mano y se la llevó hacia uno de sus pechos.

El griterío de la parroquia era ensordecedor. Aquellas gentes estaban muy lejos de los ayunos y las penitencias que la Santa Madre Iglesia tenía regulados para un tiempo como aquel en el que los espíritus de las gentes devotas se preparaban para celebrar la pasión, muerte y resurrección de Jesucristo.

A la misma hora en que la Repolida y la Gallega desataban pasiones en el mesón de la Perendanga, Lupercio Bandrés, clérigo de menores, no sabía cómo iba a explicar a don Pedro Calderón de la Barca, capellán de Su Majestad y el más celebrado de los ingenios de aquella corte, el terrible descubrimiento que acababa de hacer.

Lupercio no daba crédito a lo que había ocurrido. Después de cumplir con los deberes de su ministerio en la parroquia de San Ginés, había regresado a su casa y tomado una frugal colación, en cumplimiento de sus obligaciones cuaresmales. Luego se dispuso a trabajar en las copias del manuscrito de la comedia que don Pedro le había encargado. El problema había surgido cuando después de haber buscado en todos y cada de los rincones de su gabinete y reprender a la criada, recordándole el imponderable número de veces que le había dicho que no tocase sus papeles, no los encontraba por ninguna parte.

Pero en esta ocasión Quiteria, que era el nombre de la sirvienta, había negado primero y jurado por la salvación de su alma después, que ella no había puesto la mano en papel alguno. No paraba de gimotear desconsolada ante los gritos y reconvenciones de su amo.

Conforme se esfumaban sus expectativas de encontrar lo que buscaba, un agobio creciente se adueñaba de su persona, estaba acalorado y había empezado a sudar. Al cabo de una hora, aunque no encontraba ninguna explicación plausible, se había rendido a una terrible evidencia.

El manuscrito de la comedia que había de estrenarse el segundo Domingo de Pascua y que don Pedro Calderón de la Barca le había confiado para que hiciese las pertinentes copias, había desaparecido. No sólo había desaparecido el original, sino todo el trabajo de copia que el clérigo ya tenía realizado y que no era poco, ante las prisas con que le urgían, desde hacía varios días, el empresario del corral y el propio don Pedro.

Aquello parecía obra del mismísimo Lucifer. Lupercio Bandrés no sabía cómo explicarle a Calderón. Estaba abrumado con el escándalo que iba a producirse, si aquella calamidad, pues de una verdadera calamidad se trataba, no se remediaba.

## 2

Como cada mañana don Pedro Calderón de la Barca se había levantado temprano, realizado sus abluciones y cumplido con sus obligaciones eclesiásticas en la vecina parroquia, casi medianera con su casa. Después había tomado un ligero desayuno y leído el breviario.

Era don Pedro hombre maduro, había cumplido ya los sesenta y siete años, y pese a una vida agitada, llena de amoríos y de los lances propios de un soldado que participó en numerosas campañas tanto en Italia como en Flandes, se conservaba en buen estado. Era enjuto de carnes, peinaba media melena, en la que blanqueaban sus cabellos y gastaba perilla y bigote a la usanza de la época. Tenía mirada profunda, los labios finos y apretados, donde se denotaba lo recio de su personalidad. Los que le habían conocido de joven sabían de su agitada vida, la antítesis del reposo y la tranquilidad que desde hacía ya algunos años caracterizaban su existencia. Había tomado los hábitos que rechazara en su juventud y dado un sosiego tal a su existencia que podía calificarse como rutinaria de no ser por el éxito que había coronado su obra como autor de comedias y autos sacramentales.

En su juventud había estado acusado de homicidio, había sido procesado por deudas y había quebrantado la clausura de un convento de monjas en Salamanca, persiguiendo al asesino de un hermano suyo, por lo que había sufrido pena de excomunión. De uno de sus amoríos tuvo una hija, a la que con mucha discreción había acogido en su casa, como si se tratase de una sobrina suya. Se llamaba doña Inés y ella le trataba siempre de tío.

Aquella mañana don Pedro había quedado a eso de las diez con su amigo, fray Antonio Capablanca, guardián del convento de los franciscanos. Solían ambos clérigos hablar de moral y de dogma, pero también de cosas más mundanas y terrenales. Fray Antonio era un admirador de la obra de su amigo y un ferviente defensor de las representaciones teatrales, frente a la opinión, defendida por una parte importante del clero a cuya cabeza se situaban los dominicos, de que los corrales de comedias eran lugares de perdición y antesala del infierno.

Aguardaba don Pedro la llegada de su amigo, entretenido en repasar algunos de los elementos que proponía como decoración para el auto sacramental en el que trabajaba y que debería ser representado en la festividad del próximo Corpus Christi, cuando recibió la inopinada visita de Lupercio Bandrés.

El aspecto atemorizado del clérigo reveló al dramaturgo, profundo conocedor del alma humana, que su presencia significaba que había surgido algún problema.

—Mi buen Lupercio, os veo desasosegado; decidme, ¿cuál es la causa de vuestra desazón?

—¡Ha ocurrido algo terrible, don Pedro, algo terrible! —Sus palabras eran un lamento.

Calderón frunció el ceño.

—¿Qué es ello que tan mal os tiene?

Bandrés soltó la noticia como quien vomita algo que quema en su interior:

—¡Vuestra comedia y las copias en las que trabajaba han desaparecido!

*—¡Mi buen Lupercio, os veo desasosegado; decidme, ¿cuál es la causa de vuestra desazón?*

—¡Qué me decís, insensato! —Don Pedro se puso en pie con una agilidad impropia de su edad y clavó sus penetrantes ojos en Bandrés, a la vez que su ceja derecha se levantaba, arqueándose de una forma que era característica en él.

El copista agachó la cabeza, incapaz de sostener la iracunda mirada del dramaturgo, y con una vocecilla que apenas le salía del cuerpo murmuró una disculpa.

—Lo siento mucho, señor. Yo... yo... no sé qué ha podido ocurrir.

En aquel momento una sirvienta anunció a don Pedro la llegada del guardián de los franciscanos.

—¡Dile a fray Antonio que pase! —gritó Calderón.

Como un ciclón, envuelto en su hábito de la seráfica orden de san Francisco, hizo su aparición el fraile, cuya corpulenta humanidad encontraba un extraordinario complemento en lo extravertido de su carácter abierto, apasionado y tempestuoso.

—¡Caras tristes encuentro en vuesas mercedes! ¿Acaso llego en mal momento?

Don Pedro puso a su amigo al corriente de lo que les tenía de aquella guisa. Luego el franciscano asistió a la escueta y compungida narración que Lupercio Bandrés podía dar de la misteriosa desaparición del manuscrito. No era gran cosa porque lo único que podía decir era que no encontraba los papeles y que podía jurar por lo más sagrado que no estaban en su casa.

—No sé, no sé lo que haya podido ocurrir, don Pedro —gimoteaba una y otra vez.

—Ciertamente que es asunto extraordinario —señaló el fraile—, pero ha de tener alguna explicación plausible. En todo caso, mi querido don Pedro, la pregunta obligada es si existe alguna otra copia de vuestra obra. Porque de no ser así, el problema es verdaderamente grave y no sólo por lo que a la representación se refiere, sino por todas las implicaciones que concurren al presente.

—El empresario a quien se ha encargado la representación tiene otra copia —señaló el escritor—, que es la que sirve para trabajar en la preparación de los escenarios a tramoyistas, carpinteros, herreros, pintores y otros artesanos que se necesitan para realizar los decorados y la puesta en escena.

—En ese caso, acudid a él y todo se queda en un susto y en la necesidad de que Lupercio, ¿es ese el nombre de vuesa merced? —el franciscano miró al clérigo y Bandrés asintió, sin abrir la boca— se aplique con mayor dedicación a realizar las copias que tenía encargadas. ¡Nada se ha perdido, don Pedro, salvo el sofoco que vuesas mercedes han recibido!

En aquel momento la criada anunció la presencia del maestro Berucci, quien había insistido en ver a don Pedro con urgencia.

—Señor, disculpe vuesa merced, pero es que, aunque le he dicho que tenéis visita, dice que es un asunto de extrema gravedad y que no puede esperar —indicó la criada.

—Parece que no han acabado las complicaciones de la jornada. Dile que entre —Calderón parecía abatido, después del disgusto que le había dado su copista.

El maestro Berucci tenía un carácter insoportable y llevaba ya varios días quejándose de la falta de copias para que la compañía de Pardiñas comenzase los ensayos. La pérdida del manuscrito iba a significar, por mucho que Bandrés se aplicase, un retraso de varios días más. No le apetecía tener que soportar las quejas de aquel italiano cuando le dijese que además de no haber copias, tendría que prescindir de la suya durante algunos días. Sólo la idea de plantearle aquello le producía dolor de cabeza.

—¿Cuánto tiempo necesitarás para tener lista una copia al menos? —preguntó a Lupercio antes de que llegase el italiano.

—Lo antes que me sea posible, maestro. Procuraré hacerla en dos días.

—¡Creo que no hay que tomárselo de esa manera! —terció el franciscano que trataba de levantar el ánimo de los dos clérigos—. La presencia de ese Berucci es lo mejor que podía ocurrir. No habrá que buscarle para que entregue el manuscrito a Bandrés.

En aquel momento se produjo la entrada del italiano en el recoleto gabinete del escritor.

—¡Guárdeos Dios, don Pedro y la compaña!

—Buenos días nos dé —respondió Calderón con tono sosegado—. ¿Qué buenos vientos os traen por esta vuestra casa?

—¡Las copias, don Pedro, las copias! ¡Si no están hoy en mi poder, no respondo de la representación! ¡Sólo faltan tres semanas y los actores no han recitado un solo verso! ¡Así no podemos seguir! ¡Llevo gastados más de trescientos ducados en decorados y efectos, pero los cómicos no han podido ensayar una sola escena! ¡Así no podemos seguir un minuto más!

Calderón dejó escapar un suspiro y trató de componer un gesto de dignidad para enfrentarse al contratista.

Otra vez la sirvienta apareció en la puerta del gabinete. Calderón la miró con ojos de pesadumbre. ¿Alargaría algo más su agonía?

—¿Se te ha olvidado algo?

—No, señor, es que hay un hombre en la puerta que pregunta por el maestro Berucci.

—¡Que aguarde a que concluyamos! —respondió el italiano.

—Verá, señor, está muy nervioso. Dice que es el tramoyista, y que ha ocurrido una desgracia terrible.

—¡Alabado sea el Santísimo! ¡No ha de concederme hoy la providencia un minuto de respiro! Don Pedro, ¿puede vuesa merced excusarme? —El italiano parecía nervioso—. ¡Sólo será un momento!

—Andad, Berucci, andad y ved qué es eso tan terrible. Parece que el día no nos es propicio.

El regreso del empresario fue tormentoso. No se hizo necesario preguntarle.

—¡Una desgracia, don Pedro! ¡Una verdadera desgracia! ¡Ese mal nacido al que había confiado la copia de vuestra comedia dice que la ha extraviado! —Berucci levantó los puños hacia el techo, componiendo una figura teatral—. ¡Que la ha extraviado, don Pedro, que la ha extraviado! ¡Por la *santa madonna* que no sé cómo me he podido contener para no hacerlo picadillo!

Berucci estaba tan ensimismado en sus lamentaciones, que no se había percatado del impacto que sus palabras habían producido en los tres hombres.

—¡Esto no puede ser fruto de la casualidad! —exclamó el franciscano—. ¡Alguna mano se oculta detrás de todo esto! ¡Estoy seguro de que alguien ha robado esos manuscritos!

—¿Robo decís? —preguntó un Lupercio, que parecía haber recobrado parte del ánimo con la noticia de la pérdida del otro manuscrito.

—¿Cómo si no, puede explicarse esta coincidencia? —se preguntó en voz alta fray Antonio.

—¿De qué están hablando vuesas mercedes? —el italiano había salido de forma instantánea de sus lamentaciones.

—Sencillamente, maestro Berucci, que también la copia que tenía don Lupercio ha desaparecido —dijo Calderón con voz pausada.

—¿Que ha quéeee...?

—Que han robado a vuestro tramoyista y al copista de don Pedro las dos únicas copias que había escritas de la comedia. Alguien tiene interés en que no se produzca el estreno previsto y con él la apertura de los corrales. —El franciscano también parecía haberse escamado un punto.

—¡Los dominicos! ¡Son los dominicos! —gritó Berucci—. ¡Su horror al teatro les ha llevado a cometer esta locura! —El italiano gritaba desaforado.

—Es posible que hayan sido ellos o alguien a quien se lo hayan encargado. Pero es posible que el asunto pique más alto

—señaló fray Antonio Capablanca—. ¡Esto es obra de alguien interesado en que Madrid se convierta en un polvorín que estalle con sólo prenderle la mecha! Aquí está en juego mucho más que una polémica en torno a las representaciones de comedias y a la concurrencia de sexos en un mismo lugar o a la exhibición de mujeres en un escenario, incitando a la lujuria a los varones, según sostienen los dominicos y otras comunidades.

Calderón estaba sumido en profundas reflexiones. Mantenía un silencio sepulcral, mientras el franciscano y el italiano peroraban acerca de quién estaría detrás de aquellas misteriosas desapariciones cuya coincidencia les llevaba a la conclusión de que había una operación organizada para hacer desaparecer las dos únicas copias que había de la comedia e impedir de esa forma que se efectuase la esperada apertura de los corrales de comedias.

—¡También ha podido ser la competencia! ¡El arrendador del corral del Príncipe ha manifestado en público que no podía soportar el éxito que se augura para nuestro estreno! ¡Estoy seguro de que ese rufián de Montalbán anda detrás de todo esto! —Berucci miró al dramaturgo, que permanecía mudo—: ¿Qué opináis vos, don Pedro? ¡Por el amor de Dios, que parecéis un pasmarote, en un momento de tanta gravedad como éste!

Calderón levantó los ojos y clavó su mirada en el italiano, en cuyo semblante se reflejó el arrepentimiento por lo que había dicho.

—No ha sido mi intención ofenderos, don Pedro. Pero es que estáis tan callado... Aceptad mis disculpas.

—Creo que la política anda de por medio en todo este asunto —las palabras de Calderón sonaron solemnes.

—Pues en ese caso, el problema que tenemos es de suma gravedad. ¿No le parece a vuesa merced? Tal vez lo primero que tengamos que hacer sea comunicarlo a algún miembro de la Junta de Gobierno, varios de sus integrantes han ejercido toda su influencia para que los corrales se abriesen. También deberíamos hacer público lo ocurrido para evitar que el problema se acreciente conforme se acerque la fecha del estreno. Podríamos incluso hacer llegar noticia de lo sucedido a Su Majestad, la reina, porque tal vez ella pueda disponer alguna acción que ayudase a encontrar una solución al callejón sin salida en que nos ha colocado la desaparición de los manuscritos.

—¡Dejad de decir sandeces, Berucci! —las palabras de don Pedro cortaron como el filo de una buena navaja.

El italiano, cuya palabrería resultaba odiosa a Calderón, no osó responder. Conocía los accesos de cólera del viejo escritor y sabía que, aunque era capaz de soportarle sus impertinencias y sus continuas quejas, cuando don Pedro cruzaba un límite lo mejor era no andar con muchas réplicas. Fue fray Antonio quien suavizó la situación.

—En mi opinión, si se me permite darla...

—¡Hablad, fray Antonio! —las palabras de don Pedro recordaban el militar que en otro tiempo había sido.

—Como digo, en mi opinión, lo mejor sería mantener en secreto, al menos por un tiempo, el robo acaecido porque estoy seguro de que su desaparición es la consecuencia de un robo bien planificado, y estudiar si existe posibilidad de recuperar al menos uno de los textos.

—Tenemos un grave problema de tiempo —señaló Berucci.

—¿Cuál es el tiempo límite para que se pueda poner en escena la obra? —inquirió el franciscano.

—¡Ya vamos mal de tiempo! —insistió el contratista.

—No os he preguntado eso. Sino el tiempo límite, trabajando a todo trapo, en que podría sacarse la obra a escena.

El empresario meditó la respuesta.

—Asumiendo muchos riesgos, podríamos trabajar con quince días de antelación, habida cuenta de que gran parte de la tramoya está ya hecha o se trabaja en ella.

—Eso significa que podríamos disponer de una semana,

antes de darnos por rendidos y lanzar a los cuatro vientos que no habrá representación el próximo segundo Domingo de Pascua —indicó fray Antonio—. En ese caso, creo que se deberían hacer todas las pesquisas posibles para buscar y recuperar el manuscrito.

—Eso es una pérdida de tiempo —murmuró un abatido Calderón—. ¿Por dónde buscamos? ¿Qué pistas tenemos? ¿Los dominicos... y qué? ¿Ese competidor de vuesa merced que regenta el corral del Príncipe? No tenemos una sola prueba, un solo indicio que nos permita encaminar nuestros pasos en una determinada dirección. Creo que lo mejor es rendirnos ante la evidencia de una situación que traerá consecuencias de una gravedad tal, que vuesas mercedes no alcanzan siquiera a imaginar.

—¡No es éste mi don Pedro! ¡No es éste el combativo polemista que yo conozco y que no da fácilmente su brazo a torcer! —gritó fray Antonio como si hablase desde el púlpito—. Prestadme un momento vuestra atención, mi querido amigo. Creo que conozco a la persona que podría ayudarnos a solventar el problema. Es capaz de buscar hasta debajo de las piedras. Y, aunque se trata de alguien de mi sangre, permitidme que os diga que he conocido pocas personas de su ingenio. Posee una capacidad fuera de lo común para indagar y hacer las pesquisas que conducen a la solución de casos complicados.

—¡Un pesquisidor! —exclamó don Pedro con la ironía dibujada en sus labios.

—Llamadlo así, si os place porque, además, es así como le llaman. Pero puedo asegurar a vuesa merced que ha puesto en claro algunos asuntos verdaderamente enrevesados.

—¿Tanto como lo es éste? —preguntó el italiano.

—Creo, don Pedro, que en la situación que nos encontramos —señaló el fraile que no respondió a la pregunta de Berucci— nada perdemos con intentarlo. Disponemos de una semana, según los cálculos del maestro Berucci.

—¡Una semana como máximo! —saltó el italiano.

—Está bien, nada perdemos por intentarlo. —Calderón parecía dictar sentencia como lo haría un juez—. ¿Cómo se llama ese sobrino de vuestra paternidad?

—Su nombre es Pedro, Pedro Capablanca.

—¡Mandad a buscarle! —Calderón hizo sonar una campanilla.

—¡No resulta tan fácil encontrarle, don Pedro, siempre anda de un lado para otro! ¡Pero lo buscaremos en su casa y también mandaremos recado al mesón de San Martín, por donde suele dejarse caer con frecuencia!

A la llamada de Calderón acudió la sirvienta.

—¿Ha llamado vuesa merced?

—Dile a doña Inés que venga presto.

Mientras la fámula cumplía el encargo, don Pedro tomó pluma y papel, y garrapateó una nota.

—¿Cuál es la dirección de vuestro sobrino, fray Antonio?

—Tiene su aposento en una casa de la calle del Norte, junto a la fuente de Mata Lobos. Es persona muy conocida entre el vecindario. —El guardián de los franciscanos omitió el dato de que se trataba de una miserable buhardilla, mal acondicionada y peor amueblada—. Aunque pensándolo bien, mejor será que se le deje el recado en el mesón de San Martín.

—¿Y si no está en el mesón?

—Que le entreguen el recado a una moza llamada Isabel. Ella sabrá cómo hacérselo llegar.

—Buenos días dé Dios a vuesas mercedes, ¿habéis mandado llamar, tío? —Doña Inés era una doncella de algo más de veinte años, los rizos que sobresalían de su cofia dejaban adivinar unos negros cabellos que marcaban un fuerte contraste con el azul pálido, casi gris, de sus ojos. La tez era muy blanca, la boca pequeña y por encima del labio, a la izquierda, tenía un gracioso lunar. El porte y las maneras eran las de una dama.

—Dile a Lorenzo que ha de llevar, sin pérdida de tiempo,

este recado al mesón de San Martín. Es para Pedro Capablanca; va puesto en el membrete. Si no estuviere allí, que pregunte por Isabel y se lo entregue.

—¿Ha de aguardar respuesta? —La voz de doña Inés era un tintineo de cristal, que embelesaba a su padre.

—Sí. —Calderón parecía haber tomado una decisión—. Dile a Lorenzo que si está allí le invite a venir, indicándole que aquí le espera su tío, fray Antonio. Y si no está, que aguarde hasta que llegue para invitarle a venir.

—Que le diga, que el caso aprieta —terció el fraile.

—Ya va puesto en el papel.

## 3

Era pasado el mediodía cuando Pedro Capablanca, el pesquisidor, como le había motejado don Pedro Calderón de la Barca, salía de la casa de doña Beatriz de Argüeso, joven y acomodada viuda de un contador del Consejo de Indias, que en vida se había llamado don Bartolomé de Esquivias y que había muerto por causa de unas viruelas malignas que cogió en un viaje a Sevilla por razones de su oficio. Regresó a Madrid enfermo de gravedad y expiró en pocos días. Su mayor pesar al abandonar este mundo fue no dejar descendencia y sí una mujer de buen ver, con un más que honesto pasar.

Tenía doña Beatriz las casas de su morada en la calle de la Gorguera, frente al convento de las carmelitas descalzas. Era un hermoso inmueble con numerosas dependencias distribuidas en dos plantas y desván, que se articulaban en torno a un patio cuadrado rodeado de galerías sostenidas por columnas. En la parte de atrás había un extenso huerto con no menos de cuatro celemines de cabida, del que cuidaba con primor un experimentado hortelano, que tenía mucho de jardinero. Buena parte de los cuatro celemines estaban dedicados al cultivo de flores.

Doña Beatriz era la casera de Pedro Capablanca, la dueña del inmueble donde estaba la buhardilla que le servía de cocina, comedor, sala de estar y recibir, excusado y dormitorio. El precio que el pesquisidor había de pagar por aquel aposento era de un real y veinticuatro maravedíes cada mes. Pero eran muchos los meses en que esa suma resultaba inalcanzable para su bolsillo. Cuando dicha circunstancia concurría varios meses continuados, Capablanca era conminado a efectuar el pago, so pena de ser denunciado en un plazo riguroso y, además de dar con sus huesos en la calle, ser puesto en la cárcel por deudas, aunque por su condición de hidalgo —guardaba la ejecutoria que así lo atestiguaba como el mayor de sus tesoros— sabía que esa segunda consecuencia no tendría efecto sobre su persona. Pero esas angustias fueron mientras vivió el finado contador porque a partir de su muerte, la actitud de doña Beatriz hacia su persona había sido de una dulzura extremada. Cuando después de varios meses —seis en concreto— sin haber abonado un solo maravedí de la renta fue llamado por su casera, no recibió los denuestos con que solía obsequiarle su difunto esposo, sino que encontró a una señora necesitada de consuelo, y el sobrino del franciscano comprendió muy pronto cuál era el estado en que se encontraba la dama. Pedro satisfizo a doña Beatriz. Era mujer lozana, de prietas carnes y muy aguerrida y brava en la cama, quien se daba por pagada y regalada de aquella forma, recibía el cobro con una frecuencia regular que, con ligeras alteraciones, estaba tasado entre tres y cuatro veces al mes.

Pedro Capablanca acababa de abonar cumplidamente uno de aquellos débitos decenales y por lo que podía deducirse de su semblante había sido a plena satisfacción.

Era un apuesto mozo, aunque no podía tildársele de lindo. Andaría por los treinta y cinco años y su estatura superaba con creces las dos varas. Tenía una complexión que, sin ser atlética, denotaba un buen estado físico. El pelo era castaño y ondulado, peinaba media melena a la moda y no gastaba perilla ni bigote; prefería rasurarse la barba, aunque era frecuente que la tuviese de varios días, cuando los cuatro maravedíes del barbero se convertían en un dispendio insoportable para su habitualmente menguada bolsa. Tenía la tez curtida, sin ser cetrina. Los ojos negros de mirada melancólica y penetrante. Era un amante de la buena vida, pero ésta lo había llevado por caminos de dificultad, desde que a los veinte años, abandonó la casa familiar, al negarse a seguir la planificada vida que había dispuesto para él su progenitor, don Santiago Capablanca y Mardones, alférez mayor de Tarifa y alcaide de aquella fortaleza, cuya tenencia gozaba por gracia de Su Excelencia el señor duque de Medina Sidonia.

La paterna disposición había previsto que por su condición de ser el segundo de los hijos varones, después de su paso durante cinco años por las aulas de Alcalá de Henares, abrazase la carrera eclesiástica: obtendría algunas capellanías, una buena canonjía y si se terciaba un obispado, aunque fuese de segunda o tercera fila. Al mozo no le faltaban cualidades. Era vivo, perspicaz y muy intuitivo, y el paso del tiempo puliría el peor de sus defectos, la falta de diligencia. La afición a la buena mesa y los caldos de calidad y el amor a las mujeres, que se había revelado como algo consustancial con su naturaleza, no eran obstáculo alguno para el plan establecido por su padre.

Todo se fue al traste con la tozuda negativa —la cabezonería, Pedro la llamaba tenacidad, era otro de los rasgos de su personalidad— del mozo a seguir los consejos paternos. Las relaciones entre padre e hijo llegaron a tal extremo que una mañana muy temprano, sin mirar para atrás y con un hatillo donde llevaba lo más imprescindible, se marchó del lugar donde habían transcurrido los años de su infancia y adolescencia.

Al lado del joven Pedro estuvo en todo momento un hermano de su padre, su tío fray Antonio Capablanca, que con el paso de los años se convertiría en guardián del convento de su orden en Madrid. También le apoyó una tía suya, hermana de su madre, Blanca Mier, casada con un rico encomendero del que había quedado viuda y sin hijos. A la muerte de su tía Pedro había quedado como el único heredero de sus bienes, cuyo principal se encontraba al otro lado del Atlántico, en una ciudad llamada Santiago de los Caballeros, en la Capitanía General de Guatemala, pero el testamento estaba tan enredado que llevaba porfiando cinco largos años, sin resultados palpables, para hacerlo efectivo. Y lo que era más grave, sin posibilidad de acudir a la mencionada ciudad, por falta de unos malditos papeles, porque allí era donde estaba la clave para poder resolver el testamento. La efectividad de dicho documento le permitiría entrar en posesión de bienes y rentas por un importe tal que le convertiría en un acaudalado hacendado, todo un indiano. Pero aquello, hasta el momento, sólo había sido humo de pajuelas por causa de los reseñados papeles, que era necesario poner al día.

De sus tiempos de adolescente conservaba una vieja amistad, templada en juegos de niños y aventuras de juventud, con Diego de Guzmán, marqués de las Almadrabas, quien había alcanzado puesto de gentilhombre de cámara de Su Majestad y era persona de notable influencia en ciertos círculos cortesanos.

Después de la amarga experiencia que había supuesto su rechazo a entrar en religión, le había quedado poca afición a las cosas de iglesia. Tasadamente cumplía con sus obligaciones de cristiano, lo justo para que los del Santo Oficio no le molestasen. Acudir a misa en algunas de las fiestas de guardar, comulgar por Pascua Florida y poco más. Cuando se confesaba, cosa que hacía con su tío, había de hacer verdaderos esfuerzos para cumplir con el propósito de la enmienda porque no tenía claro lo de enmendarse en materia de fornicio. Las excelencias que doña Beatriz de Argüeso era capaz de prodigarle no le invitaban a transitar por aquellos caminos recomendados por la Santa Madre Iglesia para obtener un perdón efectivo de los pecados. No es que a Pedro le preocupase mucho aquello del perdón, pero no quería irritar a su franciscano tío que era persona a la que tenía cariño porque era bondadoso, aunque a veces sacaba un genio tan fiero que hacía de él un basilisco intratable hasta que se sosegaba.

Pasó varios años viajando por numerosos lugares tanto del reino de Castilla, como de la Corona de Aragón y malviviendo con el ejercicio de diferentes oficios. Fue ayudante de un escribano en Salamanca, un mal bicho que le reprendía continuamente por no hacer la letra de su escritura más grande con el fin de llenar más pliegos para aumentar las ganancias de aquel granuja, las cuales estaban en relación al número de papeles que emborronaba. En Haro, donde había pasado otra temporada, trabajó con un mercader de granos, llevándole las cuentas del negocio. Tuvo que afrontar una acusación, culpado de sisar unos dineros porque las cuentas no cuadraban y no quiso volver al trabajo cuando se descubrió que el verdadero culpable era un hijo del dueño, que llevaba una vida de perdulario. En Zaragoza ejerció durante dos años de ayudante de un boticario que tenía fama de nigromante, aunque no lo era. Sí era verdad su afición a ciertas prácticas ocultas, muy relacionadas con conocimientos para la preparación de ungüentos, brebajes, pócimas y elixires. Tal era su mala fama que unas beatas, que cotidianamente pasaban por la puerta de su establecimiento para ir a misa, se echaban a la pared de enfrente, se santiguaban varias veces y pronunciaban unas jaculatorias. En una ocasión Pedro pudo ver a un fraile agustino que acuciado, sin duda, por algunas feligresas, o tal vez por propia iniciativa, rociaba con agua bendita las paredes, las ventanas y la puerta de la botica. Se llamaba el boticario Francisco Palop y tenía como oficial a Lorenzo Quintanilla, hombre versado en el arte de la herboristería y en la confección de pócimas. Poseía también, en grado muy elevado, conocimientos que, pese al servicio que prestaban a muchas gentes, le habían acarreado el odio de otros y despertado la curiosidad de la Inquisición. Quintanilla huyó de Zaragoza a uña de caballo una noche de tormenta. Pedro temió que las actividades del boticario y la huida del oficial acabaría por llevar hasta allí a los del Santo Oficio y decidió que lo mejor era poner tierra de por medio. Pidió la cuenta al boticario y se marchó a Pamplona, donde tuvo la tentación de enrolarse en una de las compañías que se estaban formando para la guerra que se sostenía contra los franceses; se arrepintió a tiempo y sólo se libró de ser reclutado por la fuerza, gracias a su condición de hidalgo. Llegó a Madrid a comienzos de los años sesenta y buscó el amparo de su tío Antonio, quien ya era guardián de su convento. A las pocas semanas le llegó la noticia de que su tía Blanca se encontraba muy mal y había manifestado repetidamente su deseo de verlo antes de morir. Viajó hasta Sanlúcar de Barrameda, donde llegó con el tiempo justo para que la enferma pudiese cumplir su deseo. Permaneció allí hasta que se celebraron el entierro, los funerales y la apertura del testamento de la difunta. La tía Blanca era la hermana de su madre quien, al haber muerto su progenitora poco después del nacimiento de Pedro, se había convertido en una madre para él. El escribano le comunicó que era el principal heredero de su tía. Además de la hacienda indiana, percibió doscientos ducados en moneda de plata contante y sonante.

Junto a aquellas muestras de ternura, que le llegaron a lo más hondo del corazón, se encontró con la actitud hostil de su padre, quien se negó a recibirle, ofendido aún por su abandono del hogar, pese a haber transcurrido tantos años.

Su regreso a la corte estuvo motivado por la necesidad de resolver en las altas instancias de la administración el enrevesado asunto del testamento de su tía. En contra de lo que le habían prometido escribanos y leguleyos, la resolución se demoraba un mes tras otro y así habían transcurrido cerca de cinco años, sin conseguir sentencia favorable a sus intereses. Era cierto que las cosas de palacio iban despacio y las de la justicia más despacio aún. Plumíferos y abogados habían dado, en poco tiempo, buena cuenta de sus ducados. Sólo había logrado sobrevivir, en aquella babilonia que había visto consumirse los últimos años del reinado de Felipe IV, con la ayuda de su tío, las mercedes de su amigo don Diego de Guzmán y las ganancias que le reportaban su viveza, su intuición y su inteligencia para ayudar a gentes que se veían envueltas en situaciones complicadas a las que Pedro encontraba solución, gracias a su habilidad para juntar cabos y efectuar pesquisas.

Aunque el día era soleado, Pedro lucía una amplia capa, que cubría algunas indecencias de su vestido. Oteó el horizonte que le ofrecía la puerta de la casa de doña Beatriz y encaminó sus pasos hacia el mesón de San Martín, situado en la calle del mismo nombre y junto al postigo también bautizado así en honor del santo francés, que había partido su capa con un mendigo, porque, como buen gabacho, no tuvo el gesto de dársela entera al desgraciado que socorría.

Bajó por la Corredera de San Pablo hasta llegar a la calle que dicen del Horno de la Mora y por allí salió al Postigo de San Martín. Por el camino llegaron hasta su nariz los fuertes y penetrantes olores de guisos, que salían por puertas y ventanas, abriéndole las ganas de comer, hasta el punto de que le pareció apetitosa la bazofia de nabos cocidos en agua con garbanzos y trozos de tocino rancio que guisaban en algunas de las esquinas para calentar, por cuatro maravedíes el tazón acompañado de una rebanada de pan negro, el estómago de algunos desgraciados que no tenían otra cosa que llevarse a la boca. Llegó al mesón antes de la una y encontró que había poca concurrencia. Rebuscó en la bolsa y pudo juntar un cuartillo —guardaba dos ducados en buena moneda de oro que era capital intocable— para pagarse una jarra de vino no muy aguado, media libra de pan blanco y un buen plato de potaje de habas —era el guiso del día según rezaba en la tablilla de la entrada— con alguna orilla, que la mano de Isabel alargaría de forma generosa.

Isabel era la hija del mesonero de San Martín y allí trabajaba como moza y encargada. Le profesaba a Capablanca un cariño muy especial, y los que la conocían bien sabían que estaba enamorada de él. Pedro la respetaba como mujer y nunca le había dado pie a que se hiciese algún tipo de ilusión para una relación que fuese más allá de la amistad.

Isabel acudió solícita, como siempre, y sin decir palabra sacó de su seno un billete que le alargó:

—Lo ha traído para vuesa merced uno que dice que es criado de don Pedro Calderón de la Barca. Es aquel que está allí. —Isabel señaló a un rincón, junto a la chimenea, donde dormitaba un individuo—. ¿Vais a comer?

Pedro frunció el ceño. «¿Un mensaje de don Pedro Calderón?» Jamás había cruzado una palabra con el dramaturgo, aunque sabía que era amigo de su tío.

—Todo lo que me des por un cuartillo —contestó abstraído.

Leyó las pocas líneas del texto.

> Si vuesa merced lo tiene a bien me gustaría que nos reuniésemos en las casas de mi morada para tratar de un asunto de extrema gravedad y mayor urgencia. Estará con nosotros fray Antonio Capablanca, vuestro querido tío. Si no hay inconveniente por parte de vuesa merced, le acompañará el portador de este billete.
>
> Don Pedro Calderón de la Barca

Pedro levantó la vista y miró a Isabel que le había observado, siguiendo las expresiones de su cara, mientras leía el papel.

—¿Algo grave?

—No tanto como para que deje de comer: don Pedro Calderón quiere hablar conmigo. Serán cosas de mi tío, el fraile.

—¿Sabéis que estrenan una comedia suya el segundo Domingo de Pascua?

—Lo sabe todo Madrid, Isabel.

—Menos mal, porque vamos camino de los veinte meses con los corrales cerrados. La culpa la tienen los dominicos. ¡Si por ellos fuera estaríamos a todas horas rezando y dándonos golpes de pecho!

—Tampoco al valido de la reina le gusta mucho el teatro —asintió Pedro.

—¡Ese extranjero es tan aburrido que odia que la gente se divierta! Dicen que padece del estómago y digo yo que será por su mal carácter. —Isabel no tenía que atender a muchas obligaciones en aquel momento y tenía ganas de conversación, la verdad es que siempre tenía ganas de conversación con Pedro—. ¿Por qué cree vuesa merced que han decidido autorizar la apertura de los corrales? ¡Porque veinte meses de luto, aunque sea el rey, son muchos meses!

—No es cuestión de lutos, Isabel, sino de política.

—¿De política, decís?

—Sí, Isabel, hay mucho malestar. Las cosas van mal y la gente necesita distracciones.

—Pues entonces ¿por qué los han tenido cerrados tanto tiempo?

—¡Porque son unos cretinos, Isabel! ¡Son unos cretinos! Y ahora, anda, tráeme esas habas, que sería capaz de comerme un buey si se terciase.

Antes de irse, Isabel le preguntó:

—¿Despierto a ése?

—Déjalo que repose hasta que haya comido.

Don Pedro Calderón de la Barca vivía en una casita de dos plantas, sencilla, pero bien acomodada, en la Cava Baja de San Francisco, cerca del Peso de la Harina. Cuando Pedro Capablanca llegó, acompañado de Lorenzo, que era como se llamaba el criado, el ilustre dramaturgo era una fiera enjaulada. Una espera de cerca de tres horas le había avinagrado el humor hasta extremos insoportables. Hacía rato que Lupercio Bandrés se había marchado, no sin antes prometer que su boca, por lo que le iba en aquel lance, estaría sellada como una tumba. Igual compromiso había adquirido el maestro Berucci, quien señaló que había de dar instrucciones a sus tramoyistas para que continuasen su trabajo en la medida de lo posible. El italiano prometió silencio y estar en contacto. En aquella espera le había acompañado el franciscano quien, por lo visto, no tenía mucho que hacer.

—Don Pedro, éste es mi sobrino, de quien os he hablado; también se llama Pedro, como vuesa merced.

El dramaturgo, que se había puesto en pie para recibirle, le alargó la mano y quiso dedicarle una sonrisa, pero le salió una mueca. El pesquisidor correspondió con una leve inclinación de cabeza. El fraile abrazó a su sobrino:

—¿Cómo estás, alma de Dios? Hace por lo menos dos meses que no sé de ti. ¡Algo estarás tramando, truhán! —El franciscano le daba cariñosos golpecitos en el hombro.

Tras los saludos, Calderón invitó a Pedro a que tomase asiento. Con pocas palabras le puso al tanto de lo ocurrido y ponderó, más detenidamente, las graves consecuencias que podrían derivarse si la representación no se podía llevar a efecto. El escritor le confesó que el propio valido de la reina, agobiado por el ambiente que reinaba en Madrid y temiendo una explosión de cólera popular si al pueblo no se le daba algún entretenimiento, le había pedido personalmente que se esmerase en su cometido.

—En resumidas cuentas, amigo Capablanca, que estamos en un atolladero y mucho más grave de lo que a primera vista pueda parecer. El propio padre Everardo —era el nombre del valido de la reina— me dijo que en algunos círculos cortesanos se alentaba el malestar del pueblo con el propósito de que la situación llegase a tal extremo que se produjese un cambio en el gobierno.

—¿Tan grave es la situación? —preguntó, un tanto amoscado, el pesquisidor.

—Más de lo que podéis imaginaros.

—Sabía que en la decisión de abrir de nuevo los corrales había una intención política, pero no podía imaginar que las cosas estuviesen como vuesa merced acaba de exponerlas.

—¿Crees que podemos hacer algo para recuperar esos manuscritos, sobrino? —Fray Antonio había escuchado pacientemente la explicación de Calderón y reafirmado sus palabras con continuos movimientos de cabeza.

—Siempre se puede hacer algo, tío. Otra cosa es que tengamos éxito en nuestras indagaciones. Contadme ahora, don Pedro, cómo se han producido esas misteriosas desapariciones que, sin duda, responden a un plan previsto por alguien. ¿Cuándo ha sido? ¿Cómo se han producido? ¿Cuáles han sido las circunstancias? Por favor, no omitáis ningún detalle por poca importancia que vuesa merced considere que tiene.

Calderón le explicó la llegada de Lupercio Bandrés con la noticia de la desaparición de la copia que él le había entregado y también la de las copias que estaba haciendo para los actores. Luego, cómo llegó el maestro Berucci y, estando aquí, recibió la noticia de que su tramoyista no encontraba la copia que tenía.

—¿Los dos han venido esta mañana? —preguntó Pedro.

—Con una diferencia de media hora.

—¿Sabemos cuándo echaron en falta los manuscritos?

—Lupercio, según me ha contado, anoche cuando se disponía a trabajar después de cenar. Berucci estaba en esta misma habitación cuando el tramoyista le ha comunicado la desaparición.

—Eso significa que quienes se han apoderado de vuestra obra actuaron ayer —el pesquisidor hacía aquellas reflexiones a la par que preguntaba. Su tío le miraba con cierta delectación y arrobo—. Dos preguntas más, don Pedro.

Calderón asintió con un leve movimiento de cabeza.

—¿Ese Lupercio y el tal Berucci son gentes de fiar?

El dramaturgo respondió con otra pregunta:

—¿Por qué me preguntáis eso?

—Hay que atar todos los cabos, si no queremos perdernos a medio camino.

El escritor pareció meditar un momento, después habló pausadamente.

—Lupercio realiza copias de mis obras desde hace más de veinte años. Nunca habíamos tenido el menor problema. El pobre está apabullado. Había venido para pedirme que le hiciese llegar la copia del maestro Berucci, cuando se presentó el contratista, según os he contado. El italiano estaba apesadumbrado, tiene más de trescientos ducados gastados en decorados y artilugios; precisamente venía para urgirme las copias de los diferentes papeles de los actores que han de representar la comedia; si no estuviesen a tiempo para los ensayos necesarios, afirma que será su ruina. —Calderón hizo una pausa y luego sentenció—: No creo que por ese camino vayan los tiros. ¿Cuál es la segunda de vuestras preguntas?

—¿Quiénes saben que una copia la tenía Lupercio y la otra Berucci? Tómese vuesa merced todo el tiempo que necesite y piense vuesa merced con detenimiento porque es muy importante que no se quede nadie atrás.

Calderón apretó los labios y guardó un prolongado silencio. Al cabo del rato dijo con voz mesurada:

—Hay mucha gente que sabe que Lupercio Bandrés es la persona encargada de realizar las copias de mis comedias y autos sacramentales, ¡son ya tantos años! Por lo que respecta a Berucci, también es mucha la gente que tiene conocimiento de ello. Hay varias docenas de personas entre pintores, alarifes, carpinteros, tramoyistas, herreros, sastres... ¡qué sé yo cuánta gente más que se mueve alrededor de un estreno! —Calderón suspiró—: ¡Es tanta la gente que ha podido tener conocimiento de ello que me resulta imposible daros una relación!

El pesquisidor asintió con la cabeza, comprendiendo las razones esgrimidas por el dramaturgo.

—Una última cuestión, al menos por ahora. ¿Quién cree vuesa merced que puede estar interesado en que no haya representación?

Otra vez Calderón quedó sumido en un prolongado silencio.

—Ya os he comentado que en ciertos círculos cortesanos existe interés en que la situación se pudra aún más de lo que ya está. Un cambio en el gobierno sería su mayor deseo. En la corte las tensiones son muy fuertes y crecen cada día que pasa. Las luchas entre las camarillas que hay alrededor de la reina alcanzan niveles que vuesa merced no puede siquiera imaginar. Avergonzarían a las lavanderas del arroyo y a los mozalbetes que se apedrean a orillas del Manzanares.

—¿Algunos nombres, don Pedro? —preguntó Capablanca.

—Es grave cosa lo que me pedís.

El pesquisidor miró fijamente a los ojos al dramaturgo:

—Don Pedro, he de ser muy franco con vuesa merced, a quien respeto no sólo por su valor como uno de los mayores ingenios de esta corte, sino por la amistad que os une a mi tío. ¿Deseáis que aparezca vuestro manuscrito?

—¡Más que nada en el mundo! —Calderón golpeó la mesa con el puño—. No sólo por la vanidad del autor, que es mucha; sino por lo que significa el estreno que me han confiado y que vuesa merced ya conoce en sus pormenores.

—En ese caso, si desea vuesa merced que trabaje en este asunto y, sin que pueda garantizaros nada, habrá vuesa merced de depositar toda su confianza en mi persona y habrá de prestar toda la colaboración que le requiera, en la seguridad de que la discreción es obligada por mi parte. Si no es así, será imposible que nos acerquemos siquiera a los bordes de la extraña desaparición de vuestros manuscritos.

—Alabo vuestra franqueza —respondió Calderón quien calibró la contundencia de aquellas palabras—. En ese caso sabed que el partido que apuesta por un acercamiento a Francia y que es contrario a la política del valido y de la Junta de Gobierno es el más interesado en que Madrid hierva como una olla de garbanzos. Guardadme el secreto.

—¡Eso es algo del dominio público, don Pedro! —exclamó Capablanca.

—¡Pues es cuanto puedo deciros, mi querido amigo! —El escritor parecía malhumorado con la afirmación del pesquisidor.

Capablanca se dio cuenta de que la reunión no iba a dar más de sí. La verdad era que no había conseguido mucho. Sólo había logrado despejar algunas dudas menores.

—¿Quiere vuesa merced que trate de encontrar su comedia?

—Para eso os he llamado. —Había cierta frialdad en la respuesta del escritor.

—¿De cuánto tiempo disponemos?

—Desgraciadamente muy poco, cinco o seis días a lo sumo —respondió un compungido Calderón.

—¿Con qué medios contamos?

—¿A qué se refiere vuesa merced?

Fray Antonio terció en la conversación:

—Hay que hacer pesquisas, moverse, buscar colaboraciones y pagar ciertos trabajos... Todo eso produce numerosos gastos.

—Ya comprendo. Excusadme un momento. —Don Pedro se levantó y salió del gabinete.

—¿Qué te parece todo esto? —preguntó fray Antonio.

—Que hay mucha tela que cortar. Las implicaciones de este

asunto me parecen de una gravedad extrema, y el peligro que vamos a correr es mucho.

—¿Tienes alguna pista por donde empezar?

—Ninguna. Por lo pronto, preguntaré en algunos lugares donde se cuentan muchas cosas y los rumores corren con facilidad.

Calderón regresó con cinco ducados.

—¿Le parece suficiente a vuesa merced?

Capablanca sopesó las monedas depositadas en su mano:

—Tendremos lo justo para empezar a movernos. Os tendré puntualmente informado de todo lo que ocurra, pero sabed que tenéis que ser paciente.

El pesquisidor se levantó y también lo hizo su tío. Calderón los acompañó hasta la puerta de la calle. Las últimas palabras del dramaturgo sonaron solemnes, como era su persona:

—No olvidéis que es mucho lo que hay en juego en este asunto. Mucho más de lo que pueda pareceros.

Una duda asaltó al escritor cuando vio marcharse calle abajo a su amigo el guardián de los franciscanos y a su sobrino. No había jugado limpio con este último cuando le había respondido no tener ninguna pista por la que iniciar las pesquisas. Sabía de sobra que había personas concretas con las que tenía una deuda pendiente y era muy posible que hubiesen considerado que aquél era el momento adecuado para cobrarla. Ahora dudaba si había hecho bien ocultándole aquella información, que con seguridad le sería de gran utilidad. Recordar aquella historia que ahora rememoraba le producía angustia y vergüenza, tanta que ésa era la razón por la que había guardado un pudibundo silencio.

# 4

Después de la reunión mantenida en casa de don Pedro Calderón, Capablanca se acodaba, ensimismado en sus pensamientos, en una mesa apartada de la zona donde reinaba el bullicio en el mesón de San Martín. A aquella hora la parroquia ya era abundante y ruidosa. Había allí una cuadrilla de arrieros vizcaínos que votaban y juraban, dándose un verdadero festín con un cordero, que ellos mismos habían entregado al mesonero para que se lo preparase asado a fuego lento en la parrilla y aderezado con hierbas aromáticas. Muy temprano, dos de ellos habían acudido con el animal muerto y desollado, listo para ser cocinado. El vino corría generoso entre los presentes y también los platos de embutidos del valle de los Pedroches, una de las numerosas atracciones culinarias del mesón que con tino y buen hacer llevaba el maestro Francisco Valle Ropero, padre de Isabel. Un cordobés que había llegado a Madrid, huyendo de la peste que azotó Andalucía hacía cosa de veinte años y que causó estragos muy graves en numerosos lugares. Córdoba, que fue uno de los sitios más castigados, había perdido la tercera parte de su población.

Los vizcaínos estaban de paso por Madrid, habían torcido su camino para pasar una jornada en la Villa y Corte, gozando de los encantos que les ofrecía una gran población. Subían desde

Cádiz con toda la sal que habían podido cargar en sus acémilas y jumentos camino de su señorío natal, para adobar las salazones de atunes, arenques y otros pescados que entraban en sus puertos. Eran ruidosos y parecían gente extravertida, aunque, en general, eran tenidos por el vulgo como muy celosos de sus cosas y gentes que se amoscaban con facilidad porque sus costumbres y maneras —levantaban gruesas piedras cuantas más veces mejor en el menor tiempo posible y competían por cortar el tronco de un árbol, sin la finalidad de hacer leña— eran consideradas por muchos cosa propia de gentes bárbaras y poco refinadas. Pero, por lo general, eran buenos trabajadores y abrigaban nobles sentimientos.

Algunos de los presentes eran viajeros que acudían a Madrid en busca de solución para asuntos relacionados con la administración —como le había ocurrido al pesquisidor hacía algunos años—, y también había varios soldados de la compañía de algún tercio que estuviese formándose o lo que era más probable, que hubiese quedado desarbolado en alguna de las guerras habidas y no tuviese capitán. También entre los militares los votos y las blasfemias resonaban rotundos.

Pedro había puesto sobre aviso a Isabel para que le informara de cualquier cosa que escuchase relacionada con el estreno de la obra de Calderón de la Barca y tratara de no olvidar a las personas que sobre tal asunto hablasen.

—¿Teme don Pedro a los mosqueteros? —había preguntado la moza al recibir el encargo.

—No, Isabel, el asunto es bastante más grave. El maestro Calderón sabe que tiene el éxito asegurado. Hay ganas y la afición es mucha después de tantos meses de secano. ¡Pero ya veremos si hay estreno!

—¿Qué me dice vuesa merced? —Los hermosos y negros ojos de Isabel se habían puesto como platos.

La moza, que gozaba de la confianza del pesquisidor, aunque con frecuencia se ponía mohína ante algunas de las actitudes de Capablanca, era una de sus fuentes de información más importantes, porque en un lugar como un mesón se escuchaban muchas cosas. Y aunque de natural no era aficionada a comentarios, ni a referir nada de lo que a sus oídos llegaba, una petición de Pedro era para ella mucho más que una orden de su padre. ¡Qué no haría ella por aquel Capablanca que tenía algo de pícaro y también mucho de señor!

Antes de encaminar sus pasos hacia el mesón, el pesquisidor, al ser la tarde del viernes, había pasado por la puerta de la iglesia del Colegio Imperial, a cargo de la Compañía de Jesús y había departido un rato con su amigo Sancho Birriel, más conocido como el Ciego de la Bureba.

—¿Qué tal va el día, Sancho? —le saludó Pedro cuando se acercó hasta donde, acurrucado, sostenía una pequeña escudilla de madera en la que recogía las limosnas de quienes ejercitaban con él la caridad.

—Loado sea Dios que me permite escuchar a vuesa merced, que se vende muy caro de un tiempo a esta parte. —El ciego era capaz de identificar a una persona con sólo haber escuchado su voz en un par de ocasiones. La vista de la que le privase el Altísimo, había sido compensada con un oído finísimo.

—Ando con muchas ocupaciones, mi buen Sancho.

—Corren tiempo agitados, don Pedro —el ciego siempre trataba a Capablanca con una consideración extraordinaria—, el malestar está generalizado, todo el mundo se queja de algo. ¡Y se escucha cada cosa! ¡Como si no tener vista significase carecer de oído!

—¿Qué es lo que se dice?

—Muchas cosas, señor, muchas cosas. —Hubo un momento en que su boca abierta dejó ver dos dientes podridos y unas encías desdentadas—. La falta de granos es un problema grave y parece que la cosecha que viene no va solucionar gran cosa. Todo el mundo dice que el próximo invierno habrá hambruna. Y lo que se oye de las cosas de palacio... ¡ay las cosas de palacio!

—¿Qué se dice?

—En realidad no se dice nada nuevo, don Pedro, pero todo el mundo anda quejándose. La reina no cae simpática y el confesor, que ahora tiene vara alta, es blanco de toda clase de críticas. ¡Si vuesa merced escuchase los rumores que corren!

—Habrá caído bien el anuncio de que pasada la Semana Santa se abren de nuevo los corrales. ¡Tenemos estreno de campanillas para el segundo Domingo de Pascua y con don Pedro Calderón estrenando comedia!

—Cierto que la medida ha templado los ánimos de algunos, que hablan de eso en lugar de criticar lo mal que lo está haciendo el gobierno. Pero, como bien sabe vuesa merced, ésa no es la solución. Falta el dinero, escasea el pan y los precios de las cosas están por las nubes. No hay quien tenga un real de plata. Sólo maldito vellón. ¡Ay si vuesa merced supiera cuánto tiempo llevo sin ver un real de plata! Se dice también —el ciego bajó la voz— que pronto habrá guerra con el francés.

Capablanca volvió al asunto que le interesaba.

—¿Qué has escuchado de la apertura de los corrales?

—Hay ambiente, don Pedro. Ganas de llenar el corral de la Cruz, los de la Cofradía de la Soledad y Niños Expósitos van a tener una buena cosecha. Se están pagando dobladas las ventanas de desván, y de los aposentos ni siquiera os hablo.

Capablanca se agachó y durante un buen rato no paró de hablar al oído del ciego, quien no dejaba de asentir con la cabeza. Lo que quiera que fuese que el pesquisidor le dijera, le había cogido por sorpresa porque, cuando éste se incorporó, el ciego le susurró en voz baja:

—¿Tan importante es, don Pedro?

—Más de lo que te puedas imaginar. Te prometo que verás uno de a ocho si me consigues información abonada.

—Vuesa merced sabe de sobra que no necesito yo ocho buenos reales de plata si de prestarle un servicio se trata. Nunca olvidaré que hace dos inviernos no fui a criar malvas por la caridad que vuesa merced me hizo. ¡Y eso es algo que Sancho Birriel no olvidará jamás! Mañana por la tarde estaré en las gradas de San Felipe. Los oficios cuaresmales terminan a las siete y media, si le place darse una vuelta por allí, tal vez tenga algo que contarle.

—Allí estaré sin falta, y tú aguza el oído.

Mientras se alejaba camino del postigo de San Martín hasta él llegaba como si fuese una letanía la cantinela del ciego que pedía:

—¡Tenga vuesa merced una caridad para este pobre ciego! ¡Es mejor dar que pedir! ¡Tenga vuesa merced una caridad para este pobre ciego! ¡Es mejor dar que pedir!

Ahora, acodado en la mesa, Pedro Capablanca cavilaba, dando vueltas en su cabeza a los pocos datos que tenía para buscar aquellos papeles, y esperaba que apareciese la persona a quien Pascualillo había ido a buscar.

Más de una hora hubo de aguardar —parte de la cual utilizó en hacer anotaciones en un papel con el recado de escribir que había pedido a Isabel— a que por la puerta del mesón apareciese fray Hortensio Algodonales, un fraile a quien el pesquisidor había conocido poco después de su llegada a Madrid. Tenía una figura oronda a la que acompañaba una cara que parecía dibujada con la perfección de un compás. Una reluciente calvicie, a la que ayudaba la tonsura de su estado, tenía su contrapunto en una generosa papada. Los ojos eran muy redondos y pequeños, el fraile tenía algo de pícaro en la mirada. Era de baja estatura y gozaba de una prominente barriga que se abombaba por encima de un gastado cinturón de cuero con el que ceñía los hábitos de su orden, la de San Basilio. La voz era recia. Calzaba sandalias tanto en invierno como en verano; la diferencia estacional estaba en que los calcetines de lana con que abrigaba sus pies en los meses de frío desaparecían con la llegada de la primavera. Gastaba muñequeras de cuero, lo que le daba un aire de esforzado ejecutor de rudas tareas, aunque sus formas redondeadas desdijesen que se ejercitase en tales menesteres. Andaría por el medio siglo de edad.

Aquella imagen no respondía, en absoluto, a lo despejado de una inteligencia privilegiada y a una perspicacia fuera de lo común. Tenía fama de reputado teólogo y experto en cuestiones de casuística, aunque la moralidad de que hacía gala dejaba mucho que desear. Había ganado igualmente fama de individuo trapisondista, algo pendenciero y proclive al amor carnal. Tales aficiones habían hecho que la autoridad eclesiástica se viese obligada a imponerle severos correctivos y arduas penitencias, que no habían doblegado su tendencia a vulnerar el sexto mandamiento, ni habían puesto punto final a su participación en fiestas y saraos, donde corría generoso el vino, y la gula tenía asiento principal. Sus superiores conventuales de la orden de San Basilio, que como queda dicho era a la que pertenecía fray Hortensio Algodonales, le habían amenazado varias veces con la exclaustración. Pero sus fugaces arrepentimientos y su bien amueblada cabeza, que había prestado notables servicios a la orden, habían alejado, hasta el momento, la ejecución de la terrible amenaza. En todo caso la jerarquía había asumido que fray Hortensio quedaba un tanto al margen de la disciplina de su comunidad.

Entró en el mesón repartiendo bendiciones a diestro y siniestro, respondiendo a saludos de conocidos y buscando con la mirada a su amigo Capablanca. Llevaba terciada en bandolera una hinchada bota de piel de cabra y en una de sus manos un envoltorio pringoso. Cuando llegó hasta donde estaba el pesquisidor lo saludó con una especie de reverencia, a la par que depositaba sobre la mesa el envoltorio con el pastel de pescado que llevaba.

—¡Hermano Pedro, se presenta vuestro más humilde servidor, que acude solícito, raudo y veloz a vuestra llamada, dejando para postreras ocasiones menesteres placenteros en los que me ejercitaba cuando he recibido vuestro recado!

—¿Raudo y veloz, dices, cuando llevo más de dos horas aguardando? ¿En qué burdel andarías metido?

—Como os he dicho, hermano, placentero lugar era. Pero aquí estoy. —Tomó asiento y cortó con la mano, sin muchos miramientos, un trozo de pastel. Cuando hubo deglutido el primero de los bocados, preguntó—: ¿Puedo saber a qué se debe tu requerimiento? Pascualillo ha insistido mucho en la urgencia para que nos viésemos.

—Termina primero de comer, porque tenemos para rato.

—Ésa es una sabia decisión. No se debe ni pensar, ni trabajar con el estómago vacío. —Cogió la bota y le dio un tiento generoso. Chasqueó la lengua y se limpió la boca con la manga—. Algo repuntado está, pero no he de hacer ascos a lo que llega a mis manos gracias a la bondad con que Dios Nuestro Señor distingue a este humilde pecador.

Una vez que fray Hortensio hubo concluido su condumio —no le había importando mucho que fuese viernes de cuaresma para dar buena cuenta de aquel pastel de pescado cuyo peso sobrepasaba con mucho una libra—, se dispuso a escuchar lo que su amigo tuviese que comunicarle.

—¿Qué te parece la tensión que en estos momentos se está viviendo en la corte como consecuencia de los enfrentamientos que hay entre las camarillas que aspiran a hacerse con el poder? —le preguntó el pesquisidor sin mayor preámbulo.

El fraile basilio, que estaba hurgándose en los dientes con un punzoncillo de marfil que había sacado de su faltriquera y que tenía siempre a mano para efectuar aquel menester, detuvo el movimiento de su mano y miró con ojos inescrutables a Capablanca. Tras un silencio elocuente, el clérigo le espetó:

—¿Tú no me habrás llamado con estas prisas para hablar de política?

—¿Por qué no, si puede saberse? —respondió retador Capablanca.

—Porque eso es algo que a ti te interesa poco y a mí me trae al fresco. Lo que tú buscas es otra cosa y me barrunto que no debe ser muy limpia cuando empiezas dándole rodeos.

—¿Rodeos, dices?

—Sí, rodeos —afirmó contundente el fraile—. Primero me dices que he tardado mucho, luego que coma, después que qué pienso acerca de la situación del gobierno. Asunto sobre el que opino lo mismo que todo el mundo, que esto va a un despeñadero si Dios Nuestro Señor y su Santa Madre no le ponen remedio. Por lo tanto, es mejor que vayas al grano, Pedro, que entre tú y yo no ha de haber medias palabras.

Con razón los superiores del fraile soportaban las pasionales actuaciones de fray Hortensio; porque su perspicacia había prestado señalados servicios en momentos comprometidos para la orden. Dicha cualidad no resultaba muy acorde con su aspecto desaliñado, ni su cuerpo orondo respondía a la agudeza mental con que era capaz de afrontar situaciones complicadas.

—Está bien, Algodonales. —Pedro le llamaba muchas veces por su apellido, sin tener presente su estado, ni hacer otras consideraciones—. Me han encomendado la búsqueda de un manuscrito cuya autoría corresponde a don Pedro Calderón de la Barca.

—¿Un manuscrito de Calderón? ¿No hay copias? —preguntó el monje basilio.

—Existen dos copias, pero las dos han desaparecido. Todo apunta a que han sido robadas.

Los ojos de fray Hortensio brillaron por un instante.

—¿No serán los manuscritos de la comedia con que en Pascua va a ponerse el punto final al cierre de los corrales?

—Has dado justo en el clavo —comentó con cierta sorna el pesquisidor.

—¿Y dices que los han robado? —el fraile ignoró el tono malicioso de la respuesta de su amigo.

—Los dos.

Fray Hortensio hizo un mueca y se encogió de hombros:

—¿Significa eso que corre peligro el estreno? —Más que una pregunta fue un reflexión en voz alta.

—No habrá estreno, si no aparecen en pocos días —sentenció el pesquisidor.

El fraile soltó un silbido y agitó una mano en clara señal de exageración.

—¡El escándalo puede ser morrocotudo!

—Por eso es por lo que te he llamado. A don Pedro Calderón le unen fuertes lazos de amistad con mi tío.

—¿El guardián de los franciscanos?

—El mismo —respondió Pedro—. Me han llamado esta misma mañana y me han pedido que trate de encontrar esos manuscritos en menos de una semana. Si no aparecen no habrá tiempo, ni posibilidad para poner en escena la representación.

Fray Hortensio asintió con la cabeza y suspiró:

—Como están las cosas, si tienen que suspender la representación puede haber un motín. El ambiente está tan crispado que mucha gente sólo necesita un pretexto para iniciar una revuelta. Y esta ocasión viene que ni pintada a los que abrigan tal propósito.

—Ésa es la razón por la que don Pedro cree que se trata de un robo y que ha sido perpetrado por alguien que tiene intenciones de crear un problema político con graves repercusiones públicas. Ésa es también la razón por la que he pedido a vuesa merced su opinión acerca de cómo están las cosas. —Las últimas palabras del pesquisidor llevaban implícita una crítica a la actitud del fraile. Éste no se dio por aludido y en lugar de iniciar una discusión se limitó a preguntar:

—¿Cuándo y cómo se ha producido el robo?

Capablanca explicó a fray Hortensio todos los detalles que conocía acerca de las circunstancias en que los dos manuscritos habían desaparecido. Apenas hubo concluido, su amigo le hizo otra pregunta:

—¿Tienes alguna pista? ¿Algo de lo que partir para empezar a tirar del ovillo?

—Nada, salvo que el robo forma parte de un plan para crear malestar y desestabilizar al gobierno.

—En ese caso habrá que tener los ojos y los oídos bien abiertos, y la primera tarea es hacer una lista de quienes estén en contra de que se abran los corrales y quién saldrá beneficiado de un escándalo como el que puede producirse.

Capablanca alargó a su amigo el papel donde había estado haciendo anotaciones mientras esperaba su llegada y se lo alargó.

—Aquí, el que no corre vuela. —El fraile le lanzó una mirada maliciosa con sus ojillos redondos mientras desdoblaba el papel, leyó con un bisbiseo de su labios:

—Los dominicos casi sin exceptuar a ninguno.

—Los jesuitas, aunque no todos.

—Muchos curas y frailes.

—El empresario del corral del Príncipe.

—Escritores rivales de don Pedro Calderón. No sé cuántos, pero supongo que numerosos.

—Enemigos, que son muchos, del valido Nithard.

—Camarillas cortesanas contrarias al gobierno de la regente, que no sé cuánta gente puede ser.

—Don Juan José de Austria y los suyos, para crearle todos los problemas que puedan a Nithard.

—Otros.

—El orden no tiene importancia —comentó el pesquisidor—, lo escrito está puesto según se me ocurría y con toda seguridad habrá más gente que sea sospechosa por una u otra razón.

—Mucha gente tenemos aquí y, como dices, es seguro que no estarán todos. Además, llegar hasta algunos de ellos es prácticamente imposible. —Levantó la vista del papel y le lanzó una pulla a su amigo—: Con todos los respetos, creo que con esto no tenemos casi nada.

—¡Pues tú también habías tenido la posibilidad de hacer una lista! —exclamó con desdén Capablanca.

—Yo sólo pretendo colaborar —fray Hortensio estaba a medio camino entre la excusa y el enfado.

—¿Se te ocurre alguna otra posibilidad? —preguntó, expedito, el pesquisidor.

El fraile negó con la cabeza, pero le preguntó:

—¿En qué estabas pensando cuando has escrito la palabra «otros»?

—Que esa lista, que según tus propias palabras no sirve para gran cosa, no está cerrada y que como dice vuesa merced —ahora era Capablanca el que ironizaba— es seguro que habrá más gente con intereses en este asunto.

—Habrá que tener los ojos y los oídos bien abiertos. —Fray Hortensio trataba de dar por cerrado el pique—: ¿Le has comentado algo a Birriel?

—Le he hecho una visita antes de venir. Esta tarde le tocaban los jesuitas. Está avisado, y andará alerta y pendiente de lo que escuche.

Después de un pequeño silencio, el basilio parecía haber concluido algo.

—¡Como no tengamos un golpe de suerte, me parece que no vamos a poner nada en claro! ¡Además, no tenemos mucho tiempo!

La cara del pesquisidor se contrajo porque el fraile llevaba razón. Menudo era el lío en que le había metido su tío, al endosarle un asunto que, por todas las trazas que apuntaba, se le podía convertir en un callejón sin salida porque a la dificultad se sumaban las prisas. En las horas transcurridas no había encontrado una sola pista por la que iniciar la búsqueda. Se acordó de las últimas palabras de Calderón: «No olvidéis que es mucho lo que hay en juego. Mucho más de lo que a primera vista pudiera parecer».

## 5

Habían transcurrido dos días desde que Pedro Capablanca recibió el encargo de buscar aquel preciado manuscrito y no había logrado ningún avance sustancial en sus pesquisas. Todas las ideas que se le habían ocurrido o no le conducían a ninguna parte o si tenían visos de llevarle a algún sitio se le cerraban ante la imposibilidad de alcanzar un objetivo concreto.

No era cuestión de dirigirse a los dominicos, quienes tenían varios conventos en Madrid y sostenían desde todos los lugares a su alcance —sus más fogosos predicadores desde el púlpito, sus más reputados teólogos desde las páginas de sus escritos y sus más influyentes confesores desde la presión que ejercían sobre las conciencias en el confesionario— una dura campaña contra las representaciones teatrales, tildando a los corrales de comedias de pórticos del infierno, comparando a las actrices con la ramera de Babilonia y a los empresarios de los corrales con ayudantes de Satanás, sin que fuese reparo para ellos que la mayor parte de dichos empresarios fueran instituciones de beneficencia tales como hospitales, la casa cuna o cofradías de renombre. Habían llegado incluso a considerar ilícitas las ganancias que reportaban las representaciones, aunque una parte de ellas se destinasen a obras de caridad y al sostenimiento de fundaciones cuyo fin era la ayuda a los más necesitados.

Tampoco era cuestión de preguntar, si es que había posibilidad de acceso, cosa harto difícil en la mayor parte de los integrantes de su lista de sospechosos, si ellos tenían algo que ver con aquella desaparición. La única noticia de cierto interés que había recibido en relación con el asunto fue que el anciano dramaturgo había caído enfermo como consecuencia del berrinche que le había provocado el robo de los originales de su comedia, lo que le había hecho descartar la única posibilidad que había barajado fray Hortensio de Algodonales: que don Pedro se pusiese a escribir y tratara de reconstruir la obra en cuestión. Se decía que Lope de Vega había improvisado comedias en veinticuatro horas.

El anciano escritor, desde la misma noche del día en que tuvo conocimiento del robo, estaba en cama con unas calenturas que el médico no había encontrado el modo de bajar, ni siquiera con el remedio de la quinina, prodigiosa sustancia que llegaba del otro lado del Atlántico y con la que se habían conseguido efectos maravillosos.

Nada había escuchado Isabel en las conversaciones de la clientela del mesón, nada había llegado a los oídos de Sancho Birriel y nada había logrado el bullidor fray Hortensio, pese a haber picoteado entre algunas de sus amistades, que se desenvolvían en el mundo de la truhanería madrileña, donde se tenía puntual información de todo lo que ocurría en la Villa y Corte. Resultaba extraordinario que no hubiese surgido un solo rumor en los mentideros, lo que significaba que el secreto era celosamente guardado por todos los que estaban al tanto.

Atribulado por su situación, Capablanca había llegado al mesón de San Martín con intención de almorzar en aquel último domingo de cuaresma, que se denominaba Domingo de Pasión, aunque ni hambre tenía. Allí había quedado citado con fray

Hortensio, poco después del mediodía. Para su sorpresa se encontró con que en el mesón le aguardaba Lorenzo, el criado de Calderón. Al verle entrar se acercó hasta el pesquisidor y le entregó un papel.

Estaba escrito con mano temblorosa y firmado por el dramaturgo. Pedro se apartó unos pasos y leyó:

> Es urgente que vuesa merced venga a verme. Aunque mi salud está quebrantada es de suma importancia que hablemos. El caso urge.

—¿Desde cuándo espera ése? —preguntó Pedro a Isabel, que había acudido a su lado nada más verlo llegar.

—Lleva ya un buen rato, cosa de una hora, poco más o menos.

El pesquisidor se acercó al criado.

—Dile a tu amo que iré a verle después del almuerzo.

No sabía muy bien por qué había fijado aquella hora, que no era hora determinada porque tampoco tenía un tiempo fijo para comer. Tal vez, la explicación estaba en que no podía ofrecerle al escritor nada presentable después de dos días, que era un tercio del plazo de que disponía. Sintió cómo le subía una oleada de calor por la espalda.

En aquel momento entró en el mesón el recadero que hacía los mandados a los franciscanos. Conocía al pesquisidor de haberlo visto en varias ocasiones con su tío, por lo que no dudó en acercarse a él. También Capablanca lo reconoció.

—Dispense vuesa merced, pero traigo recado de fray Antonio, quiere ver a vuesa merced lo antes posible. Me ha dicho que lo espera en el convento, y me ha insistido mucho en que le diga que es asunto de importancia y que el tiempo apremia.

—¿Te ha dicho algo más?

—Sólo que es muy importante y muy urgente.

—Dile a mi tío que estaré allí enseguida.

El recadero asintió con la cabeza, dio media vuelta y sin decir adiós, se marchó.

En unos segundos decidió, sin saber tampoco por qué, como le había ocurrido anteriormente, que sin perder un instante iría a ver a su tío. Ni siquiera iba a esperar a que llegase fray Hortensio, quien ya se retrasaba y como, además, no tenía hambre...

Le dejó a Isabel el encargo de que si el fraile basilio aparecía por allí —era frecuente que fray Hortensio no acudiera a sus citas— le dijese que había tenido que marcharse a ver a su tío al convento, que podía buscarle allí y que si no acudía se encontrarían a media tarde en el mesón.

Mientras caminaba hacia el convento donde su tío ejercía la máxima autoridad en su condición de guardián, que es el título que los franciscanos dan a sus priores o abades, Capablanca pensaba en la posible causa que le había llevado a dirigirse allí sin pérdida de tiempo y no haberlo hecho con Calderón. No la encontraba. Era posible que en medio de las dudas en que su espíritu se debatía, aquello formase parte de dicho desconcierto. Era más que probable que las urgencias del guardián de los franciscanos no fuesen más que curiosidad por saber cómo andaban las pesquisas sobre el manuscrito, mientras que ante el escritor se sentiría obligado a rendir unas cuentas que no estaba en condiciones de dar.

Por ninguna parte corría el más mínimo de los rumores y la reunión que había mantenido con Lupercio Bandrés para conocer el lugar donde tenía los papeles que le habían sido robados y hacerle algunas preguntas, no había arrojado ningún tipo de luz. Aquella tarde, junto a fray Hortensio, tenía pensado acudir al corral de la Cruz para hablar con los encargados de los trabajos que preparaban la puesta en escena de la obra.

La llegada de fray Hortensio al mesón de San Martín fue como un torbellino, no sólo por el tropiezo que dio y que a punto estuvo de dar con su humanidad en el empiedro, sino por los gritos que profería.

—¿Dónde está Capablanca? —preguntaba por el pesquisidor, sin haberse siquiera cerciorado de su ausencia—. ¿Dónde está Capablanca?

Isabel se puso las manos en las caderas y lo miró desafiante.

—¿Qué modos son éstos? ¿Acaso vuestra paternidad ha perdido las mínimas formas que han de guardarse? ¡Más que fraile, vuesa merced lo que parece es un rufián!

Las exclamaciones de la moza fueron acogidas con risotadas por parte de los presentes que habían concentrado su atención en la atropellada entrada del basilio.

Fray Hortensio miró de arriba abajo a la moza. Todos esperaban un exabrupto y el comienzo de una discusión que proporcionaría un buen rato de diversión. Pero las expectativas se desvanecieron inmediatamente.

—¡No digas pamplinas, Isabel! —Miró alrededor y se cercioró de que su amigo no estaba allí—. ¿Dónde está don Pedro? Había quedado aquí con él.

Isabel le tomó por el brazo y lo apartó de oídos indiscretos:

—Hace apenas un cuarto de hora que se ha marchado. Me ha dicho que si veníais os dijera que estará en el convento de los franciscanos. Su tío. Le ha mandado recado urgente para que acudiese a verle. Si, por un casual, no se ven vuesas mercedes allí, me dijo que os diese recado que se vería con vuestra paternidad aquí, a media tarde.

—¡A media tarde! —exclamó el fraile—. ¡No puedo aguardar hasta entonces! ¡No podemos perder un minuto!

Fray Hortensio salió del mesón más deprisa de lo que había entrado. Parecía que el diablo anduviese tras su pasos.

—¡Santo Dios! —Isabel levantó su mirada hacia el renegrido techo del mesón—. ¡Qué prisa le ha entrado hoy a todo el mundo! —Supuso que todo aquello estaba relacionado con el asunto del teatro del que le había hablado el pesquisidor. El grito de un cliente le sacó de aquellos pensamientos,

—¡Eh, mesonera! ¡Un cuartillo de arganda! ¡Y unos callos bien adobados, que hay hambre y prisa!

—¡Ay, Dios, y las prisas! —murmuró la mesonera.

Cuando fray Hortensio llegó al convento de los franciscanos se encontró con la agradable circunstancia de que Pedro aún aguardaba a que su tío lo recibiese. Esperaba en una sala para visitas que los frailes tenían junto a la portería. El hermano portero le había explicado que una dama de mucho copete, penitente de don Antonio y gran benefactora del monasterio, había acudido con mucha urgencia, solicitándole ser oída en confesión. El guardián no podía negarle el sacramento a ningún cristiano y menos aún a la dama de quien se trataba.

—¿Es una indiscreción si os pido por el nombre de la dama? —había preguntado el pesquisidor.

—Se trata de doña Teresa de Pimentel, la esposa del señor duque de Lerma. —El fraile había bajado la voz, como si le estuviese desvelando un gran secreto y temiese ser escuchado por alguien.

Muchos debían de ser los pecados de la duquesa porque la confesión se alargaba y se alargaba. Empezaba Capablanca a plantearse si debía permanecer allí más tiempo o acudir a la llamada de Calderón y regresar más tarde para ver lo que su tío deseaba, cuando hizo acto de presencia fray Hortensio. El pesquisidor se alegró de verlo aparecer. Su llegada a la salita donde aguardaba se produjo de la forma que era habitual en el fraile.

—¡El desagradecimiento es la moneda de los miserables! —le espetó fray Hortensio antes de saludar.

*—¡Por los clavos de Cristo, Algodonales! ¿Cuántas veces me has dado plantón?*

—¡No empecemos, Algodonales, que no está la parroquia para muchos sermones! —fue la respuesta del pesquisidor.

El fraile lo miró de arriba abajo, frunciendo la boca con un gesto displicente.

—¡Con que la parroquia no está para sermones, ¿eh?! ¿A qué hora habíamos quedado en el mesón de San Martín? ¡Decídmelo! ¿A qué hora? —Se había puesto en jarras, apretando las manos contra las caderas, en un claro gesto de desafío.

—Llevas razón en que habíamos acordado vernos allí para el almuerzo. Pero tengo una llamada urgente de mi tío...

Una sonrisa mitad malévola mitad irónica iluminó el semblante del fraile basilio:

—Ya veo... ya veo la urgencia.

—¡Por los clavos de Cristo, Algodonales! ¿Cuántas veces me has dado plantón? ¡Que estás aquí porque te dejé razón con Isabel!

—En eso de los plantones he de darte la razón —rezongó un punto conciliador el fraile—. Y con la espera que llevas, ya tienes la penitencia... Ahora, desagradecido, escúchame con atención porque lo que yo tengo que decirte es mucho más importante que todas las llamadas de tu tío, por mucho guardián que sea de esta santa casa.

Capablanca entrecerró los ojos para concentrar su mirada en el fraile.

—¿Tienes alguna noticia?

Fray Hortensio bajó el tono de voz y miró, con ojos suspicaces, hacia todas partes. No quería que nadie le escuchase.

—¿Noticias, dices? ¡Creo que lo que he descubierto es la punta del hilo para tirar del ovillo!

A Pedro se le iluminó el rostro.

—¿Una pista importante?

—¡Mucho más que eso! Escúchame con atención porque hemos de ponernos manos a la obra, sin pérdida de tiempo.

—El basilio miró, una vez más, a un lado y otro para cerciorarse de que estaban solos. Aun así acercó su boca al oído de su amigo. Éste, conforme escuchaba lo que le susurraba al oído, dibujaba en su rostro una expresión de sorpresa cada vez mayor, a la par que repetía:

—¡No me lo puedo creer! ¡Una persona como él!

Continuaba el fraile con su narración, cuando apareció el tío del pesquisidor.

—¡Veo que hoy es día de confesiones! ¡Aunque poca penitencia ha de administrar fray Hortensio, cuyos pecados son muchos y tan grandes que sólo haciendo un acto de fe en la infinita bondad de Nuestro Salvador asumo que hay perdón para ellos!

El basilio dejó de susurrar al oído de Capablanca y se estiró los hábitos en un intento de mejorar su figura, pero sólo logró que su prominente barriga resaltase aún más. Su desaliño no tenía arreglo.

—¡Sepa su paternidad —respondió el basilio—, que Dios Nuestro Señor dejó muy claras sus preferencias! ¡Mejor un pecador arrepentido que cien justos perseverando!

—¡Así es! Pero ¿hay acaso algún garante de vuestro arrepentimiento?

—¡Garante dice vuestra paternidad! ¿Quién es vuestra paternidad para pedir unas garantías que no está en condiciones de ofrecer?

—¡Bien! Pongamos fin a tan profundas reflexiones —cortó Pedro—. Si algo no poseo en este momento es tiempo para desperdiciarlo con las rivalidades de vuesas mercedes. Creo, tío, que me habéis mandado recado por un asunto urgente, y aquí me tenéis.

El franciscano asintió con un movimiento de cabeza:

—Gracias por acudir tan presto a mi llamada y excusa este tiempo de espera, pero un imprevisto al que no he tenido más remedio que atender me ha obligado a demorarme más de lo previsto.

Tomó a su sobrino por el brazo y dirigiéndose a fray Hortensio le pidió excusas:

—Perdonadnos, fray Hortensio, pero es un asunto reservado el que he de tratar con mi sobrino. Si no os importa, aguardad aquí que enseguida estará con vuestra reverencia. Sólo será un instante.

Fray Hortensio hizo una leve inclinación de cabeza y con la ironía pintada en sus ojillos, abrió los brazos y aceptó las disculpas:

—Siempre es un placer departir con vuestra paternidad.

El instante prometido por fray Antonio se convirtió en un largo tiempo de espera. Cuando Capablanca regresó a la sala de visitas, su amigo estaba de morros. El basilio alcanzó a escuchar las últimas palabras que el tío decía al sobrino.

—Así pues, lo que te ha parecido una pérdida de tiempo no ha sido tal, sino una bendición del cielo que nos ha proporcionado una importante pista. Cada vez tengo más claro que los caminos del Señor son inescrutables.

Una vez que abandonaron el convento de los franciscanos los dos amigos encaminaron sus pasos hacia la vivienda del dramaturgo. Capablanca le explicó que tenía un recado de Calderón para que acudiese a verlo a su casa lo antes posible. Y fray Hortensio terminó de contarle lo que había llegado a su conocimiento y que la llegada del tío del pesquisidor había interrumpido.

—¿Puedes esperarme en la iglesia de la Compañía, mientras me reúno con él? —preguntó al fraile.

—No me gustan los jesuitas, son gente muy engolada. Mejor aguardo en el mesoncillo que hay frente al Peso de la Harina, además está más cerca de la casa de Calderón. Y ahora dime, ¿qué te parece lo que te he dicho?

—Que en el momento que acabe la visita con don Pedro nos vamos para el San Martín y le pedimos a Isabel que nos deje uno de los cuartos de arriba para estar a nuestras anchas y estudiar todas las posibilidades.

El fraile estuvo de acuerdo con la propuesta. Caminaron un rato en silencio durante el cual fray Hortensio esperó a que el pesquisidor le refiriese algo de lo que le había comentado su tío, pero como su amigo no abría la boca, no pudo resistir la tentación:

—¿A qué pista se refería tu tío cuando te ha dicho que los caminos del Señor son inescrutables?

El pesquisidor no pudo reprimir una sonrisa. Algodonales sería siempre el mismo hasta que contase el final de sus días. Sin embargo, aquella curiosidad que formaba parte de su naturaleza y constituía algo innato a su persona, era lo que le había permitido en algunas ocasiones descubrir vericuetos y pistas que dieron con las soluciones a algunos casos.

—Estaba relacionado con esa dama que había llegado sin anunciarse y que es por la que hemos tenido que esperar. Se trata de una señora de alcurnia, bienhechora del convento, a la que dirige espiritualmente. Le ha comentado, mientras charlaban plácidamente, una vez abandonado el confesionario, que habían llegado a sus oídos noticias sobre la desaparición del manuscrito de la obra que iba a estrenarse después de Semana Santa y que los rumores apuntaban a que en dicha desaparición había tenido que ver la mano...

—¡Don Pedro! ¡Don Pedro! —Los gritos de Pascualillo sonaban con aguda estridencia a su espalda. Capablanca y el fraile se volvieron hacia el lugar de donde provenían las voces.

Pascualillo apenas tenía resuello. Parecía que sus grandes ojos negros se le iban a salir de las cuencas por culpa del esfuerzo. Debía de haber corrido un largo trecho porque cuando llegó a la altura del pesquisidor y el fraile, jadeaba con fuerza.

—¡Don Pedro! Menos mal que os encuentro...

—Serénate, Pascualillo, que te vas a ahogar, muchacho. —El fraile le dio unos cariñosos golpes en la espalda.

—¡Señor, es que urge! —Sus pulmones parecían un fuelle—. ¡La Isabel me ha dicho que vaya vuesa merced al mesón sin pérdida de tiempo, que el caso aprieta...! ¡Os he buscado en el convento de los franciscanos, pero... ya os habíais marchado! ¡Me dijo la Isabel... que también podría encontraros... —el muchacho seguía jadeando— en casa de don Pedro Calderón!

—¿Sabes por qué diablos Isabel tiene tanta prisa? —le preguntó el pesquisidor.

—Ella no me ha dicho nada, pero yo sé por qué os requiere con tanta urgencia.

—¿No habrás escuchado lo que no debes? —Pedro le estaba reprendiendo con aquella pregunta, pero no podía ocultar la benevolencia en su mirada, a la que pretendía dar un aire de severidad.

—¡No, señor! Pero es que uno no puede evitar ver lo que pasa por delante de sus narices.

—¿Cuál es la causa de las prisas? —preguntó el fraile, que estaba impacientándose.

—Creo que vuestro amigo don Diego, el marqués, ha mandado recado a vuesa merced para que vaya a verle.

—¿Don Diego de Guzmán? —preguntó fray Hortensio.

—Estaba en la calle cuando he visto llegar al mesón a un criado del marqués de las Almadrabas. Ha estado allí cosa de un par de minutos. Nada más marcharse, he entrado en el mesón porque me daba que la Isabel me iba a necesitar de recadero.

—¿Y? —preguntó interesado el fraile.

—Me pidió que buscase a don Pedro a toda prisa, que lo podría encontrar, como he dicho a vuesas mercedes, en el convento de los franciscanos o en casa de don Pedro Calderón. Me insistió mucho en lo de la prisa. He corrido como liebre perseguida. —El mozalbete se pasó la mano por la frente sudorosa.

Pedro acarició con cariño la cabeza de Pascualillo. Estaban

a unos pasos de la casa del dramaturgo. Sacó del bolsillo un real y lo lanzó al aire, el muchacho lo atrapó al vuelo.

—¡Es de plata! —exclamó.

—Es para ti. Espérame con fray Hortensio, mientras vuelvo de una visita que he de hacer. Ya que estamos aquí, no es cuestión de dejarla para otro momento.

El fraile echó la mano por encima del hombro al mozuelo y se encaminaron al mesoncillo que allí había, mientras Capablanca entraba en la casa de Calderón. Aún pudo escuchar el pesquisidor cómo el basilio le decía al muchacho:

—Has de saber que un hombre de bien es el que cumple siempre su palabra... y tú algún día...

Pedro no pudo evitar una sonrisa. Lo mejor que tenía en el mundo eran aquellas gentes a las que podía llamar, sin temor a equivocarse, sus amigos: Isabel Valle, fray Hortensio Algodonales, Sancho Birriel, conocido entre los benefactores que con él ejercitaban la cristiana virtud de la caridad, como el Ciego de la Bureba, Pascualillo García y también su tío, fray Antonio Capablanca. Sin ellos estaría perdido en aquel Madrid desde el que se gobernaba, con poco orden y menos concierto, el mayor imperio que había sobre la Tierra.

## 6

Le había recibido doña Inés.

—¡Menos mal que ya está aquí vuesa merced! —había exclamado la doncella cuando una criada le dio aviso de la llegada del pesquisidor.

—He venido lo más pronto que me ha sido posible, señora. Excusadme si ha habido retraso en ello.

—No tenéis que pedir excusas, pues no hay falta en vuestra acción. Pero es que mi tío está hoy tan nervioso que ha preguntado por vuesa merced no menos de media docena de veces. ¡Estoy molida de tanto subir y bajar las escaleras!

—Si puedo seros útil en algo, me tenéis a vuestra entera disposición. —Capablanca se había quitado el sombrero y la capa.

—Hacedme la merced de acompañarme a su aposento, allí os aguarda.

Habían pasado sólo cuarenta y ocho horas, pero el aspecto de viejo escritor había sufrido una transformación preocupante. El pesquisidor no creía que fuese posible envejecer tan deprisa. Parecía como si a Calderón le hubiesen caído, de repente, diez años encima.

—Mi buen amigo Capablanca, gracias a Dios que habéis venido. —Su voz sonaba ronca, apesadumbrada, como si tuviese que soportar una carga insoportable—. Tomad asiento, necesito que vuesa merced conozca algo de gran importancia. Pero primero informadme de cómo van vuestras pesquisas.

Ésa era la pregunta que Pedro había temido. Desde que recibiera el recado de que quería verle, había buscado la manera de explicarle que no había alcanzado ningún progreso. Trataba de encontrar la forma de dorarle las malas noticias que tenía sobre la búsqueda, aunque después de hablar con fray Hortensio y su tío no podía decir que la situación fuese tan penosa como cuando pocas horas antes le había llegado al mesón de San Martín recado del dramaturgo para que acudiese a visitarle. Nada tenía seguro, pero había indicios sólidos para transitar por una determinada senda. Ahora, ante el estado de postración en que se encontraba el anciano escritor, no sabía muy bien qué hacer. No deseaba darle un berrinche, pero tampoco alentar falsas esperanzas. Se decidió por una salida que no le comprometiera y que tampoco resultase un mazazo para una persona que necesitaba ánimos.

—No es gran cosa lo que tengo que contar a vuesa merced, pero abrigo esperanzas de que no todo está perdido. Hay ciertos indicios que quizá nos conduzcan al punto que deseamos.

—¿Puede adelantarme vuesa merced algo acerca de esos indicios? —Aquella voz no era la del arrogante don Pedro que había conocido dos días atrás. Había en ella algo de súplica misericordiosa.

—Verá vuesa merced, no tengo por norma alentar vanas esperanzas y no quiero romper, ni siquiera con vos, una costumbre que se ha convertido para mí en una norma de estricto cumplimiento. Hasta tanto no se haya alcanzado el objetivo, no he de desvelar los caminos que nos conducen a él.

—No dudo de que es ésa una sabia decisión, pero me encuentro tan agobiado... que un poco de luz sería un consolador bálsamo para la herida de mi ánima.

—Tenga vuesa merced confianza en que las pesquisas van

por buena senda, y le prometo que, en cuanto pueda facilitarle información abonada, no habrá ninguna demora en ello.

—Algo es algo —dijo un sumiso y resignado Calderón—. Ahora escuchadme con atención. Tal vez pueda aportar un grano de ayuda a vuestro trabajo, si le cuento algo que el otro día no me sentí con ánimo para desvelarle. Sepa vuesa merced que si no lo hice fue por vergüenza propia.

El pesquisidor se convenció de que tras dos días de sequía aquél era su día de suerte. Le estaba llegando información desde todas partes y todavía no había concluido la jornada.

—En primer lugar os diré que mis relaciones con don Agustín Moreto son muy malas...

—He tenido ocasión de enterarme de ello —le interrumpió Capablanca.

—Pero lo que tal vez vuesa merced no sepa es que Moreto busca algún tipo de venganza contra mi persona y he de reconocer que, aunque no puedo justificar tales sentimientos, tiene ciertas poderosas razones para ello.

—¿Razones para vengarse de vuesa merced?

—Escuchadme atentamente. Hace cosa de cuatro o tal vez cinco años, con motivo del estreno de una de sus obras, pagué a unos *mosqueteros* para que reventasen la obra. Por si los silbidos no eran suficientes, aquellos bellacos se llevaron una redomilla llena de un líquido pestilente que rompieron al comienzo del segundo acto. El hedor que se esparció por el corral fue tan insoportable que la función se suspendió. Alguno de los rufianes que cometieron de aquel desafuero, que juro a vuesa merced por la salvación de mi alma yo ignoraba, se fue de la lengua y don Agustín tuvo conocimiento de que yo había pagado para que se fuese al traste su representación. Sé que ha jurado públicamente hacerme pagar por aquella fechoría, de la que me siento culpable, aunque, creedme, ignoraba lo de la redomilla. Tal vez Moreto haya encontrado en este momento la ocasión de hacerme pagar aquella deuda. No sé si esta historia que con contarla a alguien, cosa que no había hecho hasta ahora, alivia el peso que carga sobre mi alma, podrá seros de alguna utilidad para vuestras pesquisas. Pero en todo caso considero que debíais saberlo.

—Aunque como vuesa merced comprenderá es bueno disponer de toda la información posible, lo que barrunto hasta este momento me hace pensar que no van por ahí los tiros —señaló el pesquisidor.

—Está bien, vuesa merced es el experto —concedió Calderón—. Sin embargo, la historia de mi mala relación con Moreto no era el motivo principal para haceros venir. Lo que ahora tengo que confesaros es la razón fundamental por la que os he enviado recado y es algo harto delicado. Tanto que habéis de jurarme ante un crucifijo vuestro silencio acerca de lo que voy a revelaros.

—¡Mi silencio! —exclamó extrañado Capablanca.

—Eso exactamente es lo que he dicho; el silencio de vuesa merced sobre mi revelación.

—Si no puedo utilizar la información que vayáis a facilitarme, tal vez sea mejor que no la conozca —se defendió el pesquisidor.

—Yo no he dicho que no podáis utilizarla —Calderón parecía haber cobrado vida—, sino que habréis de guardar silencio sobre el hecho de que haya sido yo quien os lo ha revelado. ¿Cuento con vuestro juramento?

—No soy hombre de juramentos, pero puedo aseguraros que vuesa merced cuenta con mi palabra.

Calderón le miró a los ojos, tratando de escrutar el valor de aquella afirmación. Pedro le sostuvo la mirada. Después de un breve silencio en que el escritor calibró la medida del hombre que estaba ante él y al que apenas conocía, decidió confiar en él. Ya lo había hecho al poner el caso en sus manos.

—Está bien. Confiaré en vuesa merced y espero no tener que arrepentirme de lo que voy a hacer. Escuchadme con mucha atención porque es posible que uno de los lazos de este enredo esté relacionado con lo que voy a contaros.

Declinaba la tarde de aquel domingo de cuaresma, el anterior al Domingo de Ramos, cuando Pedro Capablanca abandonaba la casa de Calderón de la Barca. Unas nubes densas y negras habían encapotado el cielo de Madrid y se había levantado un airecillo que soplaba con cierta fuerza. La temperatura, que había sido calurosa en el hueco del día, empezaba a bajar. Pedro se alegró, porque la capa que tapaba sus vergüenzas y que le había resultado molesta en sus idas y venidas de aquella agitada jornada, era ahora una prenda adecuada. Llenó de aire sus pulmones, como forma de serenar en algo su perturbado ánimo, y comprobó que en el ambiente flotaba el olor a tierra mojada. En alguna parte estaba lloviendo y el aire y las nubes anunciaban agua en un plazo breve.

Lo que el viejo dramaturgo le había contado era muy grave. Tanto, que daba al asunto que tenía entre manos unos tintes ciertamente peligrosos. Si todo era verdad, y no tenía motivos para poner en duda la palabra del escritor, aquello iba mucho más allá de todo lo que hasta el momento había imaginado. Lo peor del caso es que dicha revelación venía a confirmar en parte, sólo en parte, lo que su tío le había contado anteriormente. Ni se le había pasado por la imaginación que las rencillas y los enfrentamientos en la corte pudiesen llegar a tales extremos. Pero estaba avisado y luego no podría alegar ignorancia. La contrariedad fue detectada por el propio Calderón, quien le había dicho que si después de conocer lo que acababa de contarle, su deseo era dejarlo todo, él lo comprendería y no se daría por ofendido. Recordó por un momento que la única sonrisa que había visto aparecer en el rostro del anciano durante la larga hora que habían estado reunidos había sido, precisamente, cuando le dijo que él no tenía por norma dejar a sus amigos en la estacada y que, aunque su relación era corta, se sentía honrado de considerarse como tal y que, desde luego, le bastaba con que lo fuese de su tío fray Antonio.

La consternación que había hecho presa en su ánimo era tan evidente cuando llegó al mesoncillo donde le aguardaban fray Hortensio y Pascualillo, después de una larga espera mucho mayor de la que habían previsto, que no les pasó inadvertida.

—¡Por lo clavos de Cristo! ¿Te ocurre algo, Pedro? —fue la exclamación con que lo recibió el fraile, nada más verlo entrar—. ¿Qué te ha dicho el maestro Calderón, que traes tan mala cara?

Como fray Hortensio no esperaba una respuesta de su amigo, le invitó a sentarse.

—Creo que lo mejor es que tomes algún cordial, precisamente éste es uno de los pocos sitios donde preparan un brebaje al que le estoy cogiendo afición. Es un líquido muy oscuro, una infusión que levanta el ánimo y despereza el entendimiento. Es de sabor fuerte, por lo que la mayoría lo toman azucarado, pero algunos preferimos el regusto de amargor que deja en el paladar. Yo te acompañaré.

—¡Moza! ¡Dos cafés bien cebados! ¡Para el mozo otra leche con canela!

Pedro debía de sentirse muy mal porque no puso ningún reparo a la propuesta de su amigo, aficionado en materia de probanzas a toda clase de porquerías y novedades. Tomó asiento en la mesa donde estaban y acarició los cabellos de Pascualillo, que le miraba sin pestañear.

—No podemos entretenernos mucho rato. Tenemos por delante una ardua tarea, tiempo escaso y además Isabel tiene que darme ese recado que ha mandado don Diego.

El fraile, sabedor de que Pedro no comentaría nada acerca de lo que el dramaturgo le había dicho, estando delante de Pascualillo, optó por hablar de intrascendencias. No tuvo que esforzarse mucho porque el propio pesquisidor resolvió la situación:

—Pascualillo, otro día te tomarás esa leche con canela. Ahora quiero que, sin pérdida de tiempo, vayas a decirle a Isabel que no se preocupe por nuestra tardanza, que en poco rato estaremos allí.

Aunque al muchacho no le gustó el tener que abandonar la compañía del pesquisidor y el fraile, se levantó obediente y se despidió.

—¡Como vuesa merced mande, don Pedro!

Pascualillo andaría por los doce o trece años, aunque ni él mismo sabía decir con certeza cuál era su edad; tampoco la sabía su padre. Era hijo de un aguador que ejercía su oficio las más de las veces en la plaza Mayor y en menor medida en las calles que en dirección al norte de dicha plaza se abrían hacia la plazuela de Santo Domingo. Por lo común hacía sus aguadas en los Caños del Peral. Era huérfano de madre, que había muerto poco después de que él hiciese la primera comunión, y no tenía más hermanos. Era vivo como el hambre y había crecido en las calles donde su padre ejercía el oficio. El mayor empeño de su progenitor era, desde que apenas levantaba una vara del suelo, que le acarrease cántaros de agua que pesaban más que el propio chiquillo. Mientras que su madre vivió lo protegió de trabajar tan pequeño en aquel menester, pero desde que ésta había fallecido, su posición se había debilitado. Pascual García, que era como se llamaba su padre, era individuo algo pendenciero y dado a la bebida. Cuando bebía más de lo debido, afloraba en él una violencia que durante años ejerció con su mujer y de la que también Pascualillo había sido víctima en numerosas ocasiones. En su cuerpo había manifiestas señales de ello. La última tunda la recibió el chaval hacía ya más de dos años, quedó tan maltratado que cuando Pedro Capablanca vio el estado en que se encontraba, buscó al padre y en plena calle le amenazó con ajustarle las cuentas si volvía a pegarle. El aguador se sintió ofendido ante la advertencia del pesquisidor y sacó a relucir lo que llamaba su derecho de paternidad. Pedro no le respondió, le miró clavándole los ojos hasta el fondo del alma y le dijo en voz muy baja, tan baja que sólo la escuchó el aguador, aunque había una numerosa concurrencia pendiente del lance: «Que no vuelva a ocurrir». Y Pascual García no tuvo arrestos para seguir hablando. Desde entonces, no le había puesto la mano encima a Pascualillo.

A pesar de todo, el muchacho le tenía cariño al padre. Se encargaba de los pormenores de su vivienda, dos habitaciones en un desván, con derecho a fogón y uso compartido del patio, en la calle de Leganitos. Limpiaba, guisaba, lavaba y mantenía en orden las miserables pertenencias que constituían el ajuar familiar. A veces, ayudaba a su padre acarreando cántaros, pero su mayor deseo era estar con el pesquisidor, hacerle mandados a Isabel y a fray Hortensio, y compartir algunos momentos con ellos, como el que acababa de vivir y al que don Pedro, como él le llamaba, había decidido poner punto final.

Algunas tardes en el San Martín, cuando menos gente había, Capablanca trataba de que aprendiese a leer y escribir. Los progresos eran lentos, no tanto por falta de capacidad del alumno, como por falta de disposición del maestro, que no encontraba todo el tiempo que fuese menester para culminar aquella tarea. En más de una ocasión el pesquisidor se había hecho a sí mismo la promesa de tomarse el asunto con mayor dedicación. Isabel le había recriminado más de una vez su poco interés por el muchacho, cosa que le llegaba al alma; y fray Hortensio le había amenazado varias veces con sustituirle en la que el fraile denominaba «penosa y hermosa tarea de desasnar mozuelos».

Una vez solos, el fraile fue directo al grano.

—Grave debe de ser lo que te ha contado el escritor.

—Mucho más de lo que puedas imaginarte. Pero dejemos eso a un lado porque he empeñado mi palabra en guardarle el secreto de lo que me ha dicho. Aprovechemos el tiempo y, mientras nos traen esos brebajes, analicemos lo que me contaste tan apresuradamente en el convento de los franciscanos.

Al fraile no le gustó que su amigo despachase de aquella forma el interés que había mostrado por lo ocurrido, pero guardó silencio.

—Me habías dicho —continuó el pesquisidor— que la raíz del robo puede estar en una venganza entre autores, arrendadores de corrales, empresarios y compañías de comedias. Más en concreto, que puede tratarse de una venganza contra Calderón, a quien quieren devolverle la pelota del tinglado que montó hace algún tiempo. Has de saber que eso coincide con algo de lo que me ha dicho el viejo escritor, quien me ha contado que hace cuatro o cinco años, aunque yo creo que hace más tiempo porque no tengo memoria de ello y ya llevo más de cinco años en esta corte... —Capablanca perdió la mirada y pareció pensar en otra cosa—. En resumidas cuentas, que don Pedro contrató a unos *mosqueteros* para que hiciesen fracasar un estreno de campanillas de una obra de Moreto en el teatro del Príncipe.

—Así es —asintió el fraile—, Moreto sacaba a la luz *El lindo don Diego*, la inversión había sido muy fuerte, más de mil ducados. Juan Rana y Jusepa Vaca estaban en el cartel. No había esquina de Madrid donde no hubiese un pasquín anunciando el estreno. Se decía que la obra podía estar en cartel incluso tres semanas y que el rey acudiría a alguna de las funciones. Los aposentos y reservados estaban vendidos con dos semanas de antelación. Todo apuntaba a un éxito extraordinario, pero el estreno se fue al garete porque Calderón —que don Pedro estaba detrás de todo el tinglado que se formó se supo después— había pagado a un grupo de *mosqueteros*, todos ellos del gremio de zapateros, para que lo reventasen. Me han contado que la cosa fue tremenda. Incluso hicieron estallar una redomilla de cristal que previamente habían colocado en el patio a la que habían llenado con una notable cantidad de sustancias pestilentes que convirtieron la atmósfera en irrespirable. Fue necesario suspender la función, en medio de los silbidos de los zapateros, mientras la gente huía del lugar en desbandada y a trompicones. Hubo numerosos descalabrados y varios heridos de cierta consideración. Aunque en los días siguientes la obra pudo ser representada, lo fue en medio de numerosos problemas. Cada día los zapateros silbaban continuamente, se usaron unas trompetillas ruidosas para estorbar la función. Un día soltaron unos ratones en la *cazuela*, lo que provocó tal revuelo entre las mujeres que también aquella jornada hubo necesidad, como el día del estreno, de suspender la representación. De todo el mundo es sabido que la rivalidad entre autores, compañías y empresarios ha dado lugar a que se ejecutasen ciertas acciones para perjudicar al competidor, pero nunca se había llegado a los extremos que en esta ocasión se vivieron. El anunciado éxito quedó en agua de borrajas. Para Moreto cada día de representación fue un suplicio y el arrendador del corral perdió mucho dinero.

—He podido saber —continuó fray Hortensio— que, con el paso del tiempo, alguien se fue de la lengua y comentó que detrás de todo aquello estaba la mano de Calderón, que no podía soportar ni la expectación creada ante un estreno que no era suyo, ni el éxito que se auguraba a un competidor. Es posible —sentenció el basilio— que para los damnificados de entonces haya sonado el momento de la venganza.

En aquel momento llegó el mesonero con dos tazones de café, un cuenco con miel, por si alguno quería endulzarlo, y la leche con canela.

—Sea de provecho para vuesas mercedes, aunque no veo por aquí al ganapán del refresco.

—Déjelo, déjelo todo, que ya daremos cuenta de ello —respondió el fraile—. ¿Quieres endulzarlo? —le preguntó a Capablanca.

Éste negó con un monosílabo y le preguntó:

—Todo eso que has averiguado, ¿cómo ha llegado a noticia tuya?

—Verás, yo sí tenía recuerdo de la escandalera que se había formado con aquel estreno de Moreto, pero no sabía que la mano de Calderón había estado tras el asunto de los *mosqueteros*. Como la rivalidad entre autores es moneda corriente, decidí buscar información por ver si había alguna relación... Y todas las fuentes en las que he bebido me han confirmado que, aunque en aquel momento nada se supo, más tarde se tuvo conocimiento de quién había sido el principal inductor de todo aquello. También he sabido, por las mismas personas, que los perjudicados no han olvidado el agravio, sino todo lo contrario, han esperado la ocasión para hacerle el mayor daño posible. Es muy probable que hayamos dado, como te dije, con la punta del ovillo de todo este enredo.

La cara del pesquisidor era inescrutable. Bebía el café a sorbos ligeros y un halo de preocupación envolvía su figura. Fray Hortensio conocía muy bien aquellos silencios de su amigo. Al cabo de un rato, con voz templada, Capablanca le dijo:

—Es posible que podamos encontrar algo por ese camino. Como te he dicho, el propio Calderón me ha contado su preocupación por las consecuencias que pudieran ahora derivarse de lo que promovió entonces. No voy a negar que es posible que por ahí lleguemos al final. Pero me temo que este asunto apunta más alto.

—¿Más alto, dices?

—Mucho más alto. Albergo temores, que no estoy en condiciones de confesarte, y no lo haré hasta que no ate todos los cabos que andan sueltos. ¡Quiera Dios y su Santa Madre que me equivoque porque si estoy en lo cierto tenemos un grave problema! —apuró el café e hizo ademán de levantarse—. Ahora, vámonos al San Martín a ver qué noticias son las que Isabel tiene que darnos.

El fraile no se movió y le sujetó por el brazo, obligándole a permanecer sentado. Le miró con sus ojillos porcinos.

—¿Tú te crees que después de lo que acabas de decirme, nos podemos marchar así como así, dejando que me cueza en el jugo de la duda que has sembrado en mí? No, mi querido amigo, no. Ahora has de contarme qué es eso tan alto que nos crea un problema tan grave. Si tengo un problema y lo digo así porque tú has dicho tenemos, lo cual me incluye a mí también, quiero saber qué es ello y quiero saberlo con el mayor número de detalles posible. ¿Me has entendido?

—Perfectamente, Algodonales, pero nada he de decirte hasta tanto no tenga certificación de lo que en este momento no es más que una posibilidad. He de confesarte que esa posibilidad tiene todos los visos de ser cierta, pero aún has de darme un margen de tiempo. Es posible que antes de mañana pueda contarte de qué se trata, pero, insisto, en este momento no es posible.

—¿Quiere decir que me dejas con la miel en los labios y, además, agobiado por la preocupación?

—Siento mucho haberte preocupado —Pedro se puso en pie—, pero créeme que no puedo. Lo único que puedo hacer es prometerte que nadie lo sabrá antes que tú.

A fray Hortensio, que sabía que la partida que sostenía con el pesquisidor estaba perdida para él, no le quedó más remedio que resignarse.

—¿Es una promesa firme?

—Totalmente firme.

—Bien, en ese caso, cuéntame lo que te ha dicho tu tío, estabas a punto de decírmelo cuando apareció Pascualillo.

—Mi tío descarta que esto sea un asunto de rivalidad entre la gente del mundo del teatro. Dice que todo esto se ha movido en la corte, la información que le ha dado la duquesa de Lerma así parece avalarlo, porque entre las lenguas viperinas que se desatan en los corrillos del Alcázar ya es comidilla esparcida la desaparición de los manuscritos y son muchos los que se relamen pensando en que el estreno anunciado va a frustrarse. En opinión de mi tío, detrás de todo esto está la mano de alguien con mucha influencia en los círculos de poder, tanta como para que este diabólico plan se haya puesto en marcha.

—¿Le ha puesto nombre vuestro tío a esa mano?

—Me ha dicho que no le extrañaría que todo lo hubiesen urdido el conde de Castrillo o el duque de Medina de las Torres. Ambos están muy dolidos por no formar parte de la Junta de Gobierno y llevan muy mal el trato desdeñoso que les dispensa la reina.

—El desdén de la reina se lo ganaron a pulso en vida del rey. Fueron hasta el último momento sus alcahuetes y compañeros de correrías —certificó el fraile.

—De todas formas no pueden sufrir el papel al que han quedado relegados.

—No desecho la raíz cortesana de todo este embrollo —señaló el basilio—, pero no creo que ni Castrillo ni Medina de las Torres tengan agallas para urdir un plan así. No sé... no sé... —Fray Hortensio movía la cabeza dubitativamente.

## 7

Con la llegada de la noche en el mesón de San Martín la afluencia de parroquianos no había dejado de crecer. Numerosos clientes demandaban el llamado «revuelto de cuaresma», hecho con bacalao desmenuzado en migajas, lombarda muy picada y huevo revuelto, sazonado con sal, vinagre, aceite y algo de pimienta, una comida que había hecho furor entre las clases populares madrileñas y que como, si se tratase de una moda, había atraído la atención de personas de elevada posición que no habían demostrado empacho en acudir al mesón del postigo de San Martín. No se sabía muy bien si el nombre venía dado por el color morado de la lombarda, un color penitencial, o por la falta de carne en la elaboración del plato. Francisco Valle Ropero no desvelaba la verdadera razón por la que había bautizado el plato con aquel nombre, como forma de mantener en vilo las discusiones de la clientela. Había otras variadas delicias culinarias que salían de sus peroles y ollas, amén de los renombrados platos de chacinas y embutidos cuya provisión venía de las serranas matanzas del valle de los Pedroches. También gozaban de merecida fama los vinos tintos que se servían en su casa a los clientes cuyos posibles iban más allá de los peleones y avinagrados que se despachaban por tabernas y figones. Eran vinos de La Rioja, de las tierras altas de aquella comarca y que le abastecían unos vinateros de El Ciego, Cenicero y La Guardia que habían formado una asociación para la venta de sus riquísimos caldos. Acudían a la corte dos veces por año, una por cuaresma y otra pasada la vendimia, antes de la festividad de Todos los Santos.

Cuando el pesquisidor y el fraile aparecieron por el mesón la atmósfera en la sala principal, atestada de gente que gritaba, comía, bebía y se divertía, estaba muy cargada. El humo de los fogones, al que se sumaba el de los fumadores, había convertido el aire en algo muy denso, casi irrespirable. Isabel se afanaba, junto a sus compañeras de trabajo, en atender las demandas de los clientes. Vio al pesquisidor y su amigo buscarla con la mirada y no pudo reprimir una sonrisa. ¡Menuda pareja formaban aquellos dos! El contraste era muy vivo entre la espigada figura de Capablanca y las orondas formas de fray Hortensio, quien apenas si llegaba al hombro de Pedro, pero le aventajaba sobradamente en peso.

Cuando ellos la vieron, moviéndose entre las mesas y esquivando las manos de algunos parroquianos que buscaban tentarle las carnes, se acercaron hasta donde estaba. En aquel momento pedía a su padre una porción de rabo de toro, muy condimentada, al estilo cordobés —seguro que quien lo había pedido tendría en su faltriquera, además de buenos ducados, un papel con la bula de la Santa Cruzada, lo que le permitía comer carne en tiempo de cuaresma—, una empanada de pescado y dos revueltos de cuaresma; la bebida que demandaba era tres jarrillas de vino y una medida grande de cerveza.

—Pascualillo me ha dicho que tenías un recado que darme —le dijo el pesquisidor dibujando en su cara la mejor sonrisa.

Isabel quiso poner interés al encuentro:

—Eso fue hace mucho rato.

Les dio la espalda y gritó:

—¡A ver esas jarras de tinto y esa cerveza!

El fraile la cogió por el codo y puso cara de pena:

—¡Por lo que más quieras, Isabel, que todavía no hemos comido! Y puedo asegurarte que nuestro ayuno nada tiene que ver con las recomendaciones estipuladas para este tiempo de penitencia por Nuestra Santa Madre Iglesia.

—¿Es eso cierto o son lamentos de este tonel con patas? —preguntó a Capablanca—. ¡Esos revueltos, ese pastel y el rabo de toro! ¿O es que están matando al bicho?

—Hemos tenido un día agitado y me temo que aún no hemos acabado —fue la respuesta de Pedro.

—¿Habéis comido o no? —inquirió la mesonera con energía

—¡No, no hemos comido, ni maldita la falta que hace! —el pesquisidor había levantado la voz.

—Pues lo primero, entonces, es lo primero. Así que a tomar algo. No se puede pensar sin tener el estómago lleno. —Isabel oteó el horizonte de sus dominios—: Acomódense vuesas mercedes en aquella mesa, que ahora les pongo algo que se puedan llevar a la boca. —Señaló con un gesto de la cara una mesa pequeña que había junto a los fogones donde se afanaba el mesonero y un ayudante.

—¿Cuál es el recado? —preguntó Pedro.

—Tomad asiento allí, donde he dicho. Que ahora voy.

El ahora fueron más de diez minutos. En un claro, Isabel se acercó hasta la mesa, llevaba un cestillo con pan, un plato con rodajas de embutido y una jarra de vino con dos cubiletes. Sabía que ninguno de los dos le haría ascos al embutido por mucha cuaresma que fuese. El fraile porque encontraría la fórmula para perdonarse a sí mismo aquel exceso y el pesquisidor porque su noción de pecado excluía el disfrute de las cosas que Dios Nuestro Señor había puesto al alcance de las personas. Para él los pecados eran la envidia, la calumnia, el daño al prójimo, la falta de caridad y otras cosas semejantes.

—¡Comed algo, que así no se puede estar!

—¿Puedes sentarte un momento con nosotros? —le preguntó Pedro.

—Que más quisiera yo, pero no puedo. Ya mismo estarán llamándome.

Sus últimas palabras fueron como un reclamo.

—¡A ver, Isabel, más vino!

—¡Ya va! ¡Ya va! ¡Jesús, qué prisas! —Bajó la voz y explicó al pesquisidor—: Esta tarde vino por aquí Gutiérrez, el escudero de vuestro amigo el marqués de las Almadrabas. Me dijo que don Diego tiene urgencia en ver a vuesa merced.

—¿No te dijo nada más?

—Sí, que el marqués le había dicho que fueseis a verle a cualquier hora. Que os estaría aguardando y que el tiempo era asunto muy importante. —Isabel miró el plato de embutido que estaba entero—: Eso no significa que vuesas mercedes vayan a dejar una brizna de comida antes de irse. —Dio media vuelta y se alejó—. ¿Quién decía que el vino se había acabado? —preguntó alzando la voz.

Pedro comió poco; la verdad era que no tenía apetito. Bebió algo más y fray Hortensio dio buena cuenta del contenido del plato.

—¿Qué querrá don Diego? —preguntó el fraile con la boca llena.

—No tengo ni idea, pero creo que he de acudir a verle sin mucha demora. El mensaje ha sido claro, lo has escuchado igual que yo.

—¿Quieres que te acompañe hasta su casa? —Fray Hortensio continuaba devorando lonchas de embutido.

—No, será mejor que vayas a ver a Birriel. A estas horas se habrá recogido y ya estará en su casa.

—Seguro que el ciego estará en su madriguera, aunque a él la da una higa que sea de día o de noche. Para Birriel todo el tiempo es igual en cuestión de luz, pero es cierto que a estas horas no se encuentran en la calle damas limosneras.

—Búscalo y si tiene alguna información, que te cuente lo que sea. Mañana nos vemos aquí a mediodía.

Antes de irse, Capablanca se acercó a Isabel y le murmuró al oído algo que debió resultar grato a la moza por la expresión que compuso en su cara; a continuación fue ella quien advirtió:

—Gastad cuidado, don Pedro: estas noches pasadas ha habido demasiadas reyertas. La cosa está que arde.

Por toda respuesta el pesquisidor acarició la empuñadura de su espada. Luego se caló el sombrero y se embozó la capa, cuando salió a la calle reinaba la más absoluta oscuridad y su sombra fue una más de las que se movían en la cerrada noche madrileña.

Bastó con que vieran su rostro a través del postiguillo para que descorriesen los cerrojos y abrieran la puerta de la casa del marqués de las Almadrabas. Don Diego bajó rápidamente de uno de los aposentos de la planta principal de su palacio. Venía ajustándose el cinturón y abotonando la camisa. Estaba despeinado y sudoroso. Pedro supo que había interrumpido algo.

—No sé, don Diego, si llego en buen momento.

El marqués le estrechó entre sus brazos:

—Tú siempre llegas en buen momento a esta casa que es la tuya. Gracias, además, por haber acudido pronto a mi llamada.

El marqués de las Almadrabas tendría la misma edad que Pedro, unos treinta y cinco años. Era de estatura parecida a su amigo y de similar complexión. El pelo, garzo, siempre corto y peinado hacia delante, recordaba a las estampas y esculturas de los emperadores romanos. La piel muy blanca y los ojos acerados. Tenía una cicatriz de un palmo en la parte izquierda del cuello, recuerdo de un lance amoroso. Estaba casado, desde hacía diez años, con doña Mencía Enríquez, de la familia de los

Almirantes de Castilla y de esa unión habían nacido un hijo y una hija. El matrimonio no les había dado la felicidad y sólo se mantenía por la necesidad de guardar las apariencias. La marquesa pasaba largas temporadas con su madre, que residía en Ciudad Rodrigo, cerca de Salamanca. Ahora llevaba tres meses fuera de la corte y lo más probable es que no regresase a Madrid hasta pasado el verano.

—¿Deseas tomar alguna cosa, Pedro?

—Nada, acabo de comer en el mesón de San Martín. Llevo un día de lo más agitado.

—Yo sí necesito algún tipo de refresco —señaló don Diego, que añadió a modo de excusa—: estoy algo acalorado.

Pedro esbozó una sonrisa y el marqués pidió a un criado, que acudió presto a su llamada, una limonada.

—Procuraré no entretenerte mucho. Pero has de saber que las prisas son porque el caso aprieta y urge encontrarle una solución.

—Tomaos el tiempo que os haga falta —le concedió el pesquisidor.

—Escúchame con atención, Pedro. Estamos viviendo momentos muy difíciles. La Hacienda está sin recursos y lo que es peor, las noticias que han llegado esta misma mañana de la otra orilla del Atlántico es que la flota de Indias no había podido zarpar de La Habana en la fecha que tenía prevista. Puede haber en las próximas semanas alguna bancarrota sonada e incluso se está barajando la posibilidad de hacer un nuevo resellado del vellón. Eso significará menos trabajo, precios más altos y más miseria. Las noticias que llegan de las tierras cerealeras no son buenas; si Dios no lo remedia, la cosecha va a ser escasa y el pan se pondrá el próximo invierno por las nubes. Por otro lado, el gobierno de la regente está paralizado, no sólo por incapacidad de buena parte de sus miembros, sino por la presión continua a que lo someten don Juan y sus parciales. La corte es un hervidero, un semillero de intrigas. Nadie se fía de nadie, no se toman decisiones que, en muchos casos, son urgentes, y todo está al albur de la providencia. Son numerosos los que piensan en la necesidad de dar un golpe de timón porque creen que, de continuar las cosas como están, aunque sea por poco tiempo, esta monarquía va al despeñadero.

El criado había traído la limonada y don Diego dio un largo sorbo a su copa antes de proseguir:

—Como sabes, el segundo domingo siguiente al de Resurrección está programada la apertura de los corrales de comedias —el aristócrata se dio cuenta de que lo que acababa de decir había surtido algún tipo de efecto en su amigo, aunque aquello no era ningún secreto y era sabido de todo el mundo—, se tiene previsto estrenar una obra de Calderón, escrita especialmente para esta ocasión. La apertura de los corrales no se produce porque un aburrido como Nithard, que si pudiera nos ponía a todos a hacer los ejercicios propugnados por el fundador de su orden, haya decidido que sea bueno un poco de diversión. El motivo es que, ante la situación que a grandes trazos te he señalado, se hace necesario que la gente tenga algo con lo que distraer la atención, y nada mejor que el teatro. En resumidas cuentas, que la apertura de los corrales y el estreno es una cuestión más política que otra cosa. La decisión ha sido acertada porque el anuncio ha levantado una gran expectación.

—Es la comidilla de todos los rincones de Madrid —apuntó Capablanca.

—Sin embargo, ha surgido un problema.

—¿Un problema? —El pesquisidor torció el gesto y no hizo ningún comentario más allá de la pregunta.

—En este momento la representación está en el aire. —Don Diego dio otro sorbo a su limonada.

—Han robado los dos ejemplares de la comedia —dijo tranquilamente Pedro.

Al marqués se le atragantó la limonada.

—¿Cómo es que lo sabes?

—Me lo ha dicho el propio Calderón, quien me ha encargado la búsqueda de los manuscritos. Lo que me extraña es que vuesa merced tenga conocimiento de su desaparición —dijo el pesquisidor sin perder la calma.

—Hoy no se habla de otra cosa en la corte.

Al escuchar aquellas palabras el pesquisidor miró fijamente a los ojos de su amigo:

—No sé cómo ha podido ocurrir eso.

—No te entiendo, Pedro.

—La desaparición de los manuscritos era conocida, al menos era lo que yo creía, por un círculo muy reducido de personas. No se cómo ha podido producirse la difusión de esa noticia.

El marqués de las Almadrabas comenzó a pasear, cabizbajo y en silencio, por la habitación; de repente se detuvo y exclamó alzando la voz:

—¡Porque lo han difundido los mismos que lo han robado!

Capablanca miró de hito en hito a su amigo y después de unos segundos asintió:

—Es posible que tengáis razón.

—¡No es posible! ¡Es seguro! Los que han robado esos papeles lo han hecho para que la distracción y el respiro que supone la apertura de los corrales quede hecho añicos. Tal y como están las cosas, su mayor deseo es azuzar el fuego del descontento.

—En eso estamos de acuerdo. Yo también creo que la finalidad de los autores del robo es política y tiene como fin producir los altercados que, sin duda, se producirán si fracasa el estreno previsto. Entre otras razones porque ellos mismos se encargarán de promoverlos.

El marqués dio un nuevo trago a su limonada.

—Si estás trabajando en el caso, ¿qué es lo que has podido averiguar?

—Poca cosa es lo conseguido hasta el momento. Salvo por lo que acabáis de decirme acerca de que el robo de los manuscritos se ha difundido en la corte y que ya me había llegado por otra vía, el silencio más absoluto ha rodeado hasta este momento el caso.

—¿Hacia dónde han apuntado tus pesquisas?

—Por un lado, he investigado la fuerte rivalidad que hay entre autores. Parece que en ese gremio se las gastan bravas y algunos tienen una deuda pendiente con Calderón. Pero, por otra parte, he considerado algunos indicios que se sitúan en un terreno diferente, y por lo que acabáis de contarme, parece que no guardan relación con pendencias entre escritores.

—No, no van por ahí los tiros —afirmó con seguridad el marqués—. Los autores del robo son parciales de don Juan José de Austria —dijo aquello con una seguridad total, como si fuese una verdad que no necesitaba de mayores argumentos.

—¿Cómo lo sabéis? —La sorpresa se había apoderado del pesquisidor.

—Porque Su Alteza sería el mayor beneficiario de una explosión de cólera popular, que es lo que se va a producir como no haya estreno.

—¿Qué pruebas tenéis de esto que me decís, don Diego? —Capablanca se había puesto muy serio.

—Precisamente, ésa es la razón por la que te he llamado. ¡No tenemos una sola prueba!

—¿Que no tenéis una sola prueba? ¡Pardiez que no os entiendo! ¿Cómo podéis entonces afirmar lo que acabáis de decirme?

—¡Porque han sido ellos! ¡No te quepa la menor duda! —exclamó el marqués con energía.

—No podéis decir eso sin pruebas, señor.

—¡Para eso estás aquí! Para encontrar las pruebas. Dime qué

es lo que necesitas y lo tendrás enseguida. Lo único que no puedo darte es tiempo. Su falta, dadas las fechas en que estamos, es el mayor problema a que nos enfrentamos en relación con este asunto.

—¿No se le ha ocurrido pensar a vuestra excelencia que puede haber otros beneficiarios de una complicada situación política que no sea precisamente don Juan? —preguntó Capablanca.

—¡Todo apunta a Su Alteza! —El tono del marqués era el de quien tiene un convencimiento absoluto y no alberga la más mínima de las dudas.

—Dadme, al menos, una razón para ello —insistió el pesquisidor.

—El propio título de la comedia. ¿Os parece poca razón?

Capablanca se quedó paralizado por un momento. ¿Cómo era posible que le hubiese ocurrido a él aquello? Acababa de darse cuenta de que no conocía el título de la obra de Calderón. ¡Estaba buscando una comedia y no sabía cuál era su título! La obcecación con los autores del robo era tal que se había olvidado de recopilar todos los datos del objeto robado. Cierto que no habría por el mundo muchos manuscritos de obras no estrenadas de don Pedro Calderón de la Barca, pero era un fallo imperdonable no haber preguntado por el título de la obra que tenía encomendada buscar. Trató de disimular su turbación.

—¿El título, dice vuesa merced?

—Sí, el título. ¿No conoces el contenido de *El astrólogo fingido*?

«*El astrólogo fingido*, así que ése era el título de la obra de don Pedro.» El pesquisidor intentó responder con naturalidad:

—Pues la verdad sea dicha, no. No tengo la menor idea de qué va el asunto.

—¿Habéis oído hablar de un horóscopo que un famoso astrólogo flamenco hizo a don Juan cuando estuvo de gobernador en los Países Bajos?

Aunque Capablanca no tenía ni idea de lo que el marqués le estaba diciendo, aparentó otra cosa:

—Algún rumor he escuchado, pero cosas vanas, superficiales.

—A ese horóscopo sus partidarios dan el mismo valor que si se tratase del evangelio, porque en él se afirma que un día será rey.

—¿Rey de España?

—Ése, desde luego, sería su mayor deseo. —Don Diego apuró la copa de limonada.

—Sin embargo, no acabo de ver la relación entre ese horóscopo y el título de la obra de Calderón.

—El asunto de la comedia va de un astrólogo, flamenco por más señas, que se dedica a hacer horóscopos falsos y predicciones que halaguen las ambiciones de su clientela. Augura las cosas más inverosímiles, incluso reinos para los que deseen ceñir alguna corona... Te puedes imaginar cómo ha caído una trama de ese tenor entre don Juan y sus parciales. Con el robo del manuscrito Su Alteza y los que le siguen mataban dos pájaros de un solo tiro. Evitar la representación de una obra que ridiculiza a la figura de don Juan y añadir leña al fuego del malestar del pueblo.

—He de reconocer que el razonamiento de vuesa merced me parece impecable y que convierte a don Juan y sus partidarios en los principales sospechosos. Pero he de deciros que yo podría exponeros una argumentación, no menos fuerte, en relación con los enemigos que don Pedro Calderón tiene en el complicado mundo de la escena. Es tan fuerte el agravio que hace años recibió por su mano don Agustín Moreto y otras personas relacionadas con un estreno, que su deseo de venganza, que no se ha enfriado con el paso de los años, ha sonado para ellos en un momento tan importante como es éste para Calderón. La mejor forma de hacer fracasar el estreno es que no llegue a producirse.

—No me negaréis que esas personas podrían urdir la venganza en otros términos más usuales en esas luchas entre comediantes, como es la contratación de *mosqueteros* para reventar el estreno y llevar la representación al fracaso.

El pesquisidor pudo comprobar, una vez más, que el ingenio y la capacidad de raciocinio de su amigo seguían en plenitud. «¿Por qué no le nombrarán a él primer ministro? Seguro que al reino le iría muchísimo mejor.»

—He de reconocer que tenéis un alto grado de razón en lo que me decís. Pero insisto en que las pesquisas podrían depararnos alguna sorpresa.

El marqués de las Almadrabas miró a su amigo firmemente a los ojos, éste le sostuvo la mirada.

—¿Sabes algo que no me has dicho?

Capablanca comprobó nuevamente hasta dónde llegaba la agudeza de aquel aristócrata con cuya amistad se honraba desde los tiempos de su adolescencia en que había tenido ocasión de salvarle la vida, cuando don Diego, entonces un mozalbete como él, tuvo la muerte rondándole muy de cerca. Nunca al poderoso noble andaluz se le había olvidado aquella acción de quien se convirtió en su amigo de por vida.

—Simplemente que hay mucha más gente que está interesada en que la situación explote como una mina para que todo el edificio se venga abajo. —Capablanca lamentaba no poder ser más explícito, pero se debía a los compromisos que tenía contraídos y al silencio que estaba obligado a guardar.

—Cierto que son muchos los intereses que están en juego en torno al poder. Siempre ha sido así, pero creo que con las explicaciones que te he dado las dudas quedan despejadas. —Don Diego de Guzmán le echó el brazo por encima del hombro y con voz cálida le pidió:

—¿Me ayudarás a encontrar ese manuscrito o al menos pruebas claras acerca del autor o autores del robo?

—Contad con mi ayuda, aunque como ya os he dicho estoy comprometido en su búsqueda por cuenta del maestro Calderón.

—En todo caso, Pedro, se trata de un mismo trabajo. Todos estamos interesados en que aparezcan esos malditos papeles porque nuestro deseo es que el segundo Domingo de Pascua haya representación.

Capablanca asintió:

—En ese caso os tendré informado de cualquier descubrimiento que realice. Ahora necesito pediros algo que no está a mi alcance.

—¿Qué es ello?

—Que si por la corte surge algún rumor o alcanzáis a saber algo en relación con el robo, me lo hagáis llegar con la mayor rapidez posible. Os recuerdo que cualquier detalle por muy insignificante que os parezca puede tener un valor extraordinario.

—Gutiérrez será mi mensajero. Acudirá a tu casa o al mesón de San Martín para llevarte recado en caso de que haya algo que tenga comunicarte.

—Como siempre será un placer serviros. Ahora me marcho porque nuestro peor enemigo en este caso es el tiempo. ¡Tenemos muy pocos días!

Don Diego acompañó a su amigo a la puerta para despedirle personalmente. El pesquisidor estaba calándose el sombrero y embozándose en su capa cuando el aristócrata recordó algo que había olvidado:

—¡Qué cabeza la mía! ¡Aguarda, que vuelvo en un instante!

El marqués de las Almadrabas regresó al punto. Traía una bolsa en la mano.

—Ahí van veinte ducados; tendrás que desplazarte, alquilar algún coche de punto. Pagar trabajos y otras cosas.

—Veinte ducados es mucho dinero.

—¡Con lo caro que está todo! —exclamó el marqués con un punto de sorna.

## 8

El lugar era oscuro y deprimente, con signos de abandono o, cuando menos, de poco uso. La suciedad lo impregnaba todo. Algunas vigas del techo aparecían carcomidas por muchas partes y el yeso que tapaba el cañizo del tejado se había desprendido por numerosos sitios, dejando ver el entramado de cañas que formaba la cubierta. Genaro estaba seguro de que aquel hediondo lugar estaba infestado de ratas y otras sabandijas que encontrarían allí refugio. Pensar en las ratas le produjo un escalofrío, le provocaban una mezcla de asco y miedo que le paralizaba. Aunque no tenía modo de comprobar la hora, estaba seguro de que hacía rato que habían dado la diez, que era la hora fijada para verse con sus cómplices en aquel inmundo lugar, abandonado en medio del campo, aunque estuviese dentro del perímetro de la cerca que rodeaba Madrid, la misma que algunos pomposamente y otros de forma irónica denominaban murallas.

Los nervios empezaron a convertirse en temor, al pensar si habría acertado con el lugar. ¡Aquello estaba tan perdido! Tal vez se había precipitado al aceptar un sitio así para el encuentro. Cuando se lo propusieron a plena luz del día, le pareció que era bueno por lo apartado que estaba. Tampoco albergó ninguna duda sobre el lugar al que estaban refiriéndose: una casa abandonada en el campo de San Blas. Ahora con la angustia de la espera, ya no estaba ni seguro siquiera de que aquel lugar, que tenía algo de siniestro, era el sitio.

Trató de serenarse. No había ninguna otra casa, ni abandonada ni habitada, cerca de las llamadas Arcas del Agua, a doscientas varas de la ermita de San Blas. Tenía forzosamente que ser allí donde habían quedado en reunirse para que hiciese la entrega de los papeles y cobrar el precio ajustado por su trabajo. Hasta aquel momento todo había salido a pedir de boca, él había cumplido con su parte del trato y había aguardado los tres días de plazo que habían establecido en su acuerdo para encontrarse de nuevo. Ahora esperaba que la otra parte cumpliese, igual que él lo había hecho.

Los minutos continuaban pasando de forma lenta y penosa. Empezaba a sentirse mal cuando creyó percibir un ruido que le encogió el estómago. Contuvo la respiración para aguzar el oído, pero no escuchó nada. ¿Qué habría sido aquello? No sabía si moverse o aguardar quieto. Un solo ruido, estaba seguro de que eso era de lo que se había percatado, podía significar que alguien merodeaba por allí, pero que trataba de ocultar su presencia. Un mal pensamiento le pasó por la cabeza: «¿Y si querían asesinarlo?». Horrorizado, comprobó que el ruido volvía a repetirse. Alguien andaba por allí, y lo hacía con cautela. Notó cómo un temblor le sacudía el cuerpo y después se quedaba paralizado, pero aún tuvo arrestos para apagar el pequeño fanal de vejiga que había llevado para alumbrarse por aquellos vericuetos y que había, prudentemente, ocultado bajo su capa para que su presencia pasase inadvertida a unos posibles ojos indiscretos. Su luz era escasa, apenas una candelilla, lo justo para alejar las sombras de la noche en un espacio de cuatro o cinco varas. Su luz ahora era un elemento delator de su presencia y lo mejor, si tenía que prepararse para defenderse, era sumirse en la oscuridad y aguardar. Agarró con fuerza la empuñadura de la daga que llevaba; aunque era poca cosa si había de hacer frente a gente que estuviese armada con buenos aceros, menos era nada.

Aguardaba el ataque sumido en la oscuridad y rodeado por un silencio que sólo rompía el viento que se había levantado al caer la noche y que anunciaba lluvia. Ahora, con el oído atento, también escuchaba el crujir del armazón de aquella casucha. Sintió cómo se movía la madera de la desvencijada puerta, instintivamente dio un paso atrás y pegó la espalda a la pared, entonces escuchó una voz que era poco más que un murmullo:

—¿Estáis ahí?

Pensó que podía tratarse de una añagaza para descubrir su presencia. No contestó y contuvo la respiración. Otra vez sonó la voz:

—Genaro, ¿estáis ahí?

Escuchar su nombre le produjo cierta tranquilidad, pero no disipó sus dudas. ¡Era todo tan sigiloso!

—Somos nosotros, Domingo y *mesié* Jacobo. ¡Contestadnos, si es que estáis ahí!

«Son ellos», pensó Genaro y trató de tranquilizarse a sí mismo pensando que actuaban con tanta cautela como lo había hecho él. Además, aquella voz le resultaba familiar.

—Estoy aquí y a fe mía que hace ya largo rato que aguardo a vuesas mercedes. ¡Habíamos quedado a las diez! —dio un punto de enfado a sus últimas palabras.

—¡No hace tanto que dieron! Bajábamos por la calle de Atocha, pasada ya la plazuela de Antón Martín, cuando dio el cuarto de antes de las diez. ¡A vuesa merced se le ha hecho larga la espera, pero nuestro retraso, si es que lo hay, no es grande!

Estaba claro que había sido la excitación y el lugar lo que habían jugado a Genaro una mala pasada. Los individuos con quienes tenía que reunirse no se habían retrasado tanto como él se había figurado, o al menos eso era lo que decían.

—Está bien. ¿Habéis traído el dinero? —preguntó Genaro.

Ahora la voz que le contestó era otra:

—Los ciento cincuenta ducados en buena moneda de plata. Como habíamos acordado.

En la oscuridad Genaro pudo identificar un agradable tintineo y también la voz gangosa de monsieur Jacobo, a quien se le atragantaban las erres, denotando su acento francés.

—¿Vos habéis traído los manuscritos?

—Los dos originales y las copias que hacía ese clérigo, tal y como había prometido a vuesas mercedes.

—¿Podéis prender la bujía que teníais encendida? Por las rendijas de la puerta habíamos visto un resplandor.

Genaro Lupo, cuyas pupilas se habían hecho poco a poco a la oscuridad, palpó en su faltriquera, sacó yesca y pedernal y con facilidad encendió una candelilla con la que prendió la torcida de su fanal. La habitación salió de las tinieblas y quedó en una suave penumbra.

—Así está mejor —murmuró Domingo entre dientes.

—¿Podemos ver los manuscritos? —preguntó el francés.

—Primero los ducados —reclamó un suspicaz Genaro.

—Sea como dice vuesa merced. —Domingo le entregó la bolsa de los ducados y Lupo tanteó su peso en la mano, pareció conforme, después sacó de debajo de su capa un manojo de papeles, atados con una cintilla azul, y se lo alargó.

—¿Están aquí todos los papeles?

—Comprobadlo vos mismo. Ahí están los dos ejemplares de *El astrólogo fingido*, del maestro Calderón de la Barca y las copias que realizaba Bandrés.

Domingo hojeó los papeles y se los entregó al francés, quien tras mirarlos con detenimiento sentenció:

—Parece que están completos, pero ¿cómo sabemos que en estos días no se ha hecho alguna copia?

Las gangosas erres de monsieur Jacobo sonaron muy mal a los oídos de Genaro.

*Su cadáver quedó tendido, a la intemperie, a unos pasos de la entrada.*

—¿Os atrevéis a insinuar que os estoy estafando? ¡Si no os satisface el trato devolvedme esos papeles, y aquí están vuestros malditos ducados!

Después de pronunciar aquellas palabras cargadas de irritación, miró a Domingo y se dio cuenta de que había llegado su fin. En la mano de Domingo Copín había aparecido una ballestilla armada con su virote, hasta aquel momento la había mantenido oculta bajo la capa. Sintió un agudo dolor en el pecho del que brotó con fuerza un chorro de sangre y se desplomó en el suelo. A una distancia de dos pasos el disparo había sido mortal, le había acertado en el corazón.

Los dos individuos se apresuraron a recuperar los ducados y a abandonar sin detenerse aquel lugar, que tenía algo de siniestro, de manera tan sigilosa como habían llegado. En su precipitada salida no se percataron de que a Genaro Lupo aún le quedaba un hálito de vida.

Haciendo un gran esfuerzo el moribundo se arrastró por el suelo de aquella casucha, alcanzó la salida, palpó entre sus ropas y encontró lo que buscaba. Alzó la mano y apretó con fuerza el desvencijado marco de la puerta, como si con aquel gesto agarrase la vida que se iba de su cuerpo. Apretó con fuerza la madera tratando de levantarse, todo su deseo parecía ser ponerse en pie, pero en aquel esfuerzo gastó las últimas energías que tenía, se desplomó y rodó por una pequeña pendiente que había a la puerta de la casa. Su cadáver quedó tendido, a la intemperie, a unos pasos de la entrada. Si no lo encontraban pronto podría servir de comida a algunas de las alimañas que, sin duda, merodeaban por aquel descampado.

Estaba avanzada la mañana y sobre Madrid descargaba un intenso aguacero. Desde la noche anterior apuntaba la lluvia y ésta había llegado con las primeras luces del alba. Ahora, cuando Lupercio Bandrés caminaba hacia la casa de don Pedro Calderón, con el rostro descompuesto y acompañado de su criada Quiteria, poco parecía importarle al clérigo el chaparrón que estaba cayéndole encima. Andaba presuroso y apesadumbrado. Cuando entró en el zaguán de la casa del dramaturgo estaba empapado hasta los huesos y chorreaba agua por todas partes. La sirvienta, tan empapada como él, era la imagen misma del desconsuelo.

—¡Santo cielo! ¡Vuesa meced está hecho una sopa! ¡También tú, criatura! ¡A quién se le ocurre salir a la calle con este temporal! ¡Doña Inés, doña Inés! —la criada que había salido para abrirles gritaba, llamando a su señora.

—¡Dejaos de aspavientos y zarandajas! —la interrumpió el enojado clérigo—. ¡Avisad a don Pedro de que estoy aquí! ¡Es urgente!

La criada desapareció sin decir palabra y al instante llegó doña Inés.

—¡Don Lupercio, por la Santísima Virgen! ¿Cómo se os ha ocurrido…?

—Excusadme, doña Inés —ahora Bandrés se mostraba más obsequioso—, pero el caso apremia. Necesito ver a vuestro tío inmediatamente.

—¿Tan urgente es?

—Sí lo es, doña Inés, mucho.

—Aguardad un instante.

Al cabo de unos minutos la sirvienta que les había abierto la puerta les pidió que le siguiesen a la planta de arriba porque don Pedro, aunque levantado, no había salido de su aposento. Allí, sentado en un sillón y al calor de un braserillo de picón, el dramaturgo veía caer la lluvia por la ventana.

—¡Cuéntale! ¡Cuéntale a don Pedro, desgraciada, lo que hace poco rato me has dicho! ¡Habla, desgraciada! —Lupercio Bandrés zarandeaba por el brazo a Quiteria, quien lloraba amargamente—. ¡Deja de gimotear, zorra, y explícale a don Pedro lo que has hecho!

Calderón miraba la escena como si fuese algo que su imaginación le dictaba para que lo llevase con su pluma al papel.

—Sosiéguese vuesa merced don Lupercio, y contadme qué ha sucedido para que os vea de esta guisa. No sé cómo se le ha ocurrido a vuesa merced hacerme una visita con el día que hace.

El copista, sin ningún tipo de miramientos, volvió a zarandear por el brazo a la criada.

—¡Quiero que sea esta desgraciada la que os lo cuente por su propia boca! ¡Desagradecida pecadora!

Quiteria era un mar de lágrimas.

—No creo que salga nada de su boca, como pretende vuesa merced, si continuáis gritándole de esa manera —comentó pausadamente el dramaturgo.

—¡Es que cuando sepáis lo que ha hecho! ¡Ella es la culpable del robo del manuscrito que me confiasteis!

—¡Cómo es eso! —Más que una pregunta fue un exclamación de sorpresa. Calderón había arrugado el entrecejo y arqueado una de sus cejas en un gesto que le era característico cuando el malhumor se apoderaba de él.

—¡Yo no quería, señor! ¡Yo no quería hacer ningún daño! —gimoteó la criada y volvió a prorrumpir en un llanto incontenible.

—Creo que lo mejor será que vuesa merced me cuente lo que ha ocurrido.

—¡Esta desvergonzada, don Pedro, esta desvergonzada, era requerida de amores por un ensamblador de los que trabajaban en la preparación de los decorados y la tramoya de vuestra comedia! ¡No recuerdo ahora cuál era su nombre!

—¡Genaro, señor! ¡Se llamaba Genaro Lupo! —lloriqueó Quiteria.

—¿Puedo saber por qué dices se llamaba? ¿Acaso ya no se llama? —preguntó el don Pedro con un deje de sorpresa.

—¡Le han asesinado, señor! ¡Sepa vuesa merced que unos canallas le han dado mala muerte! —gimió de nuevo la sirvienta.

—¡Por los clavos de Cristo, que no alcanzo a comprender qué es todo esto! —exclamó un Calderón irritado, que de un impulso se había puesto en pie.

—¡Ese Genaro Lupo, don Pedro, es quien ha robado vuestro manuscrito con la ayuda de esta desdichada, que le facilitó el acceso a mi gabinete! —gritó el exaltado copista.

—¡Santo cielo! ¿Y dice vuesa merced que le han asesinado?

—Así es, don Pedro. Al parecer se había citado la noche pasada con quienes le encargaron efectuar el robo en una casucha abandonada, que está en medio del descampado que llaman el campo de San Blas, cerca de la ermita del santo. El tal Genaro no debía fiarse mucho de sus compinches de fechoría porque le dejó encargo a ésta —miró de soslayo a la criada— de que si hoy después de misa primera no acudía a verla, ¡la muy zorra se citaba con él a mis espaldas!, debía acudir al lugar donde había quedado en reunirse con esos bergantes. Al ver que su galán no aparecía, no le ha quedado más remedio que confesarme su crimen. Sería a eso de las diez cuando me lo contó. —Bandrés, que estaba acalorado con la narración, se detuvo un momento para tomar resuello y continuó—: Al tener noticia de tan grave asunto decidí acudir al lugar indicado y me encontré, tirado en el campo y empapado por la lluvia, cerca de la puerta de la casa que os he referido, con el cadáver de un individuo. Horrorizado comprobé que solamente tenía una herida y que estaba en el pecho, le habían atravesado el corazón con un virote de ballesta.

—¡Era el cadáver de mi Genaro! —lloriqueó Quiteria.

—Le habían asesinado, presumiblemente, los mismos con quienes había planeado el robo del manuscrito. Según dice ésta —Bandrés miró, una vez más, a la criada con desprecio— se había citado allí con sus compinches para hacerles la entrega del producto de su latrocinio y supongo que para cobrar una fuerte suma como pago de su fechoría.

El escritor, después de un preocupado silencio, le preguntó:

—¿Ha dado vuesa merced parte a la justicia?

—Aún no, don Pedro, lo primero que he hecho, después de hacer ese macabro descubrimiento, ha sido venir a la casa de vuesa merced a informaros.

—Habéis hecho bien, aunque no se debe demorar el que vuesa merced ponga sobre aviso a la justicia. —En los ojos de Calderón brilló una duda—: ¿Habéis referido lo ocurrido a alguien?

—No se preocupe, don Pedro. —Lupercio adoptó un aire de suficiencia—. Hasta la presente nadie sabe nada excepto vuesa merced.

—Está bien, está bien. Cuando informéis a la justicia hacedlo con cuidado —le advirtió el dramaturgo—, en ningún caso deberá vuesa merced contarle nada referente al robo de los manuscritos. Inventad algo, ¡qué sé yo...! Que vuestra criada tenía amores con el muerto, y que ella sabía que había quedado con unos individuos con los que tenía ciertos tratos en aquel lugar. Ésa puede ser una buena explicación para justificar por qué habéis hecho el descubrimiento del cadáver.

—¿Podrían preguntarme por qué lo sabía ella y por qué en un lugar tan apartado?

—A esas preguntas deberá responder vuestra criada.

—¿Y qué le dirá? —preguntó un asustado Bandrés.

—Que le había confesado la existencia de aquel encuentro porque no se fiaba de las gentes con las que iba a verse, pero que no le había dicho cuál era la causa del mismo. Puede decirle, incluso, que los temores que albergaba le habían llevado a advertirle de que acudiera al lugar de la cita, en caso de no ir a verla a una determinada hora. También, lloriqueando como lo haces ahora —el escritor miró a Quiteria—, les puedes explicar a los alguaciles que le repetías una y otra vez que aquellas juntas no le traerían nada bueno, pero que no te hizo ningún caso.

Era terrible para la muchacha ver cómo aquellos dos hombres planificaban una actuación, ponían en su boca las palabras que les convenían y no se inmutaban ante el dolor que para ella suponía la muerte violenta de su Genaro. Estaba claro que para ellos no contaba como persona. Era una pobre criada que, por si fuera poco, había prestado su colaboración a la ejecución de un robo. Se secó las lágrimas con el dorso de la mano y cuando pudo controlarse, aunque su irritación se manifestaba en un hipo que no controlaba, apuntó:

—Si denunciásemos el robo del manuscrito, tal vez los alguaciles podrían seguir alguna pista que les permitiese agarrar a esos malnacidos que han dado tan mala muerte a mi Genaro.

—¿Qué es lo que estás diciendo, insensata? —gritó Lupercio, quien levantó una mano amenazadora. La criada se encogió y trató de protegerse con los brazos de un golpe que no llegó a descargarse.

—Ésa es la forma más segura de que vayas a parar a la galera —la voz de Calderón sonaba serena— porque tendrías que explicarle a la justicia que tú le facilitaste a ese Genaro la entrada en la casa de tu amo para que se cometiese el robo. Creo que lo mejor es que las cosas se hagan como hemos dicho antes, y que sea tu amo quien se encargue de administrarte el castigo correspondiente a tu mala acción.

—Que a vuesa merced no quepa de eso la menor duda, don Pedro. La azotaré cumplidamente cuando regresemos a casa.

Quiteria agachó la cabeza y pensó en el dolor de los azotes en su espalda, aunque no sería nada en comparación con el que sentía por la muerte de Genaro.

—¿Sabéis algo acerca de quiénes eran las personas que encargaron a Genaro robar el manuscrito?

Bandrés se encogió de hombros y miró a Quiteria. La moza se limitó a decir, como quien comenta algo sabido por todos:

—En realidad eran dos los manuscritos que tenía mi Genaro porque...

El dramaturgo no la dejó terminar.

—¿Quieres repetir lo que acabas de decir? ¿Cuántos manuscritos dices que tenía ese Genaro?

—Eran dos, señor. El que... el que...

—¡El que robaste de mi casa! —explotó el clérigo de menores.

—... y otro que Genaro había conseguido donde trabajaba. Los ducados que le habían prometido sólo se los pagarían si les entregaba todos los papeles, incluidos los que vuesa merced —miró a su amo, pero rápidamente agachó la vista avergonzada— estaba escribiendo en su gabinete.

—¿Cómo es que no me has dicho nada de eso? —Lupercio Bandrés propinó una bofetada a la muchacha en la que descargaba toda la ira que era capaz de concentrar en su menudo cuerpo.

—Nada de eso me ha preguntado vuesa merced, y como siempre me manda callar nada más empezar a decir algo, y a gritarme que soy una tal y una cual... yo no me he atrevido. —La voz de la muchacha sonaba temblorosa, pero desafiante.

—Esto te costará algunos azotes más.

—Se equivoca vuesa merced. —El tono desafiante que había apuntado en la criada hacía un instante había cobrado fuerza, el copista la miró sorprendido—. Cuando regresemos a casa haré un hatillo con mis cosas y me marcharé. Si vuesa merced quiere denunciarme a los corchetes puede hacerlo. A ver si es capaz de contarles lo del manuscrito. Pero sepa vuesa merced que ya no lo soporto más.

—Don Pedro, ¿está usted escuchando a esta deslenguada? ¡Qué tiempos, don Pedro, qué tiempos nos ha tocado vivir! ¡Esto no pasaba antes, cuando había mayor autoridad, más respeto y más vergüenza!

El escritor no pudo evitar que una sonrisa aflorase a sus labios. ¡Cuántas veces a lo largo de su ya dilatada existencia había escuchado aquellas mismas expresiones, aquellas mismas quejas y aquellos mismos aspavientos!

—Las diferencias con vuestra servidumbre no son de mi incumbencia —aclaró Calderón—; en todo caso debéis aseguraros de que vuestra criada no se vaya de la lengua.

—Que me marche no significa que vaya a ir pregonando a los cuatro vientos lo que ha ocurrido. Puede vuesa merced —se dirigía a don Pedro—, tener la seguridad de que mi boca estará sellada.

—Ahora lo más importante —señaló el escritor— es seguir la pista que nos conduzca a los manuscritos. Cada vez nos quedan menos días para encontrar los originales, según el plazo dado por el maestro Berucci de cara a preparar todo lo necesario para la representación. Creo que es importante comunicarle lo ocurrido; ese Lupo trabajaba con él y, además, hay que hacerlo pronto y advertirle, antes de que los alguaciles empiecen con los interrogatorios. Tenemos que tratar de evitar por todos los medios que se difunda la noticia de que el estreno de la función está en peligro.

Calderón encerrado en su casa desde el día del robo de sus manuscritos ignoraba que en determinados círculos se sabía ya de la desaparición de los originales de su comedia y que resultaría imposible mantener el secreto.

—¿Puedo ayudar en algo a vuesa merced? —preguntó el copista, pero Calderón, ensimismado, no pareció escucharle.

—También habrá que comunicárselo sin demora a don Pedro Capablanca —prosiguió el dramaturgo—. Es posible que el pesquisidor saque algunas conclusiones de todo esto que nosotros no alcanzamos a ver. —Dirigiéndose a Bandrés le pidió—: ¿Querría vuesa merced dar noticia de todo esto a Capablanca?

Creo que se le puede dejar recado en el mesón del postigo de San Martín. Yo me encargaré de mandar aviso a Berucci.

El copista asintió a la propuesta y el dueño de la casa dio por concluida aquella reunión:

—Andando, Bandrés, que el tiempo apremia.

Abandonaban ya el aposento el copista y la criada, cuando Calderón le insistió en su petición:

—Antes de que vuesa merced vaya a poner en conocimiento de la justicia ese crimen, como es su obligación, sería conveniente que fuese a ver a Capablanca. Y a los alguaciles cuénteselo todo, salvo que de por medio estaba el robo del manuscrito de mi obra.

—¿Y si aprietan, don Pedro?

—Ahora mismo solamente hay un cadáver y podéis explicar la causa por la que tenéis conocimiento de su existencia.

—Sí, pero... pero si esta desgraciada se marcha... —murmuró Bandrés.

Calderón clavó su mirada en Quiteria, que bajó los ojos ante lo terrible de la mirada.

—Ella no se marchará hasta que todo esto se quede resuelto. Si lo hace, levantará sospechas sobre su persona y no habrá quien le quite a los corchetes de encima.

—Haré lo que diga vuesa merced —asintió la criada con un hilo de voz.

Calderón parecía complacido.

—¡Otra cosa más, Bandrés! ¡Ni tú, ni tu criada sabéis nada del robo del manuscrito de Berucci! ¿Entendido?

El copista asintió.

El pesquisidor estaba reunido con fray Hortensio en una de las salas del piso de arriba del mesón de San Martín. Isabel acababa de dejar la reunión —la clientela apretaba ya a aquella hora del almuerzo y su padre le había mandado recado por dos veces de que tenía que bajar— comprometiéndose a pedirle una colaboración muy especial a una amiga suya de Jarandilla, localidad de la comarca extremeña de La Vera. No había podido negarse a lo que Pedro le había solicitado. Su nombre era Restituta y trabajaba en la residencia del embajador de Francia, el señor arzobispo de Embrun. Era un asunto delicado, pero Restituta tenía con ella una deuda pendiente y había llegado el momento de cobrársela. Isabel no había garantizado nada sobre lo que pudiese conseguir, pero había dado esperanzas al pesquisidor. ¡Qué no haría ella por aquel Capablanca que no le hacía ni maldito caso!

—Creo que con todos los datos que tenemos —señalaba fray Hortensio apuntando con su dedo índice a un papel lleno de garabatos, tachaduras y algunas frases escritas en él— podremos trazar un plan de acción. Todo queda ahora en manos de Isabel, con la que, por cierto, podrías tener algún detalle.

—Deja de decir tonterías, Algodonales, y vamos a lo que vamos.

—Lo que yo he dicho no es ninguna tontería —insistió el fraile.

Lo que tenía trazas de convertirse en una disputa entre los dos amigos se vio interrumpido por la aparición de Isabel.

—¡Don Pedro! ¡Abajo está el Ciego de la Bureba! ¡Dice que tiene que hablar con vuesa merced urgentemente!

—¿Sancho ha venido al mesón? —preguntó incrédulo.

—Está abajo.

—¡Santo Dios, con la que está cayendo! —exclamó fray Hortensio.

—La verdad es que el pobre está calado hasta los huesos. —En las palabras de Isabel había conmiseración.

La lluvia golpeaba con fuerza en el papel encerado que sustituía al cristal en el ventanuco que ventilaba el aposento; algunas gotas se colaban por las juntas y formaban un charquillo en el suelo.

—¿Habría inconveniente en que subiese aquí? —preguntó Pedro a Isabel.

—La única dificultad será la que tenga para subir los escalones. Son muy traicioneros por empinados y también porque algunos mamperlanes están tan gastados que hace tiempo que deberían haber sido sustituidos. No se cuántas veces se lo he dicho ya a mi padre, pero nunca encuentra el momento para que venga un carpintero a repararlos.

—Bajemos a ayudarle. —El pesquisidor se levantó y tras él lo hizo la humanidad del fraile—. Y tú, Isabel, prepárale algo caliente a Sancho.

Mientras bajaba las escaleras, Capablanca pensaba en que la presencia de Sancho Birriel en el San Martín sólo podía deberse a algo muy importante y ahora lo importante era todo lo que estuviese relacionado con el robo de los manuscritos. Con aquel temporal azotando Madrid desde hacía varias horas lo que quiera que fuese que el ciego tuviera que comunicarle, además de valioso para sus pesquisas, tendría que ser urgente; de lo contrario no se habría arriesgado a transitar por las calles en aquellas condiciones, ni a abandonar lo que eran sus circuitos habituales, ni los lugares fijos donde se apostaba para pedir sus limosnas.

Pedro se detuvo un instante en el rellano de la escalera y paseó su vista sobre la gente que llenaba el mesón, donde apenas quedaba alguna mesa vacía. Gente bebiendo, comiendo, cantando o vociferando sobre la que se había formado una nube de humo que hacía que el ambiente resultase espeso. Cuando vio la indefensa figura del pobre ciego, con las ropas empapadas y desconcertado por el desamparo en que se encontraba en medio de aquel jaleo, sin que nadie le echase cuentas, ni reparase siquiera en su presencia, el corazón se le enterneció por su amigo.

# 9

El pesquisidor y fray Hortensio aguardaron pacientemente y en silencio a que Sancho se tomase, cucharada a cucharada, la sopa de caldo de puchero que Isabel le había subido. La moza le había quitado la andrajosa capa con que se tapaba y que estaba empapada para secarla al calor de los fogones de abajo. Para evitar que se enfriase había traído una gruesa manta de lana zamorana, que era la que ella tenía para combatir el rigor de los fríos inviernos madrileños.

Después de la sopa el ciego parecía otra persona. Estaba más entonado, y con una habilidad que parecía impropia de quien no ve, cortaba rebanadas de pan de una blanca hogaza y trozos de una generosa porción de queso del que compraba el mesón a los pastores extremeños y que Isabel había dejado para que completase su comida, junto a un cuenco lleno de arroz con leche.

—Con la panza llena se ve el mundo de otra manera —comentó con socarronería Sancho cuando hubo despachado todo el condumio—. Y ahora escuchadme los dos atentamente. Hoy, como todos los lunes, he acudido a la iglesia de San Luis de los Franceses para solicitar la limosna después de los oficios religiosos de la mañana. Como el día estaba tan malo, en lugar de quedarme en el cancel, según es mi costumbre, entré en el templo y me agazapé, junto a una de las puertas, cerca de la pila del agua bendita. Desde allí imploré la caridad de los que salían al concluir la misa. Poco a poco el templo fue vaciándose, al tiempo que disminuía el volumen y el número de las conversaciones. Escuché cómo los monaguillos ordenaban bancos y reclinatorios, y se lanzaban chanzas unos a otros, mientras apagaban las candelas de los altares. Tres hombres habían quedado rezagados a la salida y se detuvieron junto a la pila del agua bendita, cerca de donde yo estaba. Aunque no podría asegurar que eran los últimos, estoy convencido de que nadie más había en las proximidades. Iba a implorarles una caridad desde el rincón donde me encontraba cuando escuche algo que me retrajo. Instintivamente me encogí y contuve la respiración. Agazapado como me encontraba y con un día que he de suponer oscuro por el aguacero que está cayendo sobre Madrid, mi figura debería ser poco visible. Me atrevería a jurar por la salvación de mi alma que aquellos tres no se percataron de mi presencia, por todo lo que hablaron. Aunque vete a saber la importancia que podían darle a un ciego, teniendo en cuenta que la mayoría de la gente, no sé por qué extraña razón, piensa que también somos sordos.

—¿Qué era lo que decían esos tres individuos, Sancho? —preguntó un interesado fray Hortensio.

—Primero he de deciros que se trataba de un español y de dos gabachos. Muchos de los franceses que hay en Madrid, y no son pocos, acuden a misa a la iglesia de San Luis. Lo de los franceses lo sé porque dos de ellos hablaban en esa jerga y cuando lo hacían en nuestra lengua se notaba la dificultad que tienen para pronunciar las erres y porque les oí decir *sacreblé*, que es como cuando nosotros decimos santo cielo...

Al oír aquello el pesquisidor y el fraile se pusieron en tensión y cruzaron una significativa mirada. Sancho, que tenía un sexto sentido, se apercibió de ello.

—El español, que se llama Domingo, dijo que ya habían concluido el negocio de los manuscritos. Sus palabras exactas fueron: «Señor, como *mesié Jacques* os habrá contado, ya hemos concluido el negocio de los manuscritos». Al escuchar aquello me acordé de lo que hace varios días me encargasteis en la puerta de la iglesia del Colegio de los Padres de la Compañía.

—¿Escuchasteis algo más? —preguntó Pedro.

—Sólo algunas frases sueltas. El tal Domingo le pedía cierta cantidad de dinero y debieron de discutir, aunque no pude enterarme de lo que pasaba. Entre las cosas que oí al tal Domingo —uno de los franceses le llamaba «Dominique»— fue algo en lo que salió a relucir el embajador de los gabachos, que creo que es obispo. No sé a quién se refería, pero escuché esa palabra. Y también lo que me parece más importante, el español insistió en dos ocasiones en que hacía falta más dinero para pagar a los que harán la función el Lunes de Pascua.

—¿Quieres repetir eso último, Sancho? —preguntó Pedro.

—¿Lo del Lunes de Pascua? —El ciego arrugó la frente.

—Sí. ¿Estás seguro de que escuchaste que dijo el Lunes de Pascua? —preguntó el pesquisidor.

—No tengo ninguna duda. Dijo exactamente: «*Mesié* ha de saber que hace falta más dinero para pagar a los que harán la función el Lunes de Pascua».

—¿Estás seguro? —insistió Capablanca.

—¡Ya he dicho a vuesa merced que sí! —La respuesta del ciego denotaba que estaba un poco amoscado—. ¿Ocurre algo?

—Es que la función en que ha de estrenarse la comedia de don Pedro Calderón de la Barca no es el Lunes de Pascua, sino el segundo Domingo de Pascua. Aquí hay algo que no encaja —señaló el pesquisidor.

—Os juro por ésta —el ciego había formado una cruz con sus sarmentosos dedos y se la llevó a los labios—, que fue eso lo que escuché.

Capablanca puso su mano en el hombro del inválido en un gesto amistoso:

—No tengo ninguna duda de que fue lo que escuchaste, pero o el que lo dijo se confundió o en este asunto hay algo que se nos escapa.

Se hizo el silencio en el aposento. Hasta allí llegaba el ruido de la gente que abajo comía, bebía y se divertía. La lluvia continuaba recia sobre Madrid. En aquel momento sonaron unos golpes en la puerta.

—¡Adelante! —gritó fray Hortensio.

La puerta hizo un desagradable ruido, los goznes estaban oxidados y también la hoja, que estaba descolgada, rozaba en el suelo de yeso pintado de color almagre, donde había formado una blanca curva. En el umbral apareció Pascualillo.

—Don Pedro, me manda la Isabel para decirle que abajo hay un individuo que pregunta por vuesa merced.

—¿Sabes de quién se trata?

—No señor, creo que ha dicho su nombre, pero la Isabel no me ha dicho quién es. Por si sirve de algo a vuesa merced, le diré que ese sujeto tiene cara de pocos amigos, es bajito y viste ropas de clérigo. Me he fijado en sus manos y he visto que las tiene manchadas de tinta y las uñas muy negras.

—Se llama Lupercio Bandrés —Capablanca hizo aquella afirmación con total seguridad—, es un clérigo de menores a quien el maestro Calderón le encarga hacer las copias de sus obras. Uno de los dos manuscritos robados estaba en su poder. No me barrunto qué será lo que pueda desear. Pero a buen seguro estará relacionado con el asunto que nos ocupa.

El pesquisidor se levantó y acarició el pelo de Pascualillo, y dirigiéndose al fraile y al ciego les comentó:

—Aguardad un instante, que ahora vuelvo. —Salió con el muchacho, dejando la puerta entreabierta.

Regresó al cabo de un buen rato y explicó a los dos lo que le había contado Bandrés acerca del asesinato de Genaro Lupo. Mientras subía las escaleras había tomado la decisión de ir al lugar donde el copista le había dicho que estaba el cadáver, sin detenerse un instante. El lugar no tenía pérdida y, aunque hiciese un día de perros, lo más conveniente era acercarse hasta allí y ver con qué podía encontrarse. Para aquella indagación apenas disponía de tiempo, Bandrés le había dado un plazo de tres horas, antes de que el clérigo acudiese a denunciar aquella muerte ante la justicia. No le había resultado fácil convencer a aquel personajillo de que le diese una cierta ventaja sobre los alguaciles. También habría que hablar con el maestro Berucci, ya que el copista le había indicado que el difunto trabajaba para él. Era posible que una conversación con el empresario también le aportase algún dato de interés. Parecía que poco a poco empezaba a surgir alguna luz en aquel enrevesado caso.

Lo que no le cuadraba era lo que le había dicho Sancho Birriel, el Ciego de la Bureba, acerca de la función del Lunes de Pascua. No tenía sentido, el estreno estaba previsto para dos domingos después del de Pascua, pero el ciego aseguraba que era exactamente eso lo que había escuchado.

Desde la baranda que rodeaba la planta de arriba y volaba sobre el cuerpo central del mesón llamó con un grito tan potente a Pascualillo, que sonó por encima del griterío y atrajo la atención de buena parte de la parroquia. El mozuelo acudió presuroso.

—Quédate haciéndole compañía a Sancho y, si deja de llover antes de que volvamos fray Hortensio y yo, pregúntale si quiere que le acompañes a algún sitio. También necesito que lo antes posible acudas a buscar a un italiano; se llama Berucci. Cuando lo encuentres le dices que tengo urgencia en hablar con él, que podemos vernos aquí esta noche a la hora del toque de oración. Si el italiano no está en el corral de la Cruz, lo encontrarás en alguno de los tugurios de la calle de Toledo, posiblemente en el de la Perendanga.

—No puedo hacer lo que me dice vuesa merced —respondió el chaval muy serio.

—¿Has tenido alguna bronca con tu padre? ¡Hoy no creo que tenga mucho trabajo!

—No señor, qué va. Es que si estoy con el ciego o le acompaño, no puedo buscar al italiano, y para la oración faltan poco rato, dos horas o menos.

Pedro no pudo evitar una sonrisa. Pascualillo era algo más que una promesa de hombre.

—¿Te importa mojarte?

—No señor. No le temo al agua, por algo soy hijo de un aguador.

—En ese caso, vete a buscar a Berucci.

El pesquisidor trató de convencer a fray Hortensio que se quedase con Sancho, mientras él acudía al campo de San Blas. Pero sus esfuerzos resultaron inútiles. Explicó a Birriel que era forzoso ir a inspeccionar el lugar donde habían matado a Lupo y ver el cadáver. Le pidió que aguardase allí su regreso.

—No se preocupe por mí, don Pedro, ¿adónde voy a estar mejor que aquí, con la que está cayendo?

Encargó a Isabel que echase una mirada al ciego. Cuando le dijo que salían a la calle y que volverían lo antes posible, la moza no pudo contenerse:

—Vuesa merced está loco y su paternidad también.

En aquel momento apareció Pascualillo, que se había agenciado un saco de esparto con el que, doblado convenientemente, se había hecho una especie de capotillo para cubrirse la cabeza y los hombros.

—¿Adónde vas tú con esa facha? —le preguntó malhumorada la moza.

—He de hacer un encargo a don Pedro —respondió el muchacho altivamente.

Isabel movió la cabeza negando, apretó las manos en las caderas y miró al pesquisidor a los ojos. Casi le gritó:

—¡Eso sí que no! ¡Con el diluvio que cae, éste no sale de aquí, como que me llamo Isabel Valle!

Pedro supo que Pascualillo no iría a buscar a Berucci. En el fondo de su alma se alegraba de que así fuera. Era un contradiós salir a la calle con aquel aguacero.

Puso su mano en el hombro del muchacho:

—Acompaña tú a Sancho, mientras fray Hortensio y yo volvemos.

A Pascualillo no le gustó que cambiasen su papel, pero él también sabía que no había nada más que decir. El pesquisidor y el fraile se prepararon para salir. Pedro se envolvió en su capa y el basilio cubrió su cabeza con la capucha. Isabel movió la cabeza, negando varias veces.

—¡Aguardad un momento!

Los dos amigos cruzaron una mirada de indecisión. Al instante apareció Isabel; llevaba en su mano un manto negro de lana y se lo alargó al fraile:

—¡Tome, no se le vayan a resfriar a vuestra paternidad las carnes y luego sea peor!

A fray Hortensio se le alegró el semblante y recogió el manto, Isabel dio media vuelta y se fue hacia una mesa donde reclamaban su presencia.

—¡Qué mujer, Capablanca, qué mujer!

El campo de San Blas se había convertido en un lodazal. El pesquisidor y el fraile tuvieron que andar con cuidado para no dar de bruces en el suelo. Con gran esfuerzo y mucho barro pegado a los pies habían logrado llegar, empapados y ateridos, hasta el lugar donde el cadáver aparecía medio enterrado por el temporal, a pocos pasos de la puerta de la casa. Lo primero que hicieron fue ponerse a cubierto. Todo estaba solitario, con aquel diluvio no había nadie por los contornos, a no ser que estuviese tan loco como aquella pareja de sabuesos. Era lo único bueno que se derivaba de la lluvia torrencial que desde hacía horas caía sobre Madrid.

—¡Brrr! —Fray Hortensio agitó las manos y las frotó vigorosamente una contra otra, después se quitó el manto, que estaba completamente empapado, y lo sacudió.

Soltaba agua a chorros por el borde inferior. Buscó en las paredes y encontró un hueso empotrado en una de ellas, que servía de percha; allí lo colgó para que escurriese. Otro tanto hizo Pedro con su capa. Las prendas sólo les habían protegido parcialmente del aguacero. Sus vestiduras también estaban mojadas y el calzado mejor era no mirarlo. El fraile buscó algo con lo que quitarse todo el barro que le fuese posible de sus sandalias, que apenas le habían protegido, mientras Pedro husmeaba por el lugar. Allí no había más que suciedad y abandono. Encontró un fanal de vejiga tirado en medio de la hojarasca y de abundantes excrementos de cabra. Siguió escudriñando y detectó un pequeño rastro de sangre reseca a la que resultaba difícil seguirle la pista porque se confundía con la suciedad del suelo, llegó hasta la puerta y comprobó que allí había una mancha mayor. No se había percatado al entrar, pero ahora se daba cuenta de que era muy visible.

Su cabeza empezó a trabajar y a sacar las primeras conclusiones. A aquel desgraciado le habían clavado el virote en el sitio donde había encontrado el fanal; es posible que sus asesinos lo diesen por muerto —pensó Capablanca—, luego con mucho esfuerzo se habría arrastrado hasta la puerta en busca de auxilio. Allí debió de detenerse, según denotaba la mancha de sangre, y luego continuó arrastrándose o rodó hasta el lugar donde yacía inerte. La lluvia había borrado cualquier señal que el cuerpo hubiese dejado fuera de la cabaña.

—¿Algo interesante? —preguntó el fraile que, sentado en el suelo, se había quitado las sandalias y se hurgaba con las manos los dedos de uno de los pies.

—No creo que aquí haya nada que pueda facilitarnos información.

—Pero no hemos mirado el cadáver. —Fray Hortensio continuaba hurgando en sus pies.

—No sé si será conveniente que lo toquemos; está medio clavado en el barro.

—Entre los dos podríamos traerlo hasta aquí; no creo que nadie nos vea, después volvemos a colocarlo en su sitio; en poco rato el agua borrará las huellas.

Pedro cogió su capa, la tendió en el suelo y luego hizo una indicación al fraile.

—Vamos, Algodonales.

El cadáver de Genaro Lupo pesaba como si fuese de plomo, tenía las vestiduras empapadas después de las largas horas de lluvia que le habían caído encima. Con gran esfuerzo, porque no querían arrastrarlo por el barro, lo llevaron a pulso y lo depositaron sobre la capa extendida, el pesquisidor no deseaba que quedase allí ninguna muestra de lo que estaban haciendo.

La herida del virote estaba ennegrecida. El muerto no presentaba otras señales de violencia que no fuese aquella herida. En uno de los bolsillos tenía un real de a cuatro y algunos maravedíes y en una faltriquera había una piedra de pedernal y algo de yesca. El cadáver de aquel desgraciado no proporcionaba ninguna información. Descorazonados por lo vano del esfuerzo realizado, volvieron a tomarlo entre sus brazos para colocarlo donde estaba cuando llegaron; como había indicado el basilio, en poco rato el agua borraría las huellas de todo aquello. Al regresar a la casucha Pedro se fijó en que el marco de la puerta estaba manchado de sangre, recorrió con la mirada la madera carcomida y vio que asomaba un papel medio oculto entre la pared y el marco. Casi suelta al muerto.

—¿Qué te pasa, Capablanca, que estás aflojando? —rezongó fray Hortensio.

—¡Sigue y calla! ¡He visto algo!

—¿Hay alguien que nos pueda ver? —preguntó alarmado el fraile.

—¡Yo no he dicho eso! ¡Calla y vamos a dejar a este desgraciado en su sitio!

Colocaron el cadáver en su lugar y volvieron rápidamente a cubierto. Pedro tiró de la punta del papel y lo sacó; estaba manchado de sangre. Lo desdobló cuidadosamente y leyó para sí.

El silencio del pesquisidor ponía nervioso al basilio que empezó a murmurar, hasta que no pudo contenerse:

—¡Bueno! ¿Vas a decirme de una maldita vez qué es lo que está escrito en ese papel, o no?

El pesquisidor por toda respuesta se lo entregó:

—Toma, léelo tú mismo.

> Si este papel fuese leído por alguien, sepa que los autores de mi muerte son los mismos que me encargaron que, a cambio de la suma de ciento cincuenta ducados, me hiciese con los papeles donde está escrita la comedia que ha de estrenarse el segundo Domingo de Pascua, que ha sido compuesta por don Pedro Calderón de la Barca. Su intención es estorbar la función e impedir el estreno. Quien me ha propuesto el negocio es Domingo Copín, dueño del horno de San Buenaventura, y un francés llamado *mesié* Jacobo. Y todo lo pongo en este escrito por el temor que tengo de que quieran silenciar mi boca. Estoy arrepentido de lo que he hecho, pero ya no puedo volver atrás, entonces, mi muerte sería segura.
>
> GENARO LUPO

La letra no era un dechado de caligrafía, pero aquella carta sin destinatario no estaba mal escrita.

—Ya sabemos quiénes son este Domingo Copín y monsieur Jacques. Son los mismos que Birriel escuchó hablar del manuscrito en la iglesia —comentó el fraile a quien sus pequeños ojillos se le habían agrandado de forma desorbitada.

—Tenemos un dato más: ese Domingo es el dueño del horno de San Buenaventura. Ya sabemos quién es uno de ellos. Lo que no encaja son las fechas —apuntó el pesquisidor con la mirada perdida en la lluvia.

—¿Que no encajan las fechas?

—Ese maldito Lunes de Pascua al que se refirieron en la iglesia. Birriel dice que no tiene duda de que fue ésa la fecha que indicaron en su conversación.

—¿Pudo ser lo que se llama un *lapsus linguae*? —propuso fray Hortensio.

—No creo que se deba a un despiste.

—Pues no se me ocurre otra cosa —apostilló el basilio—. ¿Qué hacemos con el papel? ¿Lo dejamos donde estaba o nos lo llevamos?

—Si no queremos darle tres cuartos al pregonero y que mañana todo Madrid sepa que la apertura de los corrales está en peligro, aunque en la corte ya no se habla de otra cosa, y que se difunda el rumor sólo será cuestión de tiempo, lo mejor será que nos lo llevemos. Los alguaciles estarán aquí dentro de poco y buscarán hasta debajo del barro.

El fraile le alargó el pliego, después se sentó y empezó a calzarse las sandalias.

—Si los alguaciles van a estar aquí pronto, lo mejor que nosotros podemos hacer es largarnos cuanto antes, no vaya a ser que nos endosen el muerto.

El pesquisidor miró a su amigo y soltó una carcajada. El fraile levantó los ojos y preguntó intrigado:

—¿A qué viene ahora esa risa?

—A que no sé a santo de qué te has limpiado las sandalias.

Fray Hortensio soltó una maldición.

En Madrid la luz empezaba a declinar y el cielo no presentaba trazas de que fuese a dejar de llover, al menos de forma inmediata. Capablanca y el fraile, cuyas ropas aún estaban empapadas, volverían a calarse hasta los huesos en su camino de regreso al mesón de San Martín, pero el aguacero que les había caído encima y también el que les aguardaba había merecido la pena. Ahora sabían quién era uno de los que andaban detrás de la desaparición de los papeles de la comedia de Calderón, el hornero de San Buenaventura, quien además era uno de los asesinos del muerto, cuyo cadáver se mojaba bajo la lluvia en medio del descampado.

El mayor problema al que el pesquisidor se enfrentaba en aquellos momentos, cuando ya tenía la punta del hilo para tirar y desenmarañar aquel ovillo, era la falta de tiempo. Cuando cayese la noche, apenas le quedarían setenta y dos horas para hacerse con el manuscrito y, si no estaba equivocado, no iba a resultar nada fácil arrebatárselo a quien, según todos los indicios, se había adueñado de él. Era persona muy poderosa y había apostado muy fuerte en aquel envite.

Se arrebujaron lo mejor que pudieron en la capa y el manto y se encaminaron hacia la ermita de San Blas para seguir luego por el sendero que les llevaría hasta el camino —era un decir con el barrizal que había— de Vallecas, cruzarían el muro y subirían por la calle de Atocha arriba.

A la hora convenida Lupercio Bandrés denunciaba en la Casa de la Villa, ante un alcalde de Casa y Corte, el asesinato de Genaro Lupo. La denuncia fue hecha en los términos establecidos con Calderón. Le acompañó Quiteria, quien ratificó las palabras de su amo. Era posible que la amenaza de los azotes no se hiciese realidad.

## 10

Volvieron desde el campo de San Blas subiendo por la calle de Atocha y giraron por la carrera de San Jerónimo hasta llegar a la Puerta del Sol, luego tomaron por la calle del Carmen hasta ganar el postigo de San Martín. Sólo cuando caminaban por la populosa Puerta del Sol, ya de noche, dejó de llover; estaban empapados y derrengados cuando cruzaron los umbrales del mesón. Allí aguardaban Isabel, el Ciego de la Bureba y Pascualillo. A pesar del cansancio y del mal tiempo, Pedro había decidido que, en el momento que hubiesen repuesto algo sus mermadas fuerzas, saldrían a buscar a Berucci en alguno de los figones y tabernas de la calle de Toledo. Tal y como estaban las cosas, no podía permitirse el descanso que su cuerpo estaba demandando y que iba mucho más allá de algo de comida y un calentón a la lumbre de los fogones del mesón.

Indicó a Pascualillo que acompañase a Sancho hasta su casa, aprovechando que la lluvia había cesado y que luego él también se recogiese, sin detenerse en ninguna parte. Menos mal que la casa del ciego no quedaba lejos. Vivía en una de las muchas salas bajas de un antiguo caserón de vecinos en la embocadura de la calle de San Bernardo con la plazuela de Santo Domingo.

Una vez que el ciego y Pascualillo, en funciones de lazarillo, se marcharon, Isabel les preparó algo caliente que llevarse al estómago y obligó a Capablanca a que se cambiase la camisa y las calzas por una muda seca de las que, en ocasiones, ella le lavaba y planchaba. El fraile, como no tenía repuesto, tuvo que conformarse con que se secasen algo los hábitos, colocándose junto a uno de los fogones, donde se bebió dos tazones de caldo. También allí colgaron la capa y el manto para que perdiesen parte de la humedad que tenían; las prendas con el calor despedían tal cantidad de vapor que humeaban como si se quemasen.

En un aparte Pedro contó a Isabel lo que se habían encontrado en el campo de San Blas y que, al menos, tenían ya una pista segura con el hornero de San Buenaventura.

—Ahora urge que veamos a Berucci; tal vez, pueda darme alguna información de ese Genaro Lupo, al que han dejado frito con un virote de ballesta.

Después de explicarle cómo llevaba las pesquisas, que era una forma de reconciliación, le preguntó si había tenido ocasión de hablar con su amiga. Isabel le dijo que había sido imposible con el mesón hasta el techo de clientes y con el temporal que había descargado sobre Madrid. Le prometió que a primera hora del día siguiente, antes de que empezase el trajín, ella misma iría a hablar con Restituta.

Antes de que se fuese, Pedro la cogió por el brazo y acercó su boca al cuello, Isabel sintió cómo se le erizaba el vello de sus brazos y se le encogía el estómago. Pensó que iba a besarla. Contuvo la respiración con los ojos cerrados. Le importaba un bledo que alguien estuviese mirando en el momento en que Capablanca posase sus labios en su cuello. Sin embargo, tal momento no llegó, escuchó cómo con voz muy suave el pesquisidor le susurraba al oído:

—Necesito que me compres un lechón y que no se entere nadie.

Isabel abrió los ojos sobresaltada y, desilusionada, tiró con fuerza del brazo.

—¿Qué es lo que me ha dicho vuesa merced?

—No levantes la voz, que no quiero que se entere nadie. Necesito para mañana un lechón no muy grande pero que sea un animal vivaracho. Es muy importante que me guardes el secreto. Para ti será fácil comprarlo, como vianda para el mesón. —Sacó del bolsillo un real de a ocho y cogiendo la mano de Isabel se lo puso en la palma y le cerró los dedos, mientras le decía muy bajo llevándose el índice a la boca—: Pssst.

La moza murmuró entre dientes:

—¡Cada vez entiendo menos, pero le juro a vuesa merced que tendrá un buen lechón! ¡Es eso lo que vuesa merced se merece!

Y se marchó.

Mientras aguardaban en un aposento de la planta de arriba a que sus vestiduras se secasen un poco más, Capablanca y fray Hortensio recapitularon acerca de cómo se encontraba la situación.

El robo se había perpetrado con la colaboración de gente relacionada con quienes tenían los dos ejemplares de los manuscritos, una criada del copista Lupercio Bandrés y un ensamblador que trabajaba con Berucci. La pieza clave en aquel enredo era Genaro Lupo, quien había robado por cuenta de otros a cambio de dinero.

Ahora estaba muerto, probablemente sus asesinos eran los mismos que le habían encargado el robo porque no querían dejar ninguna pista. Tenían, por otro lado, la confesión escrita del difunto, a la que en principio había que concederle, dadas las circunstancias en que había sido descubierta, toda la credibilidad, aunque el pesquisidor sabía por experiencia que las apariencias encubrían muchas veces la verdadera realidad.

Uno de ellos lo tenían identificado, pero todo apuntaba a que era una pieza menor; se trataba del dueño del horno de San

Buenaventura que por su apellido —Copín— podía ser francés. Ese dato lo relacionaba con otro de los autores del asesinato, siempre según la confesión de Lupo, el individuo que respondía al nombre de monsieur Jacques.

Posiblemente entre estos dos —Domingo Copín y monsieur Jacques— estaba el autor del disparo de ballesta que había acabado con la vida del ensamblador. Sin embargo, todo apuntaba a que detrás de aquellos sujetos había alguien de mucha más entidad, a juzgar por lo que Sancho Birriel había escuchado en la iglesia de San Luis de los Franceses.

También parecía cada vez más claro que el móvil del robo no era un episodio de los muchos que salpicaban las relaciones de los autores de teatro y la rivalidad que las caracterizaba, sino que el objetivo de los que se habían apoderado de los manuscritos era evitar la reapertura de los corrales de comedias con el propósito de promover un motín popular que crease al gobierno mayores problemas de los que ya tenía.

—Esto es todo lo que sabemos, lo cual no es poco para tan escaso tiempo como hemos tenido, pero el problema está en que apenas si disponemos de mucho más para llegar al final, y me temo que a partir de ahora, si la suerte no nos acompaña, podemos chocar con un muro —señaló el fraile.

—Además de esto hay dos cuestiones para las que no tenemos explicación. —El pesquisidor unía sus manos por la punta de los dedos.

—¿A qué te refieres?

—Una, esa función del Lunes de Pascua.

—¡Estás obsesionado con eso, Capablanca! ¡Yo creo que todo es fruto de una equivocación!

—No lo veo así.

—Está bien, aceptemos que tienes razón. ¿Cuál es la segunda cuestión?

—¿Qué hacen los franceses en esto? Todo apunta a que están en el encargo del robo de los manuscritos, igual que están en el asesinato de Lupo y están en la conversación de la iglesia de San Luis. ¡Si te fijas bien, Algodonales, esos gabachos, que el diablo confunda, aparecen por todas partes!

Fray Hortensio dio un fuerte puñetazo encima de la mesa.

—¿Qué te ocurre ahora? —le preguntó el pesquisidor.

—¡Vuesa merced es un redomado bellaco, señor Capablanca! ¡Vuesa merced sabe ya quién está detrás de todo esto!

—¿Por qué se te ha ocurrido de repente pensar en tal cosa, Algodonales? —Una pícara sonrisa apareció en los labios del pesquisidor.

—¿Por qué, si no, tiene vuesa merced tanto interés en hablar con una criada?

Capablanca se encogió de hombros, como si no entendiera adónde quería ir el fraile basilio. Pero fue el propio fray Hortensio quien continuó proporcionándose a sí mismo la respuesta que su amigo no le daba.

—La explicación está en que esa criada, esa tal Restituta, trabaja en casa de su ilustrísima el arzobispo de Embrun. Y el señor arzobispo es el embajador de rey de Francia en la corte de Madrid. ¿No acaba de decir vuesa merced que los gabachos aparecen por todas partes?

Capablanca miró de hito en hito a su amigo y, aunque no le dijo nada, valoró su suspicacia y su olfato. Se limitó a levantarse y decir:

—No podemos perder un minuto. ¡Si quieres acompañarme, vámonos! ¡Tenemos que encontrar a Berucci!

Abandonó el aposento, que una vez más les había cedido el mesonero Francisco Valle Ropero gracias a los buenos oficios de Isabel, y bajó las escaleras. Se acercó a los fogones donde su capa se secaba y la tomó. Vio a Isabel que se afanaba en su trabajo y le guiñó un ojo a la par que la obsequiaba con una sonrisa, buscando complacerla, pero la respuesta de la moza fue un mohín.

Iba tan deprisa que el fraile, que ya se había envuelto en el manto que le habían prestado, a duras penas podía seguirle.

La noche estaba serena después del aguacero que durante tantas horas había descargado sobre Madrid. El ambiente respiraba humedad por todas partes y todavía goteaban aleros de tejados y alféizares de ventanas. Por algunos sitios corrían pequeños arroyuelos de agua, la atmósfera estaba limpia y habían desaparecido buena parte de los nauseabundos olores que llenaban las calles y plazas de la villa, lo cual suponía un alivio no pequeño. Apenas había gente por las calles; en medio de la oscuridad resaltaban las tenues luces que se veían a través de algunas ventanas y balcones, y los ruidos que salían de las casas, numerosos y variados, eran fácilmente identificables. En la lejanía podía escucharse el ladrido de algún perro y la respuesta que encontraba.

Los ruidos nocturnos, bien lo sabía Capablanca, eran un magnífico catálogo de las actividades de las gentes de un determinado lugar, si se les prestaba debida atención y se hacían las correctas deducciones.

Los dos amigos, transitoriamente recuperados de su intensa actividad gracias a los cuidados de Isabel, bajaron por la calle de San Martín hasta la plazuela de las Descalzas Reales, continuaron luego San Ginés abajo hasta llegar al cruce de la calle Mayor, la dejaron atrás y se metieron por uno de los arcos hasta la plaza Mayor, donde caminaron por sus soportales. El silencio y la tranquilidad imperaban en la plaza donde tenían lugar los regocijos y grandes festejos populares que acontecían con motivo de las más variadas celebraciones y también donde el Santo Oficio llevaba a cabo sus autos de fe. Cruzaron la plaza y bajaron por la calle de Toledo hasta acercarse al mesón de la Perendanga, el más conocido de todos los que abrían sus puertas en aquella zona de Madrid. Allí se llevaron una sorpresa mayúscula. En una de las jambas de la puerta del establecimiento, alumbrada por dos faroles que colgaban de unos ganchos, había pegado un papel en el que podía leerse:

El estreno de la obra de don Pedro Calderón,
anunciado para el segundo Domingo de Pascua,
quedará suspendido en breve por orden superior.
No se abrirán los corrales y seguiremos sin comedias,
como seguimos sin gobierno y sin blanca.

El papel estaba impreso con letras mayúsculas, bien grandes.

El fraile y el pesquisidor se habían quedado boquiabiertos, absortos. Quietos, como dos pasmarotes, hasta el punto de que estaban estorbando la entrada y salida del local. Alguien pidió vía libre y les sacó de sus pensamientos. Se excusaron y se hicieron a un lado cediendo el paso.

—Ese papel es francamente sedicioso —comentó en voz baja fray Hortensio.

El posible contenido sedicioso del papel era algo que no debía importarle gran cosa a Capablanca, preocupado como estaba por el robo de los manuscritos.

Entraron en el tugurio y se toparon con un ambiente que hacía del mesón de San Martín el claustro de un convento de clausura. La luz amarillenta de los candiles y de las velas de cebo creaban una atmósfera espesa y una especie de vaho flotaba en el ambiente. La mezcla de olores resultaba muy fuerte y una combinación de gritos y ruidos hería los oídos. Había quienes conversaban alegremente, quienes jugaban a los dados o al naipe o quienes aguardaban turno cerca de las camaretas donde ejercían las rameras. En un rincón se había formado un corro donde se cantaba y palmeaba al son de guitarras y vihuelas. Allí parecía imposible sostener una conversación.

Se les acercó una moza zalamera con una camisa de escote tan grande que enseñaba más que cubría.

—¿Sabes si anda por aquí un italiano que se llama Berucci? Se dedica al teatro —le preguntó Capablanca.

La moza hizo un mohín de disgusto y señaló hacia una esquina donde, ante una chimenea, varios individuos se afanaban en preparar comida.

—Pregunte vuesa merced a aquellos que están en las parrillas.

Fray Hortensio sacó de sus hábitos un bonete de fieltro negro que llevaba para ocasiones como aquélla. Se ajustaba a la redonda forma de su cabeza y se lo encasquetó hasta las cejas, de modo que su tonsura quedaba cubierta. También se apretó el manto para disimular en lo posible sus vestiduras clericales.

Como buenamente pudieron se abrieron paso, en medio del gentío, hasta una especie de plataforma elevada, hecha de ladrillo, donde tres hombres, vestidos con grandes mandiles en los que la suciedad y las manchas impedían determinar su color original, se afanaban en asar gruesas salchichas, trozos de carne, lonchas de tocino entreverado y otros tipos de carnes y viandas sobre unas enormes parrillas bajo las que se extendía una capa de relucientes brasas, que chisporroteaban con las gotas de grasa desprendidas por las viandas. Los tres individuos no paraban de sacar piezas asadas y de reponer con otras nuevas, de forma que las renegridas parrillas estaban siempre llenas. Un mozo con una gran badila se encargaba de mantener vivos aquellos carbones con ascuas que traía de dos enormes chimeneas en las que se quemaba leña a fuego lento, debajo de unos calderos colgados de fuertes ganchos en los que hervía un sustancioso caldo. En uno de los lados de las parrillas un joven se aplicaba a dar vueltas a un espetón donde había ensartadas media docena de aves de diferente tipo; de vez en cuando las regaba con el contenido de un cacillo que llenaba una y otra vez de una cubeta que tenía a su lado.

A duras penas lograron que uno de aquellos individuos les hiciese caso.

—¿Un italiano? ¿Teatro? —comentó torciendo el gesto uno de ellos ante la insistencia del pesquisidor.

—Sí, sí, se llama Berucci —insistió Capablanca.

—¡Entonces, si es poeta, estará en el «rincón de los hambrientos»! —gritó, soltando una risotada.

—¿En dónde? —preguntó sorprendido porque parecía imposible que con aquellas rebosantes parrillas hubiese tal rincón en el mesón.

El mozo extendió un brazo y con la punta de un largo pincho de dos puntas, con el cual lo mismo ensartaba salchichas que volteaba piezas de carne, señaló, desde su dominante posición, una esquina donde un grupo de sujetos departía junto a la entrada de las camaretas en las que las prostitutas ejercían sus fornicios.

El pesquisidor se empinó sobre la punta de sus pies y asintió con la cabeza, dando a entender que había localizado el lugar que le indicaba.

A fuerza de puro empellón llegaron hasta aquel corro donde, con aire mustio, media docena de individuos se dejaban llevar por el tedio. Era el único lugar de aquel antro, donde no se jugaba, se comía o se gritaba. Sobre la mesa alrededor de la cual tomaban asiento había dos pasquines como el que estaba pegado en la puerta de entrada. Capablanca se percató del detalle y comprobó que entre los reunidos no se encontraba el italiano. Ante el ambiente que allí reinaba, temió molestar con su pregunta. Pero no tenía otra opción.

—Disculpen vuesas mercedes, pero busco al maestro Berucci, el empresario del corral de la Cruz. ¿Alguien podría darme noticia de dónde encontrarle?

La pregunta despertó la hilaridad de aquellos indolentes. A fray Hortensio no le gustó.

—¿Desde cuándo la risa es la respuesta a una pregunta?

¡Aseguro a vuesas mercedes que si es mofa a nuestras personas, voto a...!

—No se sulfure su paternidad —los disimulos del fraile no habían surtido todo el efecto que él deseaba—, pero es que Berucci está celebrando el acontecimiento —cogió uno de los pasquines y lo agitó— y lo está haciendo ahí detrás, aliviándose con «la Vizcaína» —señaló en dirección a las camaretas—, por eso nos hemos reído, que no ha sido befa hacia su paternidad. Estoy seguro de que en este momento Berucci no tiene deseos de que nadie le encuentre.

—¿Qué es ese papel que ha mostrado vuesa merced? —preguntó el pesquisidor que vio la ocasión de obtener información.

—¿Conoce vuesa merced a Berucci y no está al tanto de que se va a suspender el estreno de don Pedro Calderón con que se pretenden abrir los corrales después de casi dos años de sequía?

Capablanca se percató de que no podía negar algún conocimiento, sin levantar sospechas sobre el motivo de su presencia allí.

—Algo he escuchado acerca de que hay problemas con la representación de la comedia de don Pedro Calderón, pero de ahí a que no habrá estreno...

—Y tanto que hay problemas, ¡pero si han robado los manuscritos que servían para preparar el estreno! —terció uno de los *hambrientos*.

Lo de la desaparición de los manuscritos no estaba puesto en el papel. Aquellos individuos tenían información de lo que estaba sucediendo. Era posible que Berucci se hubiese ido de la lengua o tal vez la difusión de la noticia desbordase ya los límites cortesanos, donde había conocimiento del suceso. En todo caso Capablanca supo en aquel momento que era inútil hacer esfuerzos por mantener un secreto que había dejado de serlo. No podía calibrar si era mejor para su tarea el que fuese o no del dominio público. Decidió apostar fuerte, ya no había nada que perder en aquel terreno. Además aquellos bergantes acababan de decirle algo muy extraño cual era el que Berucci estuviese celebrando con una puta la suspensión del estreno cuando él, precisamente, era uno de los grandes perjudicados con dicha suspensión. Tal vez lo que querían decir era que estaba consolándose de sus pesares con un rato de fornicio.

—¿Se sabe algo de ese robo?

—Esa pregunta debe hacérsela vuesa merced a Berucci, aunque no sé si le contestará —comentó con desgana un individuo con el rostro picado por la viruela.

«Parece que no hay duda de que Berucci lo que está es contento con que se suspenda el estreno», pensó Capablanca ante aquella respuesta. Cada vez estaba más desconcertado y le parecía inaudito lo que estaba ocurriendo. Iba a formular una nueva pregunta cuando se vio interrumpido por una voz gangosa que sonó a su espalda. Tenía un inconfundible acento francés y había usado una expresión propia de los gabachos. El pesquisidor se puso alerta.

—¡Qué el *bon Dieu* sea generoso con vuesas mercedes!

—¡Qué alegría, monsieur Jacques! ¡Sed bienvenido! ¡Vuestra presencia es siempre grata en este rincón! —El saludo de casi todos los presentes fue efusivo.

—Sobre todo porque con su presencia deja de ser de los hambrientos —murmuró por lo bajo uno de los indolentes.

—¡Tomad, tomad asiento! ¡Siempre hay un lugar para monsieur!

Capablanca y el fraile aprovecharon la distracción que produjo en el grupo la llegada del francés para retirarse discretamente. Ufano por la acogida que le habían dispensado, el gabacho, que era un tipo alto y enjuto de carnes, quitose la capa y se acomodó en uno de los bancos donde dos de aquellos individuos se habían apretujado un poco.

—¡Veo caras mustias! ¡Y no es tiempo de tristezas, aunque estemos en *cuaresmá*! ¡Que traigan vino y salchichas!

Varios de los presentes aplaudieron. Capablanca y fray Hortensio se habían retirado, pero se mantenían vigilantes.

«Así que aquél era monsieur Jacques.» ¿Qué haría el gabacho, metido hasta las trancas en el robo de la comedia, en aquel lugar? ¿Qué relación tenía con aquellos individuos que por lo que podía deducir eran gentes del mundo de las letras?

—Los franceses están por todas partes —susurró fray Hortensio al oído de su amigo.

—Sobre todo en ciertas partes —apuntó el pesquisidor—: Ojo avizor y veamos qué es lo que ocurre.

La confraternidad era la nota dominante en la reunión. Al cabo de un rato apareció Berucci; venía ajustándose el jubón y cerrando la hebilla de su cinturón. Cuando vio al francés dibujó una amplia sonrisa, que fue correspondida por monsieur, quien se levantó para saludarle con cordialidad. Capablanca asistía atónito al encuentro.

Después de los saludos y de que el italiano tomase asiento, uno de los presentes le dijo, mientras buscaba con la mirada, que dos individuos, uno de ellos con trazas de fraile, habían preguntado por él. Fue entonces cuando todos echaron de menos al pesquisidor y a su amigo.

—¿Preguntaban por mí? —El italiano parecía sorprendido.

—¿Dónde se habrán metido esos dos? —dijo el individuo al que había preguntado Capablanca.

Fue el propio Berucci quien se percató de la presencia del pesquisidor y al darse cuenta de quien se trataba, no pudo evitar un gesto de contrariedad. A Pedro no pasó inadvertido su disgusto. El empresario se levantó rápidamente y abandonó la tertulia para dirigirse adonde estaban los dos amigos.

—¿Qué buen viento os trae por este lugar? —hablaba en voz alta a la par que componía una sonrisa falsa.

—Tengo necesidad de hablar con vuesa merced por el asunto de los manuscritos —respondió Pedro en voz baja.

—¡Aquí! ¡A estas horas! —El italiano aparentaba extrañarse.

—Si no recuerdo mal fue vuesa merced quien insistió en casa de Calderón en que el tiempo era vital en este negocio, y con los días que han transcurrido desde entonces ya andamos apurados. Me veo en la obligación de ganar todas las horas que puedo, robándoselas incluso al descanso.

—¡Pero ahora! ¡En este lugar! —El italiano cada vez estaba más alterado.

—Estamos muy cerca de descubrir quién ha sido el autor del robo y posiblemente, si la suerte nos acompaña, de recuperar los manuscritos. —La voz del pesquisidor era serena y marcaba un profundo contraste con la alteración de Berucci.

—¿Y qué tengo yo que ver con eso? —Estaba descompuesto.

«Ya te he cazado, granuja», se dijo para sus adentros Capablanca.

—¡Cómo que qué tiene que ver vuesa merced con eso! Es una de las personas más interesadas en que la representación pueda llevarse a cabo, no recuerdo ahora cuántos cientos de ducados dijo que tiene invertidos en el estreno. Por lo que respecta a la autoría del robo —una pícara entonación apareció en las palabras del pesquisidor— estoy seguro, maestro Berucci, que nada tiene que ver vuesa merced con él, salvo, claro está, el ser uno de los perjudicados con la desaparición de los manuscritos. Insisto en que creo recordar que vuesa merced había cifrado la inversión que ya tenía realizada en una pequeña fortuna.

—¡Trescientos ducados, sin contar los salarios de la gente que tengo medio parada desde que desapareció el manuscrito y a la que todavía estoy pagando!

—Razón de más para que vuesa merced nos atienda. Es algo de suma importancia, y prometo no robarle mucho tiempo al merecido descanso del que veo que disfruta vuesa merced.

—¿Tanta importancia tiene lo que ha de decirme vuesa merced?

—La tiene —contestó secamente Capablanca.

Aunque de mala gana, el italiano accedió.

—Aguardad aquí un momento, vuelvo en un instante. —Se acercó al «rincón de los hambrientos», aunque en aquel momento el lugar con dos bandejas rebosantes de salchichas en la mesa no hacía gala a tal denominación, y comentó algo que el pesquisidor no pudo oír. Después intercambió unas palabras con un individuo manco y malencarado, que controlaba el paso y cobraba a los que accedían al pasillo donde estaban las camaretas en las que ejercían las furcias, y le entregó algunas monedas que el sujeto guardó con pasmosa rapidez. Miró hacia donde estaban Pedro y el fraile y les indicó con un gesto que se acercasen. Entraron por el pasillo, donde unas cortinas ocultaban lo que ocurría en el interior de las camaretas de las prostitutas, pero no los ruidos que provocaba el ejercicio de su actividad.

Eran unos cuchitriles de no más de cuatro varas de largo por poco más de dos de ancho, en los que por todo mobiliario había un jergón, una silla y una palanganilla con su aguamanil. En total había doce de aquellas camaretas, seis a cada lado, y en aquel momento todas estaban ocupadas. Una variada gama de ruidos, que iba desde los susurros hasta los gritos placenteros, pudieron escucharse mientras los tres hombres cruzaban el pasillo. Al final un tranquilo patio contrastaba con el ruido y la concurrencia que había a pocos pasos. Al fondo, se encontraba un aposento adecuadamente iluminado por la luz de dos velones y amueblado con dudoso gusto. En una cama con colchón de lana y sábanas de seda había una mujer de opulentas formas, echada en una postura claramente libidinosa. Era la Vizcaína, la puta más famosa de Madrid. Al verlos aparecer, exclamó fastidiada:

—Tres de una vez son muchos. Aunque vos, maestro Berucci, no estaréis todavía para muchos trotes; o ¿acaso no he dejado a vuesa merced suficientemente satisfecho?

Por toda respuesta el italiano se acercó a donde estaba y le dijo algo al oído. La Vizcaína se levantó y cruzó desnuda, sin ningún tipo de pudor, por delante de fray Hortensio, a quien dedicó una sonrisa llena de picardía. Tomó una bata de un armario, con provocativa lentitud cubrió su nacarada desnudez y salió al patio. El fraile basilio apartó de su mente los lujuriosos pensamientos que le asaltaban, pero no pudo escapar a la tentación de pensar que uno de sus próximos ducados ya tenía destino.

El italiano hizo un gesto con los brazos, dando a entender que estaba en disposición de escuchar. Después de lo que había visto en el «rincón de los hambrientos», Capablanca había tratado de establecer un estrategia y no había dejado de pensar en cómo llevar la conversación. Lo primero que hizo fue soltar al italiano una pregunta a bocajarro y clavar su mirada en los ojos de Berucci:

—¿Sabe vuesa merced dónde está Genaro Lupo?

El arrendador del corral de la Cruz trató de disimular el efecto que le produjo la pregunta.

—¿Por qué había de saberlo?

—Por nada en particular, pero creo que trabaja con vuesa merced. Es uno de los ensambladores que montan los decorados y la tramoya.

—¿Ha ocurrido algo? —En los ojos de Berucci brillaba la malicia, pero sin darse cuenta había vuelto a traicionarse con aquella pregunta. «Sabe lo que ha ocurrido», pensó Pedro, quien se apresuró a preguntarle de forma sibilina:

—¿Podía ocurrirle algo?

El italiano se encogió de hombros y guardó silencio. Sabía que se había equivocado al hacer aquella pregunta y plantarle cara a un individuo acostumbrado a analizar hasta los detalles más nimios.

Capablanca trató de sorprenderle de nuevo, aunque sabía que ahora era mucho más difícil. Su interlocutor se había puesto en guardia.

—Me ha llamado la atención la familiaridad de vuesa merced con ese francés que llegó hace un momento. ¿De qué le conoce vuesa merced?

La reacción del empresario fue desmedida.

—¡Esto tiene todas las trazas de un interrogatorio! ¿Con quién se cree vuesa merced que está hablando? ¿A qué viene todo esto?

Capablanca se mostró impávido y dejó que Berucci se desahogase. Sabía por experiencia que la tensión que estaba soportando, no precisamente por el interrogatorio, tenía que explotar de alguna manera. Sabía también que algunas de aquellas exclamaciones, dichas cuando se perdía parte del control, podrían proporcionarle algunos indicios valiosos. Se mantuvo en silencio, mientras Berucci despotricaba.

—¡Yo soy el perjudicado en todo este asunto, no el que ha creado el problema! Si no hay estreno, ¿quién me va a pagar a mí los ducados gastados? ¿Acaso don Pedro Calderón, que es quien ha dado a vuesa merced vara alta? ¡Que se vaya a los infiernos, si se queda sin estreno! ¡Muchos se alegrarán de que tal cosa ocurra! ¡No ha sido él quien ha tenido un comportamiento ejemplar en esto de echar por alto estrenos! ¡Que se lo pregunten a Moreto o a mí mismo, que perdí entonces hasta la camisa, porque fui yo quien corrió con los gastos de la puesta en escena de aquella comedia!

—¿Vuesa merced fue un damnificado de Calderón en el escandaloso asunto de Moreto?

—¡Y de los más perjudicados, aunque eso sólo lo sabían los precisos! —El empresario continuó lanzando denuestos un buen rato. La Vizcaína se acercó hasta la puerta, intrigada por los gritos de Berucci, quien poco a poco fue calmándose ante la falta de respuesta del pesquisidor. Capablanca estaba sorprendido al haber descubierto que las relaciones entre autor y empresario no eran precisamente una balsa de aceite. ¿Estaría la clave de aquel asunto en el deseo de venganza de Berucci, quien al parecer había quedado en la ruina, sin que se supiese, cuando el ruidoso asunto de Moreto? No parecía probable cuando había invertido una suma tan importante en el estreno que se trataba de impedir. Por otro lado, ¿qué pintaban entonces los gabachos en aquel enredo?

Capablanca tuvo una sacudida. Una idea descabellada le pasó por la cabeza. Decidió hacer una apuesta arriesgada porque no tenía posibilidad de conocer cuál podía ser la reacción del italiano. Pensó que siendo tan temperamental como había puesto de manifiesto, el momento jugaba a su favor.

—¿Sois amigo del dueño del horno de San Buenaventura?

Berucci picó el anzuelo, víctima de su propia agitación. La respuesta fue fulminante:

—¡Sí! ¡Domingo Copín es mi amigo! ¿Es acaso un delito?

Fray Hortensio, a quien no se había escapado la intencionalidad de la pregunta de su amigo, sentenció:

—*Excusatio non petita, acusatio manifiesta.* —Era una baladronada que debería haberse callado, incluso era una indiscreción. Pero no había podido contenerse.

—¡Guardad vuestros latinajos para la misa! —le escupió Berucci, mirándolo con desprecio.

Y sin decir palabra se marchó, dando un portazo. La Vizcaína, que no entendía nada de lo que pasaba allí, se apartó a un lado, sin abrir la boca, y le dejó pasar.

—Creo, Algodonales, que lo que teníamos que hacer aquí ya está acabado. Lo mejor es que nos marchemos cuanto antes porque no sabemos cuál puede ser la reacción de esos del «rincón de los hambrientos».

—¿No quieren vuesas mercedes un servicio? —La desvergonzada se abrió la bata y mostró sus voluminosos pechos.

—Tened por seguro que habrá otra ocasión —le dijo fray Hortensio con cara de lamentar no poseer el ducado, ni tiempo porque Capablanca se perdía ya por el pasillo que conducía al mesón.

A pesar de que la medianoche estaba cercana y el cansancio iba en aumento, decidieron regresar al mesón de San Martín para que Isabel les facilitase algunas viandas, necesitaban planificar sus próximos pasos para el día siguiente, si querían que todos sus desvelos no resultasen vanos. Convenientemente pertrechados, se marcharían a la buhardilla del pesquisidor. La noche sería larga y durante aquellas horas habrían de afrontar la situación que tenían por delante, sin muchas vacilaciones. Ahora, la actitud de Berucci y su posible implicación en todo aquello, dejaba en el aire, aunque se recuperasen los manuscritos, la posibilidad de que el estreno se efectuase en la fecha prevista.

—¡Total, para lo que le queda a la noche y las pocas fuerzas que conservo para escalar las tapias del convento! —comentó fray Hortensio como forma de justificarse a sí mismo por la decisión que acababa de tomar de pasar la noche fuera del cenobio.

—¿Saltas la tapia como un vulgar ladrón? —le preguntó Pedro.

—Es lo más conveniente cuando las puertas ya están cerradas. Y con la hora que es tendría que dar demasiadas explicaciones acerca de mis actuaciones, y eso es algo que no deseo. Que pueda justificar mi ausencia a lo largo de las horas del día, so capa de atender necesidades espirituales o por dedicarme a pedir limosna, no encuentra explicación a tan altas horas de la noche.

—No te imagino saltando tapias, aunque sean bajitas. —A pesar de la tensión, Capablanca no había perdido el buen humor.

—Bueno, exactamente no salto la tapia, aprovecho una puerta excusada, que me permite entrar discretamente, aunque después he de salvar la albardilla de un patio interior.

En el mesón de San Martín se marchaban los últimos parroquianos, los que tenían contratado aposento se habían retirado a descansar, y las mozas estaban terminando de recoger el menaje y dejar listos fogones y chimeneas para que al día siguiente hubiese rescoldos que permitiesen avivar el fuego con poco esfuerzo. Isabel dirigía la operación de enjuague, en un barreño de grandes dimensiones, de las escudillas de madera que, con ceniza y estropajo, habían sido limpiadas previamente, mientras en un extremo del salón, armadas con baldes y cepillos, dos muchachas se afanaban en quitar la mugre del suelo y hacer relucir las baldosas de cerámica y los cantos del empiedro. Los mozuelos terminaban de colocar sillas, bancos y taburetes de forma ordenada alrededor de las mesas.

La llegada, tan a deshoras, de la singular pareja produjo a Isabel cierto desconcierto, aunque en el fondo se alegraba de poder ver de nuevo a aquel maldito Capablanca, que la traía a maltratar.

—¿Se puede saber qué bicho les ha picado a vuesas mercedes para que aparezcan tan a deshoras?

—Necesitamos que nos prepares algo para comer; la noche va a ser larga y ya aprieta el hambre —solicitó fray Hortensio.

—Los fogones están cerrados —respondió altiva Isabel.

—Pero esos embutidos, esas chacinas, esos jamones que han hecho célebre esta casa no necesitan de fogón, sino de la habilidad de un buen cuchillo —clamó el fraile, como si estuviera en pleno sermón.

—Los fogones están cerrados —reiteró la moza.

Capablanca juntó las manos en actitud de súplica y, con cara de no haber cometido una mala acción en toda su vida, imploró:

—Isabelita, por el amor de Dios, que hoy ya no podemos ni con nuestra propia alma. ¡Apiádate de nosotros!

—¿Apiadarme de un par de granujas que sólo se acuerdan de mí cuando se encuentran en apuros?

—Eso no es cierto, Isabel. —El fraile puso voz de falsete—. He visto a Capablanca negarse a que la Vizcaína le prestase un servicio, tú ya me entiendes —dirigió una pícara mirada a la moza—, porque...

El fraile no pudo terminar:

—¿¡Se puede saber de dónde vienen vuesas mercedes!?

—Venimos del mesón de la Perendanga —dijo Pedro muy serio.

—¡Mejor diríais del burdel de esa alcahueta! —gritó la moza.

—Bien, del burdel de la Perendanga, de hablar con un empresario de comedias que está metido hasta las trancas en el asunto de los manuscritos robados. ¿Hay comida o no hay comida? —Capablanca se había puesto serio de verdad.

Isabel lo miró con cara de ansiedad.

—¡Hay comida, aunque me mantengas a mí ayuna —murmuró entre dientes—, como mañana habrá Restituta y habrá lechón! ¡Aguardad un momento! —se perdió por una puerta que daba a la cocina y las despensas.

—¿Qué ha querido decir con eso de que habrá lechón? —le preguntó el fraile con voz de cotilla.

—Luego te lo cuento, Algodonales.

## 11

La buhardilla que servía de refugio a Pedro Capablanca era un desván con el tejado muy inclinado. La pendiente era tal que por la parte que daba a la fachada había que andar agachado. El espacio que limitaban los muros era alargado y estrecho. Las paredes soportaban con dificultad la humedad del invierno, época en la que casi siempre aparecía alguna gotera que el pesquisidor solucionaba con remedios caseros. El edificio estaba formado por tres plantas, además de la buhardilla, y el estado de conservación no podía considerarse bueno. La escalera era muy empinada y el tramo por el que se accedía a la vivienda de Capablanca tenía los escalones de madera, que el paso del tiempo y el abandono habían dejado en estado lamentable; algunos estaban astillados, y casi todos crujían cuando se les pisaba. Esto último era de gran ayuda para el inquilino porque delataba la presencia de visitantes no anunciados o no deseados.

La luz y la ventilación llegaba a la buhardilla por una ventana que volaba en medio del tejado y que estaba protegida por otro tejadillo; con gran esfuerzo, Pedro había logrado un marco cerrado con cristales, todo un lujo para el lugar y para su economía. La ventana daba a un patio interior y desde ella se tenía una excelente vista de numerosos tejados de Madrid. En más de una ocasión había sido utilizada por el pesquisidor como vía de escape ante amenazas de acreedores que, al menos de forma momentánea, habían perdido la paciencia de que solían hacer gala con las deudas que habitualmente acumulaba.

Subieron la escalera con cuidado, Pedro iba delante, pero avanzaba despacio para que el fraile pudiese seguirle, habían llegado al último tramo y los escalones crujían bajo los pies de Capablanca y gemían con el peso de fray Hortensio. Estaban ganando el rellano adonde se abría la puerta de la buhardilla cuando oyeron algo. La oscuridad era absoluta, pero un ruido ajeno al crujir de los escalones había delatado la presencia de alguien. Los dos se pusieron en guardia. El pesquisidor tiró de su espada, que produjo un sonido característico al salir de la vaina, como el silbido de una serpiente; luego preguntó con voz ruda:

—¿Quién anda ahí?

Volvió a sentirse el ruido, fray Hortensio apretó los puños. No se veía nada, pero sabían que estaban en clara desventaja, en un nivel más bajo y con los ojos menos hechos a la oscuridad. Pedro aguzó el oído y repitió la pregunta. Estaba en tensión y esperaba que quien allí estuviera se abalanzase de un momento a otro sobre él.

—¿Quién anda ahí?

Una voz somnolienta respondió:

—¿Es vuesa merced don Pedro Capablanca?

—¿Quién sois vos, que acecha de esta forma y a estas horas?

—Perdonad, pero llevo esperando a vuesa merced desde hace mucho rato. Me envía Su Excelencia el señor marqués de las Almadrabas. Me ordenó entregaros en mano un pliego y que no regresase hasta haberlo hecho. En la espera me he quedado dormido y me ha despertado el ruido.

Pedro trataba de escudriñar en la oscuridad, pero aunque sus pupilas se habían dilatado, no lograba ver con claridad. Podía tratarse de una añagaza para sorprenderle, aunque la explicación de aquel individuo, que ciertamente parecía haber despertado de un sueño, no indicaba tal cosa. Capablanca decidió subir los últimos escalones, hizo una advertencia a la voz, ya que no veía otra cosa.

—¡Haceos a un lado, os puedo herir con mi acero! ¡Algodonales, no te distraigas!

—No te preocupes por mí, sé bien cómo defenderme. ¡Adelante! —contestó el fraile.

El pesquisidor con el acero en la mano y fija la atención a cualquier ruido subió hasta el rellano, sacó la llave que siempre llevaba consigo y abrió la cerradura. Le costó trabajo abrir la puerta; pese a que era poco más que cuatro tablones mal clavados, reforzados con unas traviesas que se agarraban malamente a un marco, la puerta estaba descolgada y rozaba en el suelo. Como siempre que llovía recio el yeso del suelo y de las paredes se hinchaba y dificultaba la apertura y el cierre.

Prendió la luz de un candil que tenía colgado a la entrada y pudo por fin ver al criado de dón Diego de Guzmán. Estaba temblando, de miedo y de frío. Sin decir nada, le alargó el pliego que había de entregarle. Se trataba de Gutiérrez.

—¿Manda alguna cosa vuesa merced? —preguntó el mensajero, que no quitaba los ojos de la descomunal espada que Pedro sujetaba en su mano. De reojo había visto la redonda humanidad del fraile y le había parecido que el clérigo tenía cara de malas pulgas. Gutiérrez había pasado un buen susto y lo que más deseaba en aquel momento era salir de allí, cuanto antes mejor.

—Aguarda un momento. Por si es necesario que lleves contestación.

A la luz del candil Pedro leyó el mensaje de su amigo. A los pocos segundos levantó la vista del papel.

—Comunica a tu amo que estaré allí a la hora que me indica.

El pobre diablo no esperó a que le dijesen más. Se lanzó

escaleras abajo con más prisas de las aconsejables y desapareció por el hueco de la escalera en medio de la oscuridad.

—¡Ten cuidado, alma de Dios, que te vas a romper la crisma! —le gritó fray Hortensio el verle bajar de aquella manera.

Una vez solos, Capablanca no esperó a la pregunta del fraile; se adelantó:

—El marqués de las Almadrabas quiere verme mañana a las ocho. Por la hora, parece que a don Diego le urge la cosa.

—Eso quiere decir, que tendrás que irte dentro de un rato —asintió el basilio.

—Razón de más para que no perdamos un instante.

—¿Te dice qué quiere? —preguntó el fraile.

—Sólo que desea verme.

El fraile y el pesquisidor se atrincheraron literalmente en una mesa tan desvencijada como la puerta. Haciendo gala de buen anfitrión Pedro ofreció a fray Hortensio el único sillón, una pieza de cierto valor por las tallas de su madera y el hermoso trabajo del cuero que formaba su asiento y respaldar. Él se sentó en una silla de anea trenzada. Isabel, una vez más, había puesto de manifiesto su generosidad. Les proporcionó, en un cestillo de esparto, un buen trozo de queso de cabra —sabía lo mucho que le gustaba al pesquisidor—, dos gruesas lonchas de tocino entreverado, una pieza de chorizo de regular tamaño, que desde luego no bajaba de una libra de peso, un cubilete lleno de tacos de jamón, una hogaza de pan blanco y unos higos secos. También había un pellejillo de vino. Con una voracidad lobuna, en la que el fraile llevó la mejor parte, dieron cuenta de una buena parte de las viandas; el vino quedó casi entero porque no era bueno beber mucho cuando había trabajo por delante. Las sobras servirían para el desayuno.

Despejaron la mesa y sobre un papel el fraile fue escribiendo todos los puntos que Pedro y él consideraban dignos de tenerse en consideración y que podían, al menos en principio, ayudarles a construir un plan de trabajo y a proyectar las acciones que habrían de acometer para recuperar los manuscritos. Después de varias horas, habían llegado a una serie de conclusiones:

El robo de los manuscritos respondía a un plan trazado para evitar la apertura de los corrales, si bien el descubrimiento de la enemiga que Berucci le tenía a Calderón hacía que no descartasen que por aquel camino hubiese alguna pista que tener en cuenta.

El robo de los manuscritos había sido efectuado por Genaro Lupo, que aprovechó su acceso al ejemplar que tenía Berucci por razones de trabajo y por medio de la criada del copista llegó al que éste tenía. No podían aún establecer la relación, si es que la había, entre Berucci y Lupo.

Daban también por sentado que Genaro Lupo había sido sólo un peón, movido desde otras instancias, que aprovecharon las circunstancias que le permitían un acceso relativamente fácil a los dos únicos manuscritos existentes. Una vez cumplida su misión lo habían eliminado.

Algunas de las personas que habían movido los hilos del robo eran Domingo Copín y monsieur Jacques. Los dos eran franceses.

Todo apuntaba a que Berucci estaba en connivencia con los franceses, aunque no podía darse por seguro, como tampoco el tipo de relación que había tenido con Genaro Lupo en aquel asunto.

Domingo Copín, monsieur Jacques y posiblemente Berucci, aunque en este último albergaban dudas, habían actuado con instrucciones que procedían de instancias mucho más altas.

Aquéllos eran los puntos que podían considerar probados o como muy probables. A partir de ahí todo lo que podían formular eran hipótesis. Capablanca señaló que las posibilidades de una venganza entre autores, como consecuencia de la actitud que había tenido Berucci, podía inducir a pensar que hubiese algo de aquello, pero decidieron que el robo no tenía aquel móvil y que, posiblemente Berucci, por su deseo de venganza hacia Calderón, se había convertido en aliado de quienes, por otras razones, buscaban frustrar el estreno.

También descartaron una acción de los partidarios de que los corrales se mantuviesen cerrados. Nada apuntaba en aquella dirección; tanto los dominicos como los jesuitas parecían estar al margen de todo lo relacionado con el robo. Por otra parte, ninguna de las dos órdenes tenía interés en crearle problemas al gobierno. El valido de la reina era jesuita y los dominicos gozaban de una posición preeminente en la corte.

A pesar de que el frente clerical no parecía estar implicado, habían barajado durante aquellas horas la posibilidad de que en la trama hubiese implicados otros clérigos, pero no había indicio alguno de que las cosas fuesen por ese camino. Sólo la inquina que un sector del clero le tenía al teatro les llevaba a considerar aquella posibilidad, pero la verdad era que desde hacía semanas sus ataques revestían la fórmula clásica: lanzar todo tipo de anatemas desde los púlpitos en los sermones dominicales.

Tampoco dieron visos de verosimilitud a la posibilidad de que fuesen don Juan José de Austria y sus parciales los promotores del robo, aunque decidieron no abandonar del todo aquella posibilidad, dado el encono que el hijo bastardo del difunto monarca le tenía al valido y a la propia reina, así como el hecho de que —ésa era la opinión del marqués de las Almadrabas— el asunto de la comedia tenía una trama que podía ser interpretada como un ataque a las posiciones defendidas por don Juan José, por lo que éste hubiese reaccionado no tanto para crearle un problema al gobierno cuanto por defenderse de lo que podía considerar un ataque a su persona y sus pretensiones.

En definitiva, la mayor parte de los sospechosos incluidos en la lista elaborada días atrás habían sido descartados.

—Creo, mi querido amigo —comentó el fraile que le acababa de dar un tiento al pellejillo de vino—, que ha llegado el momento de que seas más explícito acerca del epígrafe «otros», que pusiste en tu lista. Estoy convencido que lo hiciste con una clara intencionalidad.

—También querías saber qué era lo del lechón, ¿no? —La pregunta no estaba exenta de ironía.

—¿Acaso tiene algo que ver una cosa con otra?

—Todo está relacionado. La solución de un caso, mi querido fraile, es el resultado de atar todos los cabos. No debe quedar ninguno suelto.

—Desembucha de una vez —le animó el fraile.

—A decir verdad, cuando elaboré esa lista —miró el ajado papel donde estaban escritos los potenciales autores del robo— no sabía muy bien a qué me refería con eso de «otros». Ya te dije que no contenía nada específico. Hoy podemos concretar bastante más. Como dice vuestra reverencia, los franceses aparecen por todas partes. Estoy convencido de que son ellos los que están detrás de todo esto. El motivo podemos barruntarlo.

—¿Sí? —El fraile le animaba a proseguir.

—Ellos están tan interesados como el que más en crearle problemas al gobierno de Su Católica Majestad. ¡Cuanto más débil sea y mayores dificultades tenga, mejor para ellos!

—¡Malditos gabachos! —murmuró entre dientes fray Hortensio.

—Creo que a partir de este momento debemos concentrar todos nuestros esfuerzos en ellos. Tenemos una pista sólida, que es ese hornero de San Buenaventura y su papel en el robo, poseemos el testimonio escrito de Genaro Lupo. —Señaló el papel, con restos de sangre que habían encontrado en el campo de San Blas—. También tenemos otra posible pista, que es la relación de

Berucci con los franceses. Estoy convencido que el italiano forma parte de esa misma trama, ya lo has visto esta noche. Aunque es cierto que no tenemos la prueba definitiva.

—Todo eso está muy bien —señaló fray Hortensio—, pero ¿qué pinta en todo esto el lechón?

—La paciencia no es, precisamente, la principal de tus virtudes, hermano —le espetó el pesquisidor.

—Es que no haces más que darle vueltas al pandero y no te decides a interpretar la melodía.

Capablanca dejó escapar un suspiro antes de explicarle al fraile lo que deseaba.

—Como sabes, Restituta es una amiga de Isabel que trabaja en la servidumbre del arzobispo de Embrun, el embajador del monarca galo.

—Te equivocas, Capablanca, ni sé quién es Restituta, ni tampoco dónde trabaja.

—Está bien, ya lo sabes. He pedido a Isabel que convenza a su amiga para que me facilite cierta información y, llegado el caso, si lo que barrunto es cierto, colaboración para poder desenmascarar a los franceses.

—¡Pero no tenemos un solo indicio de que el embajador de Francia esté metido en lo del robo! ¡Podemos crear un conflicto muy grave! —Fray Hortensio se puso en pie, sostenía el pellejo del vino y se recompensó con un generoso trago.

—Llevas toda la razón en lo que dices, pero si no estoy equivocado y el objetivo de los franceses es crearle problemas al gobierno de Su Majestad, no dudes de que el embajador ha de estar en el ajo de todo. ¡Que no te quepa la menor duda!

—¡Aun así! ¡Me parece una locura! —exclamó el fraile, un punto excitado.

—No lo es; se trata simplemente de obtener una información que puede sernos útil. Nada más.

—Sigues sin explicarme lo del lechón. —Fray Hortensio estaba muy interesado en tan extraña cuestión—. Por muchas vueltas que le he dado, no alcanzo a comprender para qué quieres una cría de cochino.

El pesquisidor esbozó una sonrisa maliciosa:

—Si lo de la criada te parece una locura, lo del lechón ni siquiera te lo cuento.

—¡Capablanca!

—Mejor que no lo sepas, te podría dar un ataque de alferecía.

A pesar de la insistencia del fraile, el pesquisidor no le dio más explicaciones. Se limitó a decirle que tendría conocimiento a su debido tiempo. Luego le pidió que acudiese a primera hora al mesón de San Martín para decirle a Isabel que se retrasaría porque había de acudir a la cita con el marqués de las Almadrabas. Fray Hortensio refunfuñó, pero, como siempre, se conformó con las indicaciones de su amigo.

—Ahora vamos a descansar un rato, que buena falta nos hace.

Le ofreció al fraile su cama, pero éste se negó en redondo. Descansaría en el sillón. Pedro apagó el velón que les había dado luz en aquella larga noche de trabajo y se tendió en la cama. Fray Hortensio, por su parte, dejó caer todas sus arrobas en el sillón y estiró las piernas. Capablanca pudo escuchar, al poco rato, antes de que le venciese el sueño, cómo los ronquidos de su amigo ganaban en intensidad y se espaciaban en el tiempo.

El marqués de las Almadrabas había madrugado. Cuando Capablanca llegó al palacio, Gutiérrez le acompañó hasta la presencia de don Diego; los dos amigos se saludaron y Pedro pudo comprobar que sobre la mesa, cubierta con un inmaculado mantel blanco, se habían dispuesto numerosas viandas. Había dos jarras humeantes de chocolate, uno más espeso al estilo español y otro más ligero, como lo tomaban los franceses. Una tercera jarra contenía leche y en una bandeja una montaña de rebanadas de pan recién horneado. Había también queso fresco y curado, y platos con lonchas de aromático jamón y rodajas de chorizo; había cuencos que contenían mantequilla, requesón, manteca *colorá* y chicharrones; una alcuza de cristal con aceite y cestillos con pasas, higos secos, nueces y almendras; también podían verse confituras en almíbar y otras golosinas. Más que un desayuno, aquello era un banquete.

—Supongo que madrugar te habrá abierto el apetito.

—No lo creáis don Diego, anoche cené copiosamente y la digestión ha sido pesada —fue la respuesta del pesquisidor, respondiendo a la realidad.

Sin embargo, su amigo pensó que era una hidalga contestación, ya que cualquier persona que se tuviera por alguien, aunque sus posibles fuesen escasos, reconocería fácilmente necesidad o dificultades en asunto de alimentación o vestido.

—En todo caso, mi buen Pedro, no hay nada como comenzar una jornada con un buen desayuno. Acometamos, como si de asaltar una fortaleza se tratase, lo que por aquí han puesto.

Se sentaron y el marqués tomó un plato y vertió una generosa porción de aceite, luego, sin protocolo ninguno, se puso a mojar trozos de pan en el dorado líquido, hasta que quedaba bien empapado. Se los comía con fruición.

—¡Nada como esto, Pedro! ¡Nada como el aceite de nuestra tierra! Si, además, lo acompañas con unas buenas lonchas de jamón o algo de queso, ya pueden ponerte arduos trabajos que realizar. Luego un buen tazón de chocolate, pero espeso, ¡como Dios manda! —Miró la jarra de cacao diluido y soltó un bufido—: ¡No sé a quién se le habrá ocurrido poner esa melindre al gusto de los gabachos! ¡Nos quieren imponer hasta el chocolate! Al parecer no basta con que, como papanatas, vistamos a su usanza y estemos adoptando otras de sus costumbres. ¡Como un día nos traigan una reina francesa verás el revuelo que habrá entre las damas de la corte! Ya todo es de París, Pedro: lazos, encajes, sombreros, perfumes, adornos y qué sé yo cuántas zarandajas más. Si deseas conseguir el favor de una dama, regálale algo de París. Si es de París, no fallas.

A pesar de la protesta, el tono de don Diego era distendido. Estaba de buen humor.

—¡Come, Pedro, come y, mientras lo haces, escúchame con atención!

Poco a poco la conversación del marqués de las Almadrabas fue ganando en gravedad, a tenor del asunto que explicaba a su amigo.

—Tenemos noticias de Versalles que, al parecer, están plenamente confirmadas, ya que han llegado por dos vías muy diferentes: los franceses se están preparando para la guerra. Una ha sido un correo de nuestro propio embajador, a quien citó una camarera de la reina, dama de su confianza, en el locutorio del convento de las Carmelitas para indicarle vagamente que algo se estaba cociendo. Ignoro si la reina doña María Teresa tenía más noticias al respecto, pero eso es lo de menos. Por otro lado, los holandeses también han tenido noticia de ello y, agobiados como están con las amenazas del rey Luis de ocupar su territorio e incorporarlo a los dominios de su monarquía, no encuentran la forma de buscar aliados para enfrentarse al poder de los gabachos. ¡Quién nos lo iba a decir hace sólo unos años, Pedro! ¡Los holandeses, nuestros más recalcitrantes enemigos! Las dos noticias, como te digo, apuntan a que los franceses se preparan para la guerra.

—¿Otra guerra, señor? —El pesquisidor había arrugado el entrecejo.

—Tienen puestos los ojos en el Franco Condado y en otras plazas fuertes del ducado de Borgoña. Antes o después habrá guerra, de eso que no te quepa la menor duda. La ambición del zorro de Versalles no conoce límites. Al parecer, lo que quieren es preparar el terreno. Cuantos mayores sean los problemas que tengamos en nuestra propia casa, menos resistencia podremos ofrecer ante un ataque exterior.

—¿Se sabe qué traman?

—Ahora te responderé a eso. Pero antes déjame terminar. Su embajador aquí, el arzobispo de Embrun, envía a su rey correos casi a diario; valiéndonos de mil artimañas para no provocar un conflicto diplomático, que es lo que menos nos interesa a nosotros y ellos más desean porque podrían utilizarlo como excusa para una agresión, ya sabes, bandidos, salteadores que atacan en los caminos, hemos interceptado algunos de ellos, con lo que ha llegado a nuestro conocimiento su contenido.

—Comprendo —asintió Pedro.

—Por esa vía tan poco diplomática sabemos que están puntualmente informados de todo cuanto ocurre aquí —continuó don Diego— hasta de las cuestiones más insignificantes. Conocen al dedillo todos y cada uno de los problemas con que se enfrenta a diario la reina gobernadora, su valido y la Junta de Gobierno. Saben del malestar que hay por causa de la carestía de los alimentos. Tienen información de las penurias de la Real Hacienda hasta detalles, que sólo con informadores dentro de la propia Tesorería Real pueden ser conocidos. Están al día de todo lo que se comenta o se rumorea en los círculos cortesanos, tanto entre los afines al gobierno como entre los partidarios de acabar con él. En fin, Pedro, que Madrid es un hervidero de espías pagados con oro francés, que corre abundante por los bolsillos de muchas gentes. Somos cada vez más los que estamos en la creencia de que algunas de las personalidades que ejercen funciones de gran importancia en el aparato administrativo de los consejos están a sueldo de los franceses.

—¡Eso resulta increíble! —exclamó asombrado el pesquisidor—. ¡Eso es sencillamente traición!

—No te extrañes tanto, eso siempre ha existido. Siempre ha

habido traidores y corruptos, la única diferencia es que ahora son legión. Tal vez la causa se encuentre en que esos mal nacidos necesitan dinero para vivir o para mantener unas apariencias que no pueden permitirse. Los sueldos se pagan tarde y mal, y la gente busca soluciones a sus problemas y algunas son tan detestables como éstas.

—¡Pero, señor, eso es traición! —insistió el pesquisidor.

—Estoy seguro de que la mayoría de ellos no son traidores. Piensan que una pequeña información no tiene importancia, que no puede hacer daño a nuestro gobierno o a nuestros intereses y a ellos les soluciona un problema. Lo grave del caso es que los franceses han tejido una red de tales dimensiones que cuando encajan cada uno de los datos que reciben, como si armasen un rompecabezas, tienen una información que ni siquiera posee nuestro propio gobierno, dada la descoordinación que existe entre los distintos consejos y el pesado aparato de nuestra burocracia.

—El panorama, señor, es desolador.

—Más de lo que crees, Pedro. Pero lo que ahora nos ocupa es una acción concreta. Abre bien los oídos. Los franceses saben que en Madrid el malestar ha alcanzado tales niveles que a poco que se estimule puede estallar un motín de grandes proporciones y eso es algo que encaja a la perfección con sus intereses. Vamos, que les viene como anillo al dedo.

—¿Ese motín se produciría aquí, en Madrid?

El marqués asintió con la cabeza.

—El que se haya dispuesto la apertura de los corrales de comedias no responde a que el aburrido de Nithard haya cambiado de opinión respecto a que las representaciones, salvo si se trata de autos sacramentales, son actos de lascivia que incitan a la lujuria. Si de él dependiera sólo habría misas, rosarios, letanías y penitencias. Ha cedido porque hasta la propia doña Mariana, que no se caracteriza precisamente por ser unas castañuelas, se ha percatado en sus escasas salidas del Alcázar, donde permanece enclaustrada como si aquello fuese un convento, de que la gente tiene que desfogarse de alguna manera. Son muchos, demasiados, los que necesitan gritar y olvidarse de los graves problemas que les agobian cada día que amanece. Mejor que griten en el teatro, que no en las calles contra el mal gobierno, que es lo que quieren los franceses. Lo han planificado todo. Esperarán a que pase la Semana Santa y el Lunes de Pascua...

—¡El Lunes de Pascua! —El pesquisidor no pudo evitar dar un fuerte puñetazo en la mesa.

—¿Te dice algo esa fecha? —preguntó el marqués, sorprendido por la reacción.

—Concluid, si os parece. Ahora os lo cuento.

—Como te decía, el Lunes de Pascua provocarán algún tipo de incidente. Una pelea en un mercado, una discusión con alguaciles, un acaparamiento de pan en las primeras horas del día para que haya desabastecimiento o cualquier otra bellaquería que se les ocurra. A partir de ahí, gente pagada y estratégicamente situada iniciará la protesta; esperan que tal y como está el patio ésta se extienda rápidamente. Lo que no sabemos es quién moverá los hilos de la trama. Es posible que pretendan caldear el ambiente con el asunto de la desaparición de los manuscritos de la comedia de Calderón, que ya es un rumor que corre por todos los mentideros. Lo cual es otro de los asuntos que preocupa y mucho en la corte.

El marqués mojó un trozo de pan en el aceite que tenía en su plato, lo apretó para que se empapase bien y concluyó:

—Esto es lo que te quería contar. Ahora te toca hablar a ti. Pero primero explícame la causa por la que te ha llamado tanto la atención lo del Lunes de Pascua. —Se metió en la boca el trozo de pan y comenzó a masticarlo con deleite.

—Tengo datos sobre lo que se trama el Lunes de Pascua —dijo el pesquisidor como la cosa más natural del mundo. Al marqués por poco se le atraganta el pan.

—¡Qué me dices!

—Lo que acabáis de escuchar, que tengo los datos sobre quiénes son los que van a promover lo del Lunes de Pascua.

Don Diego miraba a Pedro con expresión atónita:

—¡No me lo puedo creer! ¡Ésa es la mejor noticia que he recibido en muchos días!

—Hay más, don Diego.

—¿Más, dices?

—Los promotores de esa algarada prevista para el lunes son los mismos que han robado el manuscrito.

El marqués de las Almadrabas se puso en pie, miró a Pedro y poniendo sus manos en las caderas, adoptó una pose desafiante:

—¿No estarás gastándome una broma?

—El horno no está para bromas, señor. Vos mismo habéis hecho una descripción de la situación y está claro que se presta poco a andar con tonterías. Tengo incluso los nombres de quienes están promoviendo la trifulca. —Pedro también se había levantado.

—¿Tienes los nombres?

—Al menos, de dos de ellos.

Don Diego volvió a sentarse y le pidió a Capablanca que hiciese lo propio y se lo explicase todo detenidamente.

—Habéis de saber, don Diego, que la discreción es asunto principal en este negocio y que una palabra de más o dicha en lugar inadecuado puede echar por tierra la labor de mucho tiempo.

—¿Acaso tienes alguna duda? —El marqués se había puesto serio.

—Ninguna, señor, pero no está de más que no olvidemos ciertas cuestiones. No sólo voy a facilitaros el nombre de quienes tratan de hacer que el Lunes de Pascua en Madrid sea un caos, sino que voy a explicaros un plan que ya está en marcha para poner coto a ese proyecto. No tanto para actuar contra los promotores de las acciones previstas dicho lunes cuanto para evitar que al domingo siguiente no pueda ponerse en escena la comedia de Calderón. Pero como quiera que una y otra cosa están íntimamente relacionadas, mi plan puede llevarnos a matar dos pájaros de un solo tiro. Escuchadme atentamente porque para llevar a cabo lo que tengo proyectado necesito vuestra ayuda.

—¡Cuenta con ella de antemano! —exclamó don Diego con vehemencia.

—Veréis, don Diego, aunque vuestra opinión era que detrás del robo de las copias de la obra de teatro estaban Su Alteza el señor don Juan y sus partidarios, he de deciros que abandonéis esa idea. Don Juan y los suyos no verán con malos ojos que no haya representación, por lo que supone de desgaste para el gobierno al que ellos aspiran, pero no son los promotores del robo.

—¿Quién entonces?

—Son los franceses, don Diego, y detrás de todo ello está el embajador galo, el señor arzobispo de Embrun, aunque, como es lógico, quienes actúan son otras personas. Os diré los nombres de dos de ellas. Uno se llama Domingo Copín y es dueño del horno de San Buenaventura, el otro es un francés que responde al nombre de monsieur Jacques. Ellos han robado los manuscritos y para ello se han valido de un ensamblador que trabajaba como tramoyista por cuenta de un italiano llamado Berucci, que era el empresario encargado de poner la obra en escena. Ese ensamblador se llamaba Genaro Lupo.

—¿Se llamaba?

—Lo han asesinado los mismos que le habían encargado llevar a cabo los robos.

El marqués no salía de su asombro.

—¿Cómo es posible que tengas toda esta información?

—Creo recordar que hace unos días fue vuesa merced quien me hizo un encargo. Si no recuerdo mal, se trataba de buscar los manuscritos que el maestro Calderón había escrito para el estreno de la apertura de los corrales de comedias y que habían sido robados.

—¡Cuéntame, cuéntame cómo te las has ingeniado para descubrir todo esto!

—Don Diego, dejemos los detalles para otra ocasión; no tenemos mucho tiempo y necesito exponeros el plan que he elaborado, además de pediros la ayuda concreta que necesito de vos.

—Tienes razón, ¿cuál es ese plan?

—Escuchad atentamente. Esta misma tarde, si ello fuese posible...

Después de la reunión con don Diego, el pesquisidor, que tenía un intenso trabajo por delante, se reunió con fray Hortensio a quien explicó detalladamente la causa por la que necesitaba un lechón y la colaboración que requería de su persona.

## 12

Estaba declinando la tarde cuando una carroza que ostentaba en la portezuela las armas del marqués de las Almadrabas se dirigía hacia la residencia del arzobispo de Embrun, embajador de Luis XIV en la corte de España. Acompañaba al marqués un apuesto caballero, pulcramente vestido con un traje negro de jubón acolchado, bordado y adornado con trencilla gris y unas lujosas mangas abullonadas; tendría unos treinta y cinco años y era de recia complexión. Sus ojos negros, de mirada melancólica, eran penetrantes. Lucía una peluca de media melena de pelo castaño y ondulado, además de perilla y bigote.

El cochero arreaba el tiro con la seguridad de quien domina el oficio, y en el pescante trasero, dos criados con librea, daban escolta a los ilustres pasajeros que iban en el interior. El gentío dominaba las calles, donde se arracimaban corrillos de gentes que departían animadamente. En campanarios, torres y espadañas los bronces llamaban a los fieles a las numerosas misas y otras celebraciones litúrgicas propias del tiempo de cuaresma que se celebraban continuamente a lo largo de aquellas jornadas de penitencia. Damas, acompañadas de dueñas, caminaban reposadamente hacia las iglesias de sus preferencias y muchos mozalbetes jugaban en las calles y las plazas, donde correteaban, se divertían, estorbaban y en algunos casos, con sus juegos y burlas, despertaban las iras de los adultos.

Había sido necesario actuar con toda diligencia y don Diego de Guzmán había tenido que mover poderosas palancas y fuertes influencias para que fuese dirigido un escrito al señor embajador donde se le solicitaba que en la tarde de aquel mismo día le recibiese en la propia embajada. El motivo, comunicar a Su Excelencia el embajador la necesidad, por causas de un proceso judicial, de que se le tomase declaración a monsieur Jacques de Villerbane, persona que ejercía funciones en la embajada, sobre un caso de asesinato. No había acusaciones contra su persona, pero —así se indicaba en la carta enviada al embajador— su testimonio podía ser decisivo para descubrir al asesino. Para evitar cualquier tipo de rumor que diese lugar a escándalo y en consideración a que se trataba de un miembro de la legación diplomática que dirigía el señor arzobispo, se le ofrecía la posibilidad de que prestase declaración en la propia embajada, donde se desplazaría un oidor de la Real Chancillería de Valladolid. Para dar satisfacción al embajador y que fuese persona de relieve quien encabezase la visita, como pura formalidad, se había designado al gentilhombre de cámara de Su Majestad, don Diego de Guzmán y Osorio, marqués de las Almadrabas. A los franceses todo aquello les había cogido por sorpresa, y como el asunto se había planteado como una deferencia hacia un miembro de la representación diplomática de un país amigo, no pudieron negarse.

La hora fijada había sido las cinco de la tarde. Con unos minutos de antelación la carroza del marqués rendía el estribo en la puerta de la embajada francesa. Antes de que los dos caballeros echasen pie a tierra, don Diego dijo al pesquisidor:

—Ya sabes, Pedro, mucha circunspección, que eres oidor de la Chancillería de Valladolid y todo ese cartapacio de papeles —señaló un voluminoso expediente— son tus instrumentos de trabajo. Tu nombre, no se te olvide, don Pedro de Argüelles. Lo que tengas que preguntarle al monsieur es cosa tuya.

Capablanca asintió con un movimiento de cabeza y señaló:

—Vuestra misión es tratar por todos los medios que la declaración que voy a tomarle al gabacho sea en el despacho del embajador y que estemos a solas monsieur Jacques y yo. Dicha circunstancia facilitará mucho mi tarea.

—No sé si será posible. En todo caso, eso corre de mi cuenta.

Una vez en el suelo los dos hombres compusieron ropas y ademán. Encaminaron sus pasos hacia la verja que cerraba la embajada. Les acompañaban los dos criados que iban en el pescante para dar mayor ceremonia a su visita.

Se acercaron a una puerta enrejada donde les aguardaba un individuo para acompañarles al interior. Aquella puerta era el único acceso de la fuerte reja que cerraba a la calle el amplio jardín —por sus dimensiones era casi un parque— que se abría por delante del edificio de la embajada. Estaba primorosamente cuidado, los parterres delimitados por setos de boj de hoja pequeña y fina, habían sido trazados con precisión geométrica, al más puro estilo francés. En su interior macizos de flores, que empezaban a despuntar con la llegada de la primavera, formaban complicados dibujos que, en pocos días, se convertirían en una paleta de colores. Aquí y allá aparecían salpicados algunos árboles, que en uno de los extremos del parque formaban una especie de bosquecillo; aquélla era una zona más agreste en comparación con el trazado y primor que imperaban en el conjunto ajardinado.

Visto de lejos el embajador francés, pese a su condición de clérigo, era una enorme peluca y una cascada de lazos y encajes. Había hecho esperar a los dos españoles más de un cuarto de hora, luego se mostró cortesano y presentó toda clase de excusas, que sonaron a música celestial en los oídos de don Diego y don Pedro. El primero mostró su disgusto por la espera, pero aceptó las disculpas del francés. Después hubo cumplidos, presentaciones y agradecimientos mutuos. El embajador, porque la justicia mostrase tanta delicadeza por la privacidad que se daba en un asunto que, tratado con mala intención, podía salpicar la imagen de Francia. El marqués, por la excelente disposición que había encontrado en su eminencia, dadas las premuras del caso. En lo formal todo eran exquisitas maneras; por dentro estaban asesinándose.

—Creo que Su Eminencia —señaló don Diego— debería facilitar al señor oidor lugar a propósito para que cumpla su cometido, lo más reservado y tranquilo que sea posible. Un lugar como el despacho de Vuestra Excelencia.

El francés, haciendo gala de una diplomacia acorde con sus funciones, exclamó:

—Ha coincidido vuesa merced con la previsión que tenía hecha. Hemos dispuesto de un buen lugar para que monsieur Jacques preste su declaración, que deseo sea valiosa para la justicia. Es un lugar tranquilo, frente a mi gabinete de trabajo. Allí aguarda monsieur Jacques a que don Pedro le tome declaración.

Con aquel planteamiento el embajador no dio otra opción. Invitó a don Diego a que le acompañase con el objeto de enseñarle unas pinturas que acababa de adquirir y escuchar su opinión. Un criado conduciría al oidor al lugar donde efectuaría el interrogatorio. Sólo la cortesía a que estaban obligados y sus propios intereses hicieron que los dos españoles contuvieran la cólera que sentían por dentro. El francés estaba jugando con ellos. No estaba todo perdido, pero alcanzar el verdadero objetivo que les había conducido hasta allí aumentaba considerablemente su dificultad. Las posibilidades de éxito se habían reducido con las disposiciones tomadas por el arzobispo y, en consecuencia, las esperanzas de desbaratar los planes de los franceses.

Al ser introducido en la dependencia donde aguardaba monsieur Jacques, Capablanca miró de reojo la puerta que se abría enfrente. Según había dicho el francés, aquél era su despacho y por lo tanto allí estaba su objetivo. Tendría que estar alerta y usar de todo su ingenio si quería tener una posibilidad de alcanzarlo.

Monsieur Jacques era un tipo alto y delgado, de cara larga y picada de viruela; sus ojos, de una tonalidad azul acerada, muy fríos, como si no hubiese vida en ellos, Capablanca recordaba perfectamente su imagen de cuando lo vio en el mesón de la Perendanga. Aquel individuo —pensó el pesquisidor— sería capaz de matar sin inmutarse lo más mínimo. Recibió a quien creía un oidor con aire displicente, apenas si se dignó mirarle a la cara. Tanto mejor, aunque Pedro estaba convencido de que sería difícil que le reconociera, porque en el mesón llevaba calado el sombrero hasta las cejas y hoy gastaba melena rizada, bigote y perilla. Sin embargo, albergaba el temor de que un gesto, un matiz o una palabra avivase su memoria y le permitiese recordar algo.

Capablanca adoptó el aire circunspecto que cuadraba a su cargo y que era, además, la respuesta adecuada a la displicencia del francés, quien había de sentirse muy seguro, a tenor de los aires que se daba. Decidió que lo mejor era actuar con la máxima discreción, ya que no era cuestión de acosarle de modo que levantase más sospechas de las que, sin duda, le habría producido aquel interrogatorio, estando mezclado, como lo estaba, en un caso de asesinato.

Pedro se acomodó tras una mesa y abrió con calculada parsimonia su cartapacio. De una caja cuyo diseño era el adecuado a su función, sacó después los adminículos necesarios para escribir: un tintero de loza, varios cálamos, un cortaplumas y la salvilla. Lo dispuso todo de forma ordenada. Alisó un pliego de papel, abrió el tintero, mojó la pluma y se dispuso a escribir. En la habitación sólo se escuchaba el rasgueo de la pluma en el papel, donde escribía despacio un encabezamiento —aguardaba con disimulada impaciencia que se produjese lo que esperaba—, cuando concluyó el encabezamiento hizo la primera pregunta:

—Decidme vuestro nombre.

—Jacques de Villerbane.

—¿Cuál es vuestra edad y en qué lugar nacisteis?

—Tengo cuarenta y dos años, que cumplí el pasado San Antón, y nací en La Rochela.

—¿Cuál es vuestra profesión?

—Estoy al servicio de Su Majestad Cristianísima, el rey Luis XIV de Francia.

—¿Cuál es vuestra misión en España?

—Estar a la disposición de Su Excelencia el señor arzobispo de Embrun para lo que guste mandar.

Villerbane contestaba sin vacilar las preguntas que Capablanca le formulaba. Aquello iba demasiado deprisa; para no levantar sospechas no podía hacer preguntas indiscretas.

—¿Cuánto tiempo lleváis en España?

—El verano próximo, por San Juan, hará tres años.

—¿Siempre habéis prestado vuestros servicios en esta embajada?

—Siempre.

—¿Conocéis a un italiano llamado Berucci?

Por primera vez el francés, que parecía distraído, prestó atención. La pregunta había sido como un aguijonazo. El pesquisidor se dio cuenta y temió haber cometido su primer error.

Ahora la respuesta no llegó con tanta velocidad como en los casos anteriores. El gabacho estaba pensándola.

—Creo que sí, que es el nombre de un empresario dedicado al mundo del teatro.

—Vuesa merced está en lo cierto, Berucci es el arrendador del corral de la Cruz —corroboró Capablanca en un desesperado intento de ganar algunos segundos. Una oleada de pesimismo le invadió. Algo no funcionaba; aunque no había reloj, estaba seguro de que ya tenía que haber ocurrido lo que estaba esperando. Se le vino a la cabeza otra pregunta.

—¿De qué conoce vuesa merced al tal Berucci?

—Soy aficionado al teatro —ahora la respuesta fue inmediata.

Apenas había conseguido unos segundos más. Tomó la salvilla y espolvoreó el pliego sobre el que había escrito, que colocó cuidadosamente a un lado, y cogió uno nuevo. Lo alisó, mojó el cálamo en tinta y soltó una exclamación de disgusto:

—¡Maldita sea!

Villerbane se limitó a fruncir el ceño.

—Ha caído un borrón —se excusó Pedro.

En aquel momento llegaron hasta el aposento donde estaban unos gritos que denotaban desconcierto. Era lo que Capablanca había aguardado durante aquellos minutos que se le habían hecho interminables. Los perros ladraban, se escuchaban voces de mujeres y de niños, maldiciones de hombres y también unos chillidos estridentes que no resultaban identificables.

—¿Qué es lo que ocurre? —preguntó el pesquisidor, dibujando una expresión de preocupación en su rostro.

El francés, por toda respuesta, se encogió de hombros.

—¡Debe de ser algo grave! —El pesquisidor se levantó, tratando de provocar una reacción en el francés quien, sin embargo, no se inmutó. En aquel momento se abrió la puerta, lo que hizo aumentar el nivel de ruido, y apareció el rostro de una mujer con los ojos desencajados, que chilló:

—¡*Mesié* Jacobo, nos atacan!

Como si fuese la confirmación de las palabras de la mujer, que por su aspecto era una de las criadas del servicio, sonó un estruendoso ruido. Alguien había disparado un arcabuz. Luego sonó otro disparo. Capablanca contrajo el rostro. Aquello no estaba en el programa de festejos.

Ahora monsieur Jacques dio un respingo y se levantó cuan largo era. En dos zancadas ganó la puerta y se perdió por la galería, sin decir una palabra.

Cuando hubo desaparecido, la criada dijo en voz baja:

—Seguidme, don Pedro, no podemos perder un instante. No sé de cuánto tiempo dispondremos.

—¡Tú debes de ser Restituta! —exclamó Capablanca. La criada asintió, sin abrir la boca.

—¡No te arriesgues más! ¡Márchate, corres un serio peligro, ya sé que el despacho del embajador es esa puerta de enfrente! Pero antes, dime, ¿sabes qué son esos disparos? —En aquel momento se escucharon otras dos detonaciones.

—No sé nada, señor. Sólo que ahí fuera hay un buen jaleo.

—Está bien, Restituta, muchas gracias por tu ayuda; ahora, márchate.

Restituta no dijo nada, pero sus ojos brillaron burlones. Capablanca cruzó la galería para entrar en el despacho del embajador. Apretó el pomo de la cerradura, pero la puerta se resistió.

—¡Maldición, está cerrada con llave!

Se volvió y vio a la criada, estaba echada en el quicio de la puerta de enfrente y hacía ostentación de un objeto que colgaba de una cinta de seda roja que sostenía en su mano, era una llave y tenía la cabeza labrada con arabescos de forma primorosa.

—¿Me marcho o me quedo? —se limitó a decir.

—¡Gracias a Dios que estás aquí!

Restituta abrió la puerta y los dos entraron rápidamente en el despacho. Nadie los había visto. En aquella dependencia se oía con mayor intensidad el jaleo producido en el jardín que se abría delante de la embajada y que estaba protegido de la calle por una reja de hierro forjado, donde parecían haberse desatado las furias del averno. Los perros ladraban sin cesar y los gritos eran tantos que parecían los de una muchedumbre. Se escuchaban algunas palabras y frases sueltas.

—¡Por allí!

—¡Al ladrón! ¡Al ladrón!

—¡Nos atacan! ¡Disparan desde allí!

—¡No, no, por aquel lado!

—¡Yo lo he visto esconderse por detrás!

Sonó otro arcabuzazo.

El pesquisidor no pudo resistir la tentación, apartó una pesada cortina de tafetán morado, que caía a plomo desde el techo, y descorrió el visillo de una de las ventanas del despacho que daba al amplio jardín. No pudo evitar la risa cuando vio la estampa que se ofrecía ante sus ojos, aunque le preocupaban los disparos. Tal vez la cosa se complicase mucho más de lo que había pensado, pero, en todo caso, los disparos iban a darle un tiempo adicional.

Los perros corrían enloquecidos de un lado para otro, detrás de ellos un enjambre de criados, armados de palos y chuzos; algunos portaban armas, otros estaban agazapados, atemorizados, tratando de protegerse de los disparos. En aquel escenario parecía desarrollarse una pequeña batalla campal a la que asistía un gran número de espectadores, que se agolpaban al otro lado de la reja de la entrada, cuyo cifra no paraba de crecer porque —pudo percatarse el pesquisidor— cada vez era mayor la cantidad de curiosos que se acercaban. Algunos mozalbetes habían saltado por encima de la verja y se habían sumado a los que corrían como demonios por el jardín.

El mayor de los desconciertos lo presidía todo.

Los cuidados parterres estaban quedando destrozados, pisados y pateados. Había macizos de flores arrancados y esparcidos por las calles abiertas entre los cuadros. Aquella primavera el embajador de Francia no tendría flores en su jardín. Una sombra negra se escurrió por debajo de uno de los setos, soltaba estridentes gruñidos. Allí estaba el lechón. Sin embargo, reparó que al fondo del parque, donde se abría la arboleda, otro cochino correteaba por entre los árboles y tras su estela lo hacían algunos criados y perros. Luego surgió otro y otro más. No podría decir cuántos, pero aquello era una piara. Su última mirada fue hacia la verja y se llevó una nueva sorpresa, uno de los que más vociferaban, a tenor de las gesticulaciones que hacía, era un orondo fraile, la imagen de fray Hortensio Algodonales. Capablanca estaba disfrutando con todo lo que veía, aunque no lograba alcanzar a entender lo de los disparos, ni tampoco los numerosos cerdos que había visto corretear. Lo sacó de aquella diversión la voz de Restituta:

—Señor, no disponemos de mucho tiempo.

Corrió el visillo y no pudo evitar una sonrisa.

En la mesa del embajador había dos rimeros de papeles. Uno eran pliegos sueltos y otro estaba formado por cuadernillos cosidos. Eso era lo que Capablanca buscaba. La mayor parte estaban escritos en francés por lo que podía pasarlos rápidamente. Acabó con el primero de los rimeros sin hallar lo que buscaba y se afanó con el segundo. Tampoco allí encontró nada.

Los minutos pasaban y el esfuerzo de todo aquel escándalo empezaba a revelársele inútil.

Buscó luego entre los legajos de un armario que llenaba uno de los testeros del despacho y tampoco le acompañó la suerte. Luego dirigió su atención a los cajones de la mesa. Eran tres, los de los lados sólo contenían efectos personales y objetos de escritura. El del centro estaba cerrado con llave. Tiró, pero no pudo abrirlo. Miró a Restituta y la criada negó con la cabeza. No hicieron falta palabras.

Se había equivocado: lo que buscaba no estaba allí. Golpeó con el puño cerrado la palma de su otra mano y soltó una maldición.

Restituta, junto a la puerta, estaba pendiente de la galería. El tiempo se les acababa. Comprobó con preocupación que el nivel de ruido procedente del jardín empezaba a disminuir. ¿Era posible que aquel individuo no se hubiese dado cuenta de que no les quedaba más tiempo, concentrado como estaba en la búsqueda?

El pesquisidor comenzó a sudar, aunque no hacía calor. Era algo que le ocurría cuando empezaba a ponerse nervioso. Desanimado, paseó la mirada por el despacho, pero sus ojos no encontraban otro sitio donde buscar. ¡Si dispusiese de más tiempo, tal vez...!

La voz de la criada sonó como un trallazo en sus oídos.

—¡Señor, el tiempo se nos acaba! ¡Si nos sorprenden aquí...!

—Restituta, si tuvieses que ocultar algo aquí, ¿dónde lo esconderías?

—Depende de lo que hubiese que esconder, señor.

—¡Unos papeles, Restituta, unos papeles!

—¿Unos papeles es lo que busca vuesa merced?

—Sí, eso es lo que busco.

—Hay unos papeles encima del armario. Los vi ayer porque la gobernanta ordenó que se limpiase a fondo este despacho. Me subí para quitar el polvo del techo.

Capablanca no había esperado a que Restituta acabase. Tiró de un sillón, lo acercó al armario y se subió en él. No daba altura suficiente para ver, pero le permitía palpar, recorrió con la mano el techo del mueble y se topó con los papeles. Los cogió con fuerza y, aunque no era un hombre devoto, en su mente suplicó a la Virgen que aquéllos fuesen los manuscritos que buscaba. Leyó con avidez:

## EL ASTRÓLOGO
FINGIDO

Comedia

*de don Pedro Calderón de la Barca*

Personas que hablan en ella

| | | |
|---|---|---|
| Don Juan | Don Carlos | Doña María |
| Quiteria, *criada* | Don Antonio | Leonardo, *viejo* |
| Doña Violante | Otáñez, *escudero* | Don Diego |
| Morón | Beatriz, *criada* | |

JORNADA PRIMERA

*Salen doña María y Beatriz, criada.*

—¡Don Pedro, no podemos perder un instante más! ¡Nos van a coger!

Capablanca desabrochó su jubón y metió en su pecho los manuscritos. Se bajó del sillón, lo colocó en su sitio y alisó la alfombra para que no quedasen restos de aquel desplazamiento. Salieron del despacho; los dos tenían la respiración agitada por la tensión del momento, y Restituta echó la llave. Justo en

*El pesquisidor agarró a la criada por la cintura y la atrajo, apretándola contra su cuerpo.*

aquel momento apareció por el fondo de la galería monsieur Jacques. ¡Aquello era verdadera mala suerte!

El pesquisidor agarró a la criada por la cintura y la atrajo, apretándola contra su cuerpo. Tiró del lazo que cerraba su corpiño y lo deshizo, sacó uno de los pechos de Restituta, a la vez que metía su cara en el cuello, besándola.

—¿Qué hace vuesa merced? ¡Os habéis vuelto loco! —A pesar del asombro, la voz de la moza apenas era un susurro.

—¡Disimula, Restituta! ¡Acaríciame, por lo que más quieras!

La moza no se hizo repetir la invitación. Una de sus manos agarró las partes pudendas del pesquisidor y apretó con fuerza. Capablanca sintió un agudo dolor y dejó escapar un suspiro de queja, pero no podía gritar.

La criada, susurró a su oído:

—Por vuestros movimientos, veo que os ha gustado. ¿Os lo repito?

—No seas tan expresiva, cariño —le dijo muy quedo Capablanca—. Es cierto que algunos amores matan, pero sólo se trataba de disimular.

Monsieur Jacques llegó a la altura donde la pareja se abrazaba. Miró de soslayo, murmuró algo ininteligible, que por la expresión de asco de su rostro era claramente una manifestación de desprecio, y entró en la habitación donde el oidor de la Real Chancillería de Valladolid, don Pedro de Argüelles, le tomaba declaración.

Media hora después el marqués de las Almadrabas y el pesquisidor abandonaban la embajada de Francia. El arzobispo de Embrun estaba hecho un basilisco. ¡Arrojar unos cerdos en el jardín! ¡Aquello era algo intolerable! ¡No sólo presentaría un queja formal, sino que pediría una reparación, incluida la económica, por los daños causados! ¡En Versalles se tomaría buena nota de aquella afrenta!

Aunque monsieur Jacques y el oidor se habían dispuesto para continuar con el interrogatorio, no se había llegado a reanudar la toma de declaración porque el embajador lo había rechazado de plano. Se negaba a colaborar, porque cuando se producían acciones como la que acababa de suceder, en que la representación de su nación se había convertido en el hazmerreír de pillastres y desocupados, se ofendía a Francia.

Repetía una y otra vez que por mucho tiempo que viviese, jamás podría olvidar las carcajadas, las pullas y las burlas que habían dedicado aquella gentuza a su persona. Aquello era injuriar a la Francia toda y Francia tomaría cumplida venganza.

—¡Será mucho antes de lo que vuesas mercedes se imaginan! —había gritado el clérigo embajador en el colmo de su desesperación.

El marqués se deshacía en disculpas una y otra vez. Reiterando que se haría todo lo humanamente posible para descubrir a los autores de aquel espectáculo, que no dudaba en calificar de bochornoso. Pero que en aquel momento no podía hacer otra cosa que reiterarle sus disculpas.

Cuando don Diego de Guzmán y el oidor salieron al jardín que les conducía a la calle, pudieron comprobar que el aspecto era lamentable. Todo estaba pisoteado y destrozado, como si se hubiese librado entre los parterres y los macizos de flores una cruenta batalla. Muchas plantas habían sido arrancadas y la tierra había ensuciado las pulcras y limpias calles que quedaban entre las zonas ajardinadas.

Al otro lado de la verja no había quedado un alma. Después del jolgorio que la suelta de los lechones había producido, de los disparos escuchados y del desaguisado que allí se había efectuado, todo el mundo había puesto pies en polvorosa, cualquiera que incautamente quedase allí podría ocurrirle que tuviese que pechar con las consecuencias de un acto tan inaudito como aquél y pagar los platos rotos.

Una vez en la carroza y, tras dar las correspondientes instrucciones al cochero, don Diego, que a duras penas había podido contener la risa hasta desaparecer de la mirada de ojos indiscretos, explotó en carcajadas. Sólo después de algunos minutos, pudo preguntarle a Pedro:

—¿Has encontrado los manuscritos?

Por toda respuesta el pesquisidor se desabrochó el jubón y sacó el fajo de papeles que tenía oculto en su pecho.

—¡Se la hemos dado con queso a esos gabachos! —exclamó un exultante marqués.

—¿Creéis, don Diego, que serán graves las consecuencias de todo esto? —preguntó el pesquisidor.

—¿El qué, que nos hayamos apoderado de los manuscritos? —En la pregunta había una carga de sorna que Capablanca dejó de lado.

—No, no me refiero a eso. ¡No pueden reclamar la desaparición de algo que han robado! ¡Se estarían delatando ellos mismos! Lo digo por la actitud del embajador, ¡estaba tan furioso!

Don Diego frunció los labios:

—Habrá una protesta, tendremos que dar explicaciones, pero no pasará a mayores. Esos cabrones harán lo que tengan planeado hacer con tal de fastidiarnos. Es posible que haya que pagar algunos ducados por los daños en el jardín. Pero todo eso es nada a cambio de la satisfacción que he tenido. Aunque no hubiésemos conseguido nuestro propósito, te juro que solamente el disfrute de ver a ese insufrible arzobispo en estas circunstancias hubiese merecido la pena. Hacía tiempo que no me divertía tanto y, además, a costa de los franceses.

—Celebro que vuesa merced haya disfrutado tanto. Yo, hasta que no me hice con los manuscritos, pase un mal trago. Y después hubo un momento en que casi nos descubre monsieur Jacques, llegaba cuando abandonaba el despacho. —Capablanca no mencionó para nada a Restituta. Cuantas menos personas supiesen que había colaborado en todo aquello, mejor para la moza. Siempre había quien deslizaba un comentario, hacía una referencia o se olvidaba de guardar el obligado silencio. Ya había tenido desagradables experiencias y no deseaba que la moza tuviese algún tipo de problema por haberle ayudado.

—¿Dónde estaban los papeles? —preguntó el marqués.

—Los habían dejado encima de un armario que hay en el despacho del embajador.

—¿Cómo lo averiguaste?

El pesquisidor improvisó una mentirijilla.

—Después de mirar los papeles que tenía en su mesa y de registrar los cajones creí que habíamos fracasado. Traté de buscar en el armario que os he dicho, pero me resultó imposible porque estaba cerrado con llave. Pensé que el único lugar que me quedaba donde mirar era en el techo del mueble. Como sabéis, son muchas las personas que utilizan ese lugar para guardar algunas cosas, sobre todo si no abultan demasiado. Me subí en un sillón y... allí estaban.

El marqués de las Almadrabas se retrepó en el asiento para mejorar su posición ante el traqueteo de la carroza; en su semblante se percibía la satisfacción.

—La reina estará contenta cuando se entere. Has resuelto un problema mucho más grave de lo que te puedes imaginar.

—El problema no está resuelto, señor —el pesquisidor lo dijo con toda naturalidad, pero sus palabras sacudieron a su aristocrático amigo.

—¡Que no está resuelto, dices!

—No, no está resuelto porque tenemos todavía pendiente un grave asunto.

—¿Un grave asunto? —Don Diego había arrugado la frente.

—Sí señor, un problema que se llama Berucci.

—¿Berucci? ¿De qué me suena ese nombre?

—Lo mencioné esta mañana cuando os contaba el asesinato de Genaro Lupo. Es el arrendador del teatro de la Cruz.

El marqués se incorporó en el asiento y abandonó la posición de lasitud que tenía:

—¿Cuál es el problema, Pedro?

—Ese Berucci está conchabado en todo esto con los franceses. Si le entregamos el manuscrito para que continúe con los trabajos que requiere la tramoya y la compañía se ponga a ensayar, dará cuenta a los gabachos. Su deseo es que no haya estreno.

—¿Cómo es eso posible? —La sorpresa se había apoderado de don Diego—. Acabas de decirme que es el arrendador del corral y, por tanto, de los más interesados en que salga adelante este negocio.

—Así debería de ser, pero he descubierto que tratará por todos los medios de hacer daño a Calderón; se la tiene jurada desde hace algunos años. Supongo que el dinero de los franceses habrá resuelto a su satisfacción el quebranto que todo esto pueda producirle.

—De todas formas —señaló don Diego— en Madrid mañana no se hablará de otra cosa.

—Eso es cierto, pero de lo que se hablará será de la suelta de lechones en la embajada de Francia y del espectáculo que allí se ha vivido. Nadie hablará de lo verdaderamente importante porque eso no lo sabe casi nadie. Esa información la tenemos bajo control. Serán muchos los que celebrarán la humillación que todo esto ha supuesto para los franceses y, como no puede ser de otra forma, correrán versiones exagerando lo acaecido.

—Cuando el arrendador del corral de la Cruz, ese… ese…

—Berucci —le ayudó el pesquisidor.

—… ese Berucci se entere y sepa de nuestra presencia en la embajada a la misma hora, sospechará. Tal vez ate cabos.

—¿Nuestra presencia? —Pedro puso cara de extrañeza.

—La tuya y la mía —afirmó el marqués.

—¿Yo? —El pesquisidor se apuntó al pecho con su propio dedo índice—. Vamos, don Diego, vamos, se os olvida que en la embajada habéis estado vos y un oidor de la Real Chancillería de Valladolid, llamado don Pedro de Argüelles.

Don Diego de Guzmán esbozó una sonrisa, miró a Capablanca y después dejó vagar la mirada a través de la ventanilla de la carroza. Siempre había ponderado el ingenio de su amigo, desde que siendo adolescentes compartían aventuras juveniles en la Tarifa de sus años mozos, donde coincidían el tiempo de verano. Ya entonces, a base de intuición, perspicacia e inteligencia, resolvía casos que, como un juego, le planteaban a modo de desafío para sus dotes. Nunca olvidaría la forma en que solucionó, en vida de su padre el señor duque, cuando Capablanca sólo tenía diecisiete años, el robo de los candelabros de plata de la capilla del palacio, a partir de la cera de las velas que tenían dichos candelabros.

Le sacó de aquellos pensamientos la voz de su amigo.

—Me preocupa la algarada que los franceses tienen preparada para el lunes.

—No debes preocuparte por eso. Concentra tus esfuerzos en el asunto de los manuscritos y de Berucci. Estando sobreaviso de que preparan algo para ese día, no nos sorprenderán. Ya se han tomado medidas para que haya un abastecimiento extraordinario de pan y se ha advertido a los alcaldes de Casa y Corte, quienes reforzarán las medidas de vigilancia con todos los alguaciles y corchetes que tienen a su cargo. Incluso se ha programado una visita de Su Majestad la reina a diversas parroquias y monasterios con motivo de la finalización de la Semana Santa. Se le dará a la ocasión todo el realce posible. Otra vez, los gabachos quedarán chasqueados.

El marqués había disfrutado tanto con los momentos vividos en la embajada, que volvió a ellos.

—Me habías hablado de la suelta de un lechón, pero han sido muchos más. ¿Qué ha sucedido?

—Sé tanto como vos, don Diego. He visto varios cochinillos, pero no puedo indicarle a vuesa merced cuántos han sido. Tampoco sé nada acerca de los disparos escuchados y me ha llamado la atención el numeroso concurso de gente que había. Mucho mayor del que yo podía imaginarme. No sé cómo ha sido todo eso, pero ya me enteraré, aunque no me equivoco si os digo que detrás de todo ello ha estado la mano de fray Hortensio Algodonales.

—¿Ese fraile basilio amigo tuyo?

—El mismo, es un poco alocado, pero su cabeza funciona a la perfección, tiene intuiciones portentosas y es capaz de realizar deducciones extraordinarias a partir de indicios muy leves. Llama la atención de quienes le conocen.

—¡Ha sido extraordinario! Sólo por presenciar el berrinche de Su Eminencia el arzobispo embajador hubiese dado qué sé yo... A propósito de dar, supongo que necesitarás dinero. Una función de éstas no se organiza gratuitamente.

—Supongo que los gastos habrán excedido en mucho a las previsiones que tenía hechas. Pero como no conozco las andanzas de fray Hortensio, no sé a cuánto ascenderá la lista, pero no será poca cosa, conociendo al fraile.

—No te preocupes por eso. Ahora lo más urgente es buscar la forma de neutralizar a ese Berucci y conseguir que el segundo Domingo de Pascua la representación sea un éxito sonado. Ya no se trata sólo de política; esto se ha convertido en una cuestión de honrilla personal.

El pesquisidor se desabrochó el jubón y con cuidado sacó los dos manuscritos que escondía en su pecho, tenían las puntas dobladas y uno de ellos —seguramente el que había estado en poder de Berucci— estaba más ajado. También estaban los pliegos que Lupercio Bandrés había copiado para que los actores tuviesen la parte que correspondía a su papel. Se fijó en unas manchas que destacaban por su tono rojizo sobre el color más oscuro de la tinta y que emborronaban algunas palabras. No eran borrones, era sangre, sangre de Genaro Lupo. Capablanca recordó que había un crimen de por medio y que él conocía el nombre de los asesinos. Aquello era algo que no podía dejarse a un lado, aunque la justicia ya hubiese comenzado las pesquisas. Tendría que hablar también con el copista.

# 13

La carroza del marqués de las Almadrabas pasó por la calle de San Martín y dejó al pesquisidor a la puerta del mesón. Don Diego se asomó por la ventanilla y le dijo a Pedro que le esperaba al día siguiente a primera hora de la tarde; después ordenó al cochero que le llevase a su casa.

Capablanca estaba contento, pero mantenía la tensión que le atenazaba mientras había asuntos pendientes y el del manuscrito de Calderón, estaba aún muy lejos de quedar resuelto. Si se quería que todos los esfuerzos realizados no fuesen en vano, habría de seguir trabajando porque había varios cabos, alguno de ellos importante, por atar. Lo primero que hizo al entrar fue acercarse a Isabel. La última vez que la había visto estaba avinagrada. La moza le miraba asombrada ante el imponente aspecto que ofrecía: jubón acuchillado, revestido de moaré y ricamente bordado con trencilla, la botonadura era de plata; llevaba un cinturón ancho de fina piel y con hebilla también de plata, capa de las de tres cuartos en terciopelo negro con el corte y la caída de las prendas de calidad. Medias nuevas y zapatos de fino tafilete con hebillas plateadas.

—¡Qué poderío, don Pedro! —Los ojos de Isabel brillaban ante aquella aparición.

Sin ningún tipo de explicación Capablanca la estrechó entre sus brazos y la besó repetidamente en las mejillas.

—¿Se puede saber qué demonios ocurre? —exclamó la moza, pugnando por deshacerse del abrazo con más apariencia que deseo porque estar en los brazos del pesquisidor era su mayor anhelo.

—¡Eres un sol, una angelical criatura!

—¿A qué vienen estas zalemas? ¿Qué mosca le ha picado a vuesa merced? —Capablanca la mantenía agarrada por la cintura y los esfuerzos de ella por desasirse eran cada vez menores.

—¿Cuántos lechones fueron? ¡Yo sólo te había encargado uno! —exclamó el pesquisidor—. ¡Genial, Isabel, sencillamente genial! ¿Cómo se te ocurrió la idea, si no sabías cuál era el destino del marrano?

La moza arrugó la frente.

—¡Conque ésa es la causa de vuestras efusiones! ¡Unos marranos de más! ¡Sabed que sois detestable y que la genialidad no fue mía, sino de vuestro amigo el fraile!

—¡Algodonales! —exclamó Pedro.

—Para servir a vuesa merced. —La voz de fray Hortensio sonó en la planta de arriba, aunque su oronda humanidad descendía por las escaleras, que crujían bajo sus arrobas.

—¡Ha sido magnífico lo de tantos lechones! —le gritó Capablanca que ya había deshecho el abrazo con que había saludado a la mesonera—. ¿Cuántos había? Me resultó imposible contarlos.

—Media docena, Capablanca, media docena. Era necesario meter mucho ruido. —El fraile lo estrechó entre sus brazos y le preguntó—: ¿Y lo de los arcabuces? ¿Dónde dejas lo de los arcabuces?

—¿También fue tuya la idea de los arcabuces?

—De quién, si no —afirmó pomposamente el basilio—. ¡Si hubieses visto a los gabachos hocicar en el suelo! ¡Todo un espectáculo, Capablanca, todo un espectáculo! ¡Cómo corrían, estaban desesperados! ¡Un cochinillo por allí, otro por allá! ¡No sabían adónde acudir! ¡Si las alegrías celestiales tienen comparación con lo vivido esta tarde, prometo enmendar mi vida!

Los dos amigos continuaban abrazados festivamente.

Los ojillos del fraile anunciaron la pregunta, la hizo en voz baja, muy cerca del oído del pesquisidor, aprovechando el abrazo:

—¿Tienes los manuscritos?

—Escondidos bajo mi jubón.

Fray Hortensio apretó con tanta fuerza que Pedro bufó:

—Fraile, si sigues apretando así, ésta será la última de mis pesquisas.

Fray Hortensio le soltó y sacudió con sus manazas el jubón de Capablanca, como si quisiese deshacer unas imaginarias arrugas.

—¡Estás hecho un lindo! —exclamó—. ¡Tirándome por lo corto llevas encima no menos de cincuenta ducados! ¡Qué melena! ¡Qué perilla! ¡Qué bien te sienta!

—¿Cómo fue posible tal concurso de gente? —preguntó el pesquisidor.

—Amistades que tiene uno... —El fraile juntó los dedos de las manos y las posó sobre su voluminosa barriga—. Y también el trabajo de Pascualillo: el muchacho en poco rato reunió una legión de arrapiezos, bajo la promesa de que quien agarrase un marrano sería para él. La noticia corrió como si fuese pólvora. ¡Qué barbaridad, no te lo puedes imaginar! ¡Llegaban rapaces a racimos!

—Cuéntame cómo fue todo —le pidió el pesquisidor que era ahora cuando, verdaderamente, estaba disfrutando del jaleo que se había organizado.

—Pero será mejor que la narración vaya regada de un buen vino. Un caballero de vuestros posibles —lo midió de arriba abajo con una mirada burlona— puede permitirse toda clase de dispendios.

El fraile pidió a Isabel dos jarrillas de arganda y se sentó.

—Verás, tengo un amigo a quien le había parido una cochina. Tenía media docena de lechones que acababa de destetar y estaba dispuesto a venderlos. Él ha sido el proveedor por un precio más que asequible, que ya te diré. Metimos los lechoncillos en unos sacos de esparto que nos proporcionó y allí, bien atados, los mantuvimos mientras llegaba la hora de trasladarlos a su destino. La verdad es que chillaron largo rato hasta que los animalillos, cansados, se resignaron con su suerte. De aquella guisa los transportamos hasta el lugar de la embajada, que no quedaba lejos del criadero de mi amigo. Cuando llegamos a la embajada había concentrada en el lugar una turbamulta de mozalbetes que aguardaban impacientes. A los muchachos no paraba de sumarse un creciente número de curiosos, atraídos por la concentración de gente. Cuando entendimos llegada la hora, soltamos los lechones, colocando la boca de los sacos entre dos barrotes de la reja. Bastaba con sacudirlos un poco, porque los guarros, ante la posibilidad de verse en libertad, saltaban inmediatamente. ¡Si hubieses visto cómo corrían los gorrinos! A partir de ese momento apenas pudimos contener a la chiquillería el tiempo de un suspiro para que no saltasen la verja. ¡La invasión del jardín de la embajada también fue un espectáculo extraordinario! Los rapaces saltaban, corrían, gritaban, se estorbaban unos a otros dándose empujones, codazos, puñadas y otras bellaquerías propias de la falta de seso que trae consigo la poca edad y también la desvergüenza de algunos. —El fraile trasegó una buena cantidad de vino de su jarrilla—. En fin, Capablanca, estaba ocurriendo exactamente lo que habíamos planeado. Ante aquel escándalo los perros, que los gabachos tienen en el jardín para su vigilancia, acudieron hacia la verja y ladraban sin parar, pero la turbamulta alcanzó tales proporciones que los canes se quedaron como desconcertados. Tanto es así que sólo correteaban y ladraban, sin acometer a nadie. —Fray Hortensio estaba disfrutando con la narración, dio otro trago al contenido a su jarrilla y puso una expresión beatífica.

»Fue entonces —continuó el fraile— cuando empezó a salir gente de la embajada, estaban tan desorientados como los perros y no daban crédito a lo que veían. ¡Aquello era una invasión en toda regla! También ellos se pusieron a corretear, sin saber muy bien si atrapar a los mozuelos o a los gorrinos. Algunas mujeres comenzaron a chillar, lo que aumentó el desconcierto. En ese momento di orden a mis arcabuceros de que disparasen al aire; ya tenían las mechas prendidas y dispuestas, y los mosquetes cebados. Estaban pegados a la verja, pero confundidos entre el gentío que ya era muchedumbre. Al ruido de los disparos la confusión aumentó, no sólo entre los que estaban trillando el jardín, sino entre los espectadores del otro lado de la verja, que empezaron a gritar, a chillar y a correr. Sin saberlo, aquella muchedumbre cumplió su cometido a la perfección. Los arcabuceros eran cuatro y actuaron por parejas, cada uno de ellos, tal y como habíamos acordado, hizo dos descargas. En total fueron ocho los arcabuzazos —el fraile contaba todo aquello con delectación morbosa, casi pecaminosa— que completaron la función.

—¿Quiénes eran los arcabuceros? —El pesquisidor no salía de su asombro.

Los ojillos del fraile brillaron burlones:

—Mejor que no lo sepas.

—¡Por los clavos de Cristo! ¡No me dejes con esa incertidumbre! —insistió el pesquisidor.

Fray Hortensio miró alrededor. Su narración había juntado en torno a la mesa a Isabel, a Pascualillo, otra moza más y al mesonero, Francisco Valle Ropero, todos gente de confianza.

—¿Prometéis guardarme el secreto?

Todos asintieron con vehemencia.

—Los frailes basilios siempre hemos sido un poco trabucaires. Guardamos, por si hubiese necesidad de ello (nuestro padre san Basilio no lo permita), algunos arcabuces en un arcón del desván. Son varios los hermanos que practican en la huerta del convento, más que nada por hacer un ejercicio y mantener las armas en buen uso (quiera nuestro padre fundador que sólo se usen para eso). Simplemente les pedí una pequeña colaboración: que en esta ocasión ejercitasen en otro lugar. Se negaron en redondo, aquella proposición era una locura. Sin embargo, cuando les dije que se trataba de darle un escarmiento a los gabachos, todos manifestaron su mejor disposición, incluido el padre prior, que fue debidamente informado, y a fe mía que cumplieron como los buenos. Ocultaron su condición con unas viejas capas de las que tenemos en el convento para hacer caridad con gente necesitada y que nos envían algunos de nuestros bienhechores, cuando deciden desprenderse de ellas.

Fray Hortensio remató el contenido de la jarrilla y poniéndola boca abajo indicó que necesitaba otro trago.

—Os lo habéis ganado —indicó Capablanca.

—Lo mejor de todo es que, además de la diversión, hemos logrado nuestro propósito —exclamó jactancioso el basilio. Capablanca lo taladró con la mirada. Aquellas efusiones de su amigo habían puesto en peligro, en más de una ocasión, el resultado de algunas pesquisas en curso.

—¿Cuál era ese propósito? —preguntó interesado el mesonero.

—¿Cuál va a ser? ¡Hacerles la puñeta a esos malditos gabachos, que el diablo confunda! —El fraile acababa de enmendar su error.

El pesquisidor era consciente de que aquella improvisada reunión debía llegar a su fin. Aún les quedaba un duro trabajo y parte fundamental del éxito se encontraba en la discreción que mantuviesen. Pidió al mesonero que les permitiese reunirse en el aposento de la planta superior, lejos de oídos y miradas indiscretas.

Una vez en la habitación, solos el fraile y Capablanca, éste tomó papel y pluma, y escribió una nota a don Pedro Calderón.

Sólo fueron unas líneas en las que le anunciaba la necesidad que tenía de visitarle al día siguiente, a primera hora de la mañana, para un asunto de la mayor urgencia. Llamó para enviar el mensaje a Pascualillo, quien debía traerle recado de vuelta por si existía algún inconveniente para que se celebrase la reunión que le solicitaba en aquel papel.

—No te entretengas, que la noche se echa ya encima —recomendó Pedro al muchacho—. Aguarda la contestación del maestro Calderón, y sólo si existe algún inconveniente para que mañana me pueda recibir a la hora que ahí le digo, vienes a decírmelo. Cuanto antes estés en tu casa, mejor.

Antes de que se fuese, Capablanca le entregó un reluciente real de a ocho.

—Has hecho un buen trabajo y te lo has ganado merecidamente. Ahora haz buen uso de él —le recomendó al entregárselo. Pascualillo no acababa de creerse que tenía en su poder una moneda cuyo valor había hecho que casi desapareciesen de la circulación.

Una vez que el muchacho se hubo marchado, deshaciéndose en expresiones de gratitud y reiterando que se daba por pagado con servir a don Pedro, el pesquisidor y el fraile analizaron la situación.

—Ahora nuestro mayor problema se llama Berucci —afirmó Capablanca.

—No debemos olvidarnos de que hay un asesinato de por medio —señaló el fraile—, cuyos autores conocemos y que los gabachos preparan una algarada para el Lunes de Pascua. Supongo, además, que después de lo de esta tarde querrán dar un escarmiento, sobre todo cuando descubran que nos hemos apropiado de los manuscritos que habían robado. En el momento que se den cuenta, empezarán a juntar cabos y sabrán que todo lo de esta tarde formaba parte de un plan para arrebatarles las comedias.

—Precisamente por eso nuestro mayor problema es Berucci —insistió el pesquisidor.

—No acabo de entenderte.

—No creo que echen en falta los manuscritos, al menos no creo que sea inmediatamente. Los habían dejado en el techo de un armario, como cosa olvidada y tengo por seguro que en este momento no relacionan los sucesos de esta tarde con otra cosa que no sea una burla para afrentarles. ¡Son tan presuntuosos! ¡No hay más que ver el aspecto del embajador, un hombre de iglesia que es una pirámide de encajes! —Al escuchar aquello el fraile apuntó una sonrisa maliciosa—. Sólo empezarán a establecer relaciones si Berucci, que está conchabado con ellos, sabe que hemos recuperado los manuscritos. Los franceses tardarán en enterarse de ello el tiempo que necesite para hacérselo saber.

—¡Por eso no le has comunicado nada al maestro Calderón en ese escrito! Tu plan es que ha de mantenerse el secreto.

—Ésa y no otra es la causa. Por eso mismo he decidido también que lo mejor era que le pusiésemos punto final a las explicaciones que estabas dando abajo. El vino, lo sabes por experiencia, desata la lengua más allá de lo que es aconsejable.

—Sin embargo —el fraile decidió no darse por aludido—, con las cosas en este estado, seguimos teniendo un grave problema. ¿Quién se hará cargo de la representación de la comedia, si con Berucci no se puede contar?

—Por eso digo que Berucci es nuestro principal problema en este momento —insistió el pesquisidor.

—Habrá que buscarle una solución. —El fraile dijo aquello con contundencia, como si fuese una cuestión de fuerza.

—Habrá que buscarle una solución —repitió el pesquisidor.

Los dos amigos quedaron en silencio. Daban vueltas a su cabeza por si alumbraban una fórmula para afrontar la situación creada por el arrendador del corral de la Cruz. Después de un largo rato de cavilaciones y de algunos comentarios y propuestas no lograron poner en claro ninguna que les permitiese solucionar el problema que representaba Berucci.

Había trascurrido el tiempo suficiente como para que, si don Pedro Calderón tuviese algún reparo para la reunión que el pesquisidor le había propuesto, Pascualillo hubiese regresado. Era, pues, hora de retirarse; todavía fray Hortensio podría recogerse en su convento y Pedro descansar en su buhardilla. La noche anterior habían dormido poco y el día había estado cargado de emociones.

## 14

Don Pedro Calderón de la Barca aguardaba al pesquisidor escribiendo unas notas cuando doña Inés llamó a la puerta del pequeño gabinete de trabajo de su tío, de donde habían salido piezas extraordinarias para lustre del teatro. Se encontraba muy mejorado de su última dolencia. Se había levantado temprano, según su costumbre, y había acudido a misa primera. Allí se había enterado del suceso acaecido en la embajada de Francia la tarde anterior. Ya empezaban a circular variadas versiones que distorsionaban la realidad de lo ocurrido.

Se hablaba de un ataque con armas de fuego, consecuencia del cual había habido numerosos heridos e incluso algún muerto. Lo que no encajaba en aquella versión era la suelta de los cochinos; fue explicada en el corrillo formado a la salida de la misa, que era donde se daban los pormenores del suceso, como «una maniobra de distracción», según las palabras empleadas por un viejo maestre de campo, que había luchado en Alemania contra los franceses. «Quien haya tenido la idea es un extraordinario estratega.» Y matizó más: «una suelta de cochinos en una acción como el asalto a un lugar específico, supone, por la sorpresa que produce, ganar una ventaja sobre el enemigo que puede conducir a la victoria». Por la nostalgia de sus palabras, podría afirmarse que lamentaba no haber puesto en práctica la suelta de cochinos cuando antaño se enfrentaba a los franceses.

La realidad era que, como solía ocurrir casi siempre que se producía un hecho extraordinario, ya se hablaba de asaltos, estrategias, tácticas militares, muertos y heridos. Fray Hortensio estaría orgulloso si hubiese escuchado tales disquisiciones o, tal vez, los habría mandado a todos a hacer puñetas, por bobos y lenguaraces.

El escritor no se levantó para recibir al pesquisidor.

—Tomad asiento, don Pedro, y perdone vuesa merced que este viejo no se levante, pero el reuma aprieta hoy más de lo habitual.

Capablanca tomó asiento y le preguntó por sus dolencias de días pasados.

—La fiebre ya ha remitido, pero las sangrías de esos malditos barberos, que el diablo confunda, me han debilitado, aunque la verdad es que estoy muy mejorado. A mi edad ya no está uno para muchos trotes, mi querido amigo. Hoy es el primer día que he salido a la calle donde, por cierto, he tenido noticia de una importante refriega acaecida ayer en la embajada de Francia, en la que ha habido numerosos heridos y algún muerto. ¿Sabe vuesa merced algo de lo ocurrido?

El pesquisidor trató por todos los medios de no dejar traslucir el efecto que aquellas palabras estaban produciéndole.

—Algo he escuchado, pero las noticias que yo tengo no dan tanta relevancia al caso. Por lo que sé, el hecho tuvo más de jocoso que de otra cosa, según se desprende de una suelta de lechones que llevaron a cabo en el jardín de la embajada.

—También me han referido lo de los lechones —asintió Calderón muy serio—. Al parecer los cochinos fueron utilizados como estrategia por parte de los asaltantes. Un viejo militar ponderaba esta mañana a la salida de misa dicha acción, considerándola una ingeniosa maniobra de distracción.

A Capablanca le costaba trabajo contener la risa. Tal circunstancia no escapó al ojo perspicaz del dramaturgo.

—Veo que produce a vuesa merced notable regocijo el asunto de los lechones.

—Me divierte, don Pedro, todo aquello que ponga en aprietos a los gabachos. ¡Esa gente nos quiere mal!

—Tenéis toda la razón, hijo mío, tenéis toda la razón —sentenció Calderón—. Y ahora contadme, ¿cuál es el motivo de vuestra visita? ¿Cómo van vuestras pesquisas?

Por toda respuesta el pesquisidor abrió un cartapacio que había llevado consigo y le mostró las copias de su manuscrito.

—¿Reconoce vuesa merced estos papeles?

Calderón cogió los manuscritos, al dramaturgo le temblaban las manos de emoción:

—¡Éste es mi original y ésta la copia que Bandrés sacó sin despiezar para que Berucci pudiese comenzar sus trabajos para la puesta en escena! ¿Cómo los habéis conseguido? —La excitación dominaba la voz de Calderón, quien pasaba las hojas una a una, incrédulo—. Estoy admirado. Si os soy sincero, no creí que fueseis a conseguirlo. ¡Mi llamada tuvo más de cumplimiento con el tío de vuesa merced, a quien no quise hacerle el desprecio de rechazar su propuesta, que de fe en que pudieseis lograr la recuperación de mi obra!

Después de que el escritor hojease una y otra vez aquellos papeles, que había dado por perdidos, donde había volcado su talento y había puesto tantas ilusiones como cuando era un joven autor que trataba de abrirse paso en la escena madrileña, preguntó otra vez al pesquisidor.

—Contadme, contadme, ¿cómo lo habéis conseguido? —formulaba la pregunta, pero no levantaba la vista de los papeles.

—Supongo que puedo confiar en vuestro silencio. —La voz del pesquisidor sonó muy grave. Calderón se percató de ello, detuvo el hojeo de los pliegos y miró al pesquisidor a los ojos.

—Puede vuesa merced perder cuidado, tened confianza en mi silencio, si así me lo pedís. La misma confianza que en días pasados yo deposité en vuesa merced.

Capablanca asintió sin apartar su mirada de los ojos del escritor.

—Los manuscritos estaban en posesión de los franceses. Los hemos conseguido en la mismísima embajada de Francia. —Las palabras de Capablanca habían resaltado solemnes por encima del silencio que presidía el recoleto gabinete de trabajo donde estaban. Al oír aquello a Calderón se le habían puesto los ojos como platos.

—¡Qué me decís, don Pedro! —Soltó los papeles que tenía en sus manos.

—Permitidme que vaya por partes y os lo cuente todo.

—Os lo agradezco.

—Veréis, don Pedro, el asesinato de Genaro Lupo, que Lupercio Bandrés me comunicó por indicación de vuesa merced, nos puso sobre la pista cierta de este caso. Lo que esa pista nos decía era que los franceses estaban involucrados en dicho asesinato —Capablanca no le dijo que tenían la prueba fehaciente del nombre de los dos individuos que habían cometido el crimen— y la causa de dicha fechoría se encontraba en su deseo de apoderarse de los manuscritos porque trataban de llevar al fracaso el estreno de vuestra obra, no tanto por animadversión hacia vuesa merced, sino porque deseaban que los corrales no se abriesen y la mejor forma de conseguirlo era dando al traste con el estreno.

—¿Cómo alcanzasteis a saber que los franceses estaban detrás del asesinato de Lupo?

—Permitidme, don Pedro, que no satisfaga vuestra curiosidad en este punto. No se trata de falta de confianza hacia vuesa merced, sino a la discreción a que me obligan determinados asuntos porque, si los divulgase, saldrían a relucir nombres de personas que confían en nuestra discreción.

Calderón asintió con la cabeza:

—Os entiendo, Capablanca, y alabo vuestra postura. Esto me confirma que sois persona en la que se puede confiar.

—A partir de ahí —continuó el pesquisidor— fuimos tirando del hilo de la madeja. Supimos que el lugar donde habían depositado los manuscritos era el despacho del señor arzobispo de Embrun, que ejerce funciones de embajador de Francia en esta corte. —En este momento de su relato el pesquisidor no pudo evitar una sonrisa—. La mayor parte de las cosas que os han contando acerca del altercado que ayer por la tarde se vivió en la embajada francesa son bulos y exageraciones.

—¿Cómo lo sabéis? ¡Quien me ha dado esas referencias es persona de todo crédito! Como os he dicho se trata de un viejo maestre de campo, caballero de la Orden de Santiago.

—Lo sé porque todo lo que sucedió ayer por la tarde lo habíamos planeado nosotros para poder hacernos con los manuscritos. No irá a pensar vuesa merced que íbamos a presentarnos ante el embajador y espetarle: «Sabemos que han robado las piezas del estreno de comedias previsto para el próximo segundo Domingo de Pascua, entregádnoslas». Organizamos la suelta de unos lechones para crear confusión y aprovechando el consiguiente revuelo tratar de apoderarnos de los manuscritos. Esta artimaña, que fue de la que nos valimos, dio resultado —Capablanca señaló los papeles—. Ahí tenéis la prueba. Ni hubo muertos, ni heridos, ni nada parecido, por mucho que diga ese maestre de campo. Tampoco hubo asaltos estratégicos, fuera de su imaginación. Es cierto que la suelta de los cochinos levantó un gran alboroto y que una legión de mozalbetes, dispuestos a hacerse con tan preciadas piezas, irrumpió en los jardines que, por cierto, han quedado hechos una pena.

—¡Por san Isidro, que habéis organizado una buena!

—Así es, pero no tanto como el rumor popular difundirá por todos los rincones de Madrid, don Pedro. Lo importante, sin embargo, es que si todos los que estamos en el ajo mantenemos la discreción y nadie se va de la lengua, los gabachos tendrán muchas dificultades para relacionar la algarada de ayer con nosotros. Además, aunque presentarán una queja y exigirán reparaciones por la invasión del jardín, nada podrán decir de los papeles, si no quieren denunciarse a sí mismos como ladrones.

—Sois extraordinario, Capablanca. Las alabanzas de vuestro tío no hacían justicia a vuestros méritos. —Calderón parecía exultante.

—Sin embargo, ha de saber vuesa merced que tenemos un grave problema.

—¿Problema dice vuesa merced después de haber recuperado mi obra? —Agitó los papeles con ambas manos—. ¡Lo que tenemos que hacer es avisar a Berucci para que no pierda un instante! ¡Vamos mal de tiempo, pero creo que es posible tenerlo todo a punto para el día del estreno!

—El problema que tenemos se llama Berucci, don Pedro —dijo el pesquisidor con mucha tranquilidad.

—¿Berucci? ¿Le ha ocurrido algo a ese italiano del demonio? —Calderón estaba asombrado.

Quedaba claro que aquella era una mañana llena de emociones.

—Que yo sepa no le ha ocurrido nada, el problema es que está en connivencia con los franceses.

—¡Eso no es posible! —gritó el dramaturgo—. ¡Está tan interesado como yo en que la obra salga adelante! ¡Tiene en el aire, según me dijo, más de trescientos ducados que ya lleva gastados en tramoya y decorados!

—No niego que haya efectuado esos gastos. Pero no olvidéis que a los franceses no les falta el dinero. El oro galo corre por

Madrid tan abundante que parece agua. Los gabachos han podido compensarle con creces esos gastos.

—¡Lo que me dice vuesa merced es imposible! —exclamó un Calderón exaltado.

—¿Tan imposible como recuperar los manuscritos? —La pregunta del pesquisidor tenía mucha recámara.

Calderón acusó el golpe:

—Lo que quiero decir es que me resulta increíble, amigo mío.

—Pues creedlo porque es cierto. No se trata de una mera posibilidad, don Pedro. Lo hemos comprobado. Hace dos días mantuve con él una charla de lo más ilustrativo en el mesón de la Perendanga.

—¿Acude vuesa merced a esa antesala del infierno?

—Digamos que no soy cliente, pero no tengo reparos en entrar cuando se trata de trabajo. Nos habían dicho que allí podíamos encontrar a Berucci y la información resultó ser buena.

—Si su mujer se entera, tendrá problemas. ¡Esa francesa es de armas tomar! ¡Jamás en mi ya dilatada existencia he conocido una mujer con más ni con peor genio! Cuando se enfada, cosa que al parecer ocurre con frecuencia, es una verdadera furia. Creo que se llama Chantal.

—¿Es francesa la mujer de Berucci? —El dato interesaba mucho al pesquisidor.

—Creo que de La Rochela.

«Con que francesa y de La Rochela, así que la mujer de Berucci es paisana de monsieur Jacques. Allí podía encontrarse la línea de conexión entre Berucci y los franceses.» La mente de Capablanca estaba trabajando con el dato que acababa de obtener.

—Me decía vuesa merced —Calderón interrumpió los pensamientos del pesquisidor— que encontró a Berucci en el mesón de la Perendanga.

—En efecto, estaba... estaba con gentes del mundo de las letras que, al parecer, tienen allí su lugar de reunión cotidiana.

—¡Un grupo de mediocres, sin genio ni cualidades, salvo para darle a la lengua! ¡Una partida de desmayados! —En las palabras del dramaturgo había un fondo de desprecio—. ¿Sabe vuesa merced cómo le llaman a ese lugar? —El viejo escritor no aguardó respuesta a su pregunta—. Le llaman el «rincón de los hambrientos», ya os podéis imaginar la razón. Alguno tiene pretensiones y se dedica a elaborar un Parnaso de poetas y a buscar las raíces de la lírica popular, otros tienen escritas hasta dos docenas de comedias, pero no han logrado que se lleve a la escena una sola de ellas y alguno, clérigo por más señas, se gasta los dineros de los cepillos de las Benditas Ánimas del Purgatorio en pagarle a impresores con tal de ver su nombre en letras de molde.

Si Capablanca albergaba alguna duda acerca de las malas relaciones que caracterizaban a los integrantes del gremio de la pluma, en aquel momento quedaron disipadas.

—Es bueno que vuesa merced sepa que Berucci tiene otra razón para que no haya estreno —le interrumpió el pesquisidor.

—¿Otra razón? —preguntó ansioso.

Capablanca buscó la manera más suave de decirle lo que había impulsado a Berucci a tratar de reventar el estreno.

—Según he podido saber tiene una vieja deuda pendiente con vuesa merced. Piensa que ha llegado el momento de cobrarla.

El anciano escritor apretó los labios. Estaba rememorando en el pasado. Al cabo de un buen rato dijo con un hilo de voz:

—Eso está saldado desde hace mucho tiempo.

—Estará saldado para vuesa merced, pero al parecer no lo está para él.

—¡Hace varios años le di cien ducados en compensación por las pérdidas que dijo tener en el asunto de Moreto, cuando me informó de que él era quien había aportado el dinero para la puesta en escena de aquel estreno! Aunque luego me enteré que había cobrado otro buen puñado de ducados a Moreto y que no pagó o lo hizo malamente, a la baja, a muchos de los proveedores de maderas, lienzos y pinturas alegando las graves pérdidas sufridas. ¡Ese italiano es un bergante y un bribón, estoy convencido de que, al final, ese granuja hizo negocio! —Calderón dio un sonoro puñetazo en la mesa.

—Pues todo apunta a que ahora quiere volver a hacerlo. Pero eso no es lo más grave, don Pedro.

—¿Hay más?

—El principal problema lo tenemos en que, apenas sepa que los manuscritos han sido recuperados, lo comunicará a los franceses, y eso es algo que cuanto más tiempo tarden en descubrir los gabachos, mejor. Por otra parte, dada su actitud, pondrá todos los impedimentos a su alcance para que el estreno y la consiguiente apertura de los corrales no se lleve a cabo.

Calderón había pasado de estar exultante con la recuperación de los manuscritos a mostrarse abatido. Veía volar su soñado estreno. Ante aquella imagen, el pesquisidor trató de alentarle.

—En mi opinión, don Pedro, creo que tenemos en nuestra mano la solución, si actuamos con discreción y diligencia.

Una luz de esperanza brilló en los ojos del escritor.

—¿Lo creéis posible?

—Sí, si actuamos de la forma que he señalado a vuesa merced.

—Contádmelo y decidme si hay alguna cosa que yo pueda hacer.

—¿Podéis fiaros de Lupercio Bandrés?

—Es persona de mi absoluta confianza —en su respuesta no había el menor asomo de duda.

—En ese caso, llamadlo y decidle que se ponga manos a la obra y tenga listas para mañana las copias que necesitan los actores. Pero que ha de guardar absoluto secreto sobre la recuperación de los manuscritos.

—Eso será difícil —protestó Calderón.

—No comprendo a vuesa merced... Me habéis dicho que Bandrés es persona de vuestra confianza. ¿Queréis estreno o no?

—¡Por supuesto que quiero estreno! ¡No se trata de un problema de confianza, sino de tiempo! No creo que sea posible tener las copias para mañana.

—Tenéis que decirle a Bandrés que el estreno depende de que tenga las copias para mañana a mediodía, como muy tarde. Aunque eso suponga que esta noche no pegue ojo. Al fin y al cabo, él tiene una parte de culpa en el problema. ¡Si no le hubiesen robado su manuscrito no estaríamos ahora así!

—En eso tiene vuesa merced toda la razón —concedió el dramaturgo.

—En ese caso, no perdamos un minuto y dejad todo lo demás en mis manos.

—¿Hay alguna cosa más que yo pueda hacer? —Calderón intentaba colaborar en la medida de su posibilidades.

—Sí que la hay.

—Pues, decídmela.

—Veréis, don Pedro, ha habido muchos gastos, la información cuesta cara y la algarada de la tarde de ayer en la embajada de Francia fue costosa...

—No siga vuesa merced, le comprendo, le comprendo. —Calderón se levantó con un gran esfuerzo, ayudándose de un bastón, la enfermedad de aquellos días le había dejado importantes secuelas—: Excusadme un momento, vuelvo enseguida.

Mientras el escritor regresaba, Capablanca se puso a escudriñar en los lomos de los libros que llenaban dos grandes muebles. Los estantes arrancaban a una vara del suelo y llegaban hasta el techo. La parte inferior la formaban unos armarios que estaban cerrados con llave, según pudo comprobar cuando intentó abrirlos para fisgonear.

En las estanterías, perfectamente colocados, había varios centenares de volúmenes entre manuscritos e impresos. La mayor parte de los títulos eran de piezas de teatro y obras religiosas; también vislumbró alguna obra dedicada a la poliorcética. Recordó que había escuchado en alguna ocasión que Calderón había sido militar en sus años de juventud. Aquella biblioteca definía perfectamente los gustos y hasta la vida de su propietario: militar, dramaturgo de éxito y sacerdote. Algunas de las obras de teatro eran de autores extranjeros: franceses como Molière, Racine, Corneille e ingleses como Marlowe y Shakespeare.

El dueño de la casa, tal y como había prometido, regresó muy pronto. Traía una bolsilla de cuero. Se sentó y resopló, como si hubiese hecho un gran esfuerzo. En realidad así había sido.

—¿Le gusta leer teatro a vuesa merced? —le preguntó a Capablanca.

—Prefiero conocer la obra a través de la representación. Ya sabe vuesa merced... el ambiente de los corrales, la interpretación...

—Así ocurre con la mayoría de la gente. Las actrices —la voz del dramaturgo sonaba maliciosa— son un magnífico reclamo para el público.

—El ambiente, don Pedro, el ambiente. Muchos van, más que para ver, para ser vistos. La presencia de grandes personajes, incluidos el propio monarca, don Felipe, que gloria de Dios haya. También ver a las mujeres en la cazuela es un aliciente.

—¡Ése es el mayor de los alicientes, mi querido amigo! ¡Ése y verle los pies y, si es posible algo más, a las actrices! Son ya muchas las canas que peino y muchos los años que acumulo a mis espaldas.

—Eso es cierto, don Pedro, pero hay afición al teatro, eso no me lo podéis discutir.

—¿Afición, decís? Afición había en los tiempos del *Fénix*. ¡Aquello eran estrenos, amigo Capablanca! ¡Aquello era ambiente! ¡Bastaba la presencia de Lope para que hasta las piedras saltasen! ¡Entonces había verdadera pasión! ¡Se nos ha ido no sólo el imperio y la bizarría de nuestros tercios, también hemos perdido otras cosas no menos importantes! ¡Hoy no se tienen en valor las costumbres y las formas de vida que nos hicieron temibles en Europa!

—No me dirá vuesa merced que el estreno de su comedia no ha levantado expectación.

—Sí, pero lo es más porque llevamos demasiados meses con los corrales cerrados y no tanto porque haya pasión por la escena. Hacedme caso, Capablanca, que algo sé yo de estos asuntos.

—En todo caso hay mucho ambiente en la calle.

—En fin —concluyó Calderón— aquí tiene vuesa merced con que hacer frente a los gastos. Veintinueve ducados en buena moneda, nada de vellón. Es esa cantidad para que no sean treinta, porque ésas fueron las monedas que Judas cobró por vender a Nuestro Señor. ¿Cree vuesa merced que habrá suficiente?

«Podrían haber sido treinta y uno», pensó Capablanca, aunque no estaba mal aquel puñado de ducados. Era una bonita suma; si la cosa continuaba por aquellos derroteros tendría para pagar la mayor parte de sus deudas y vivir sin apuros durante una buena temporada.

—Por ahora, don Pedro, tenemos para sufragar los gastos. ¡No puede imaginarse vuesa merced el precio que han alcanzado los lechones!

—Entonces, poneos manos a la obra que el tiempo apremia. Por cierto, ya he mandado recado para que venga Bandrés.

—En ese caso os dejo con Dios —el pesquisidor se guardó la bolsilla con las monedas— y recordad, don Pedro, nadie debe saber nada. Si lo consideráis conveniente, hacedle prometer a Bandrés que no abrirá la boca, hasta que este negocio haya concluido; la discreción es en estos momentos la principal de las claves para culminar con éxito nuestro propósito.

—Guardad cuidado, así se lo haré saber a Bandrés —Calderón agitó con energía una campanilla.

—Disculpadme si no acompaño a la puerta a vuesa merced; lo hará mi sobrina Inés, que es presencia más grata que la mía.

Aunque lucía un sol radiante la mañana era fresca. El pesquisidor se cubrió con su flamante capa de terciopelo, regalo de su amigo don Diego, al igual que el soberbio jubón que llevaba, para que su atuendo fuese a tono con su cargo de oidor en la visita que habían realizado a la embajada. Pensó que si su casera, doña Beatriz de Argüeso, le veía con aquella planta le pediría algo más que consuelo en la cama por las rentas de la buhardilla pendientes de pago.

Eran poco más de las diez de la mañana cuando Pedro Capablanca abandonaba la casa de Calderón y, aunque había dudado mucho, juzgó llegado el momento de dirigirse a la Casa de la Villa para hablar con su amigo don Argimiro Salcedo, alcalde de Casa y Corte, persona con la que a lo largo de sus años de estancia en Madrid había trabado cierta amistad.

Si bien fray Hortensio era de la opinión que con los de las *varas* era bueno mantener cierta distancia, la verdad era que don Argimiro le había ayudado en diferentes ocasiones cuando andaba haciendo pesquisas para resolver algunos de los asuntos que le habían encomendado. Capablanca sostenía que una buena relación con la justicia era imprescindible para llevar a buen puerto muchas de las actuaciones que había de realizar. Ahora tenía una oportunidad, no era la primera vez, de darle a Salcedo cierta información que le serviría para el esclarecimiento del asesinato de Genaro Lupo. No sólo le brindaría a su amigo un caso prácticamente resuelto, sino que se quitaría de encima otro de los problemas que tenía pendientes. Eso le permitiría concentrarse en el asunto más importante: el estreno de *El astrólogo fingido*. Si todo salía como lo había proyectado, el obstáculo que significaba Berucci quedaría resuelto en menos de veinticuatro horas, pero tenía que jugar bien sus bazas. Una de sus cartas principales era, precisamente, la que iba a jugarse con el alcalde de Casa y Corte.

El mayor problema para el pesquisidor estribaba en que habría de reservarse la información relacionada con la última causa que había inducido a que se perpetrase aquel crimen. No podía decirle nada de ello a Salcedo ya que para sus planes resultaba imprescindible mantener en el mayor secreto posible que sus pesquisas habían estado encaminadas a descubrir al autor del robo de los manuscritos y a la recuperación de los mismos. Se encontraba en un dilema.

Por un lado, el deseo de ofrecer a don Argimiro, persona influyente, un señalado favor que, además, le permitiría quitarse un problema de encima y, por otro, la necesidad imperiosa de que se mantuviese el secreto de sus pesquisas, era lo que le había hecho posponer hasta aquel momento la decisión de acudir a la Casa de la Villa, sede de los alcaldes, alguaciles y corchetes, las personas encargadas de mantener el orden y hacer cumplir la ley entre los vecinos de Madrid y los transeúntes que en número importante había en la Villa y Corte. Después de muchas dudas había llegado al convencimiento de que los beneficios que se derivarían de dar aquella información eran mucho mayores que los riesgos de cometer una indiscreción. Un punto a su favor estaba en que Salcedo era persona de palabra. Le pediría que la empeñase en guardarle el secreto de una parte de la información que iba a facilitarle.

## 15

En la Casa de la Villa reinaba el bullicio habitual: gente que entraba o salía, corrillos donde se comentaban incidencias, algunos vecinos que intentaban resolver asuntos relacionados con la gestión que realizaba el cabildo municipal, tales como el empadronamiento, el desarrollo de las actividades de los gremios, los asuntos de abastecimiento de mercaderías, las cuestiones relacionadas con el orden público y el cumplimiento de las ordenanzas municipales que regulaban numerosos detalles de la vida de los madrileños.

El pesquisidor pudo percatarse de que por todas partes los comentarios y las conversaciones giraban en torno al mismo asunto. Era como si en una población como Madrid, residencia de la corte y del gobierno desde donde se regían los destinos de vastos territorios y millones de súbditos, nada fuese más importante que aquello o nada de relieve hubiese ocurrido en las últimas horas. Sintió una agradable sensación que tenía mucho que ver con el orgullo. A fin de cuentas él había sido el promotor de lo que ahora era el alimento para la comidilla de todas aquellas gentes.

Pidió a unos alguaciles que había en la puerta, con ademán compuesto, si podían darle razón a don Argimiro Salcedo de que Pedro Capablanca tenía necesidad de verle. Dándose mucho tono, aunque los dos individuos sabían quién era, le dijeron que subiese las escaleras y que preguntase en la segunda de las puertas que se abrían a la galería, según se miraba a mano derecha; que allí le podían dar razón.

El pesquisidor se limitó a asentir con la cabeza y encaminó sus pasos hacia donde le habían indicado, un lugar de sobra conocido para él. Golpeó la puerta con los nudillos y esperó una respuesta que no llegó. Pasado un tiempo que consideró prudente volvió a llamar sin obtener respuesta. Algunos de los que pululaban por allí le miraban extrañados. Pensó que sería por su atuendo, cuya calidad llamaba la atención. Había comprobado en su camino desde la morada de Calderón hasta la Casa de la Villa que alguna gente se había fijado en su porte.

Llamó una tercera vez y mientras aguardaba una respuesta que no llegaba, un hombrecillo canijo, con unas greñas blancas alborotadas y unos ojos que se escondían detrás de unas gafas redondas sujetas en una nariz que apenas era nada, le preguntó, llevándose una mano a la montura de sus quevedos como si se los sujetase:

—¿Qué busca ahí vuesa merced?

—A don Argimiro Salcedo. Me han dicho que le encontraré aquí.

—Dudo que así sea. Han debido de informarle mal. Esa puerta fue tapiada por dentro hará cosa de un mes, por causa de unas obras que están ejecutándose al otro lado.

El pesquisidor se asomó a la escalera y vio escurrirse dos sombras. ¡Aquel par de bellacos habían estado divirtiéndose a su costa! ¡Ya les ajustaría las cuentas cuando tuviese ocasión!

—Acompáñeme vuesa merced, y dígame ¿quién pregunta por don Argimiro?

—Mi nombre es Pedro Capablanca.

—¿Tiene vuesa merced cita?

*Se acomodaron uno frente al otro, en unos sillones fraileros de cuero finamente labrado.*

—No, pero dígale al señor alcalde que si tengo que aguardar, dispongo de tiempo.

El hombrecillo, que portaba bajo el brazo una voluminosa carpeta llena de papeles, le condujo hasta una antesala a la que se abría no menos de media docena de puertas, llamó a una de ellas y sin esperar respuesta la entreabrió.

—Disculpe vuesa merced: don Pedro Capablanca solicita verle.

El pesquisidor, que aguardaba a una distancia prudencial, no escuchó la respuesta, pero aquel hombrecillo, con cara afable, se volvió hacia él y le comentó:

—Aguarde vuesa merced un momento, don Argimiro le recibirá de inmediato.

Pedro le agradeció su amabilidad.

Apenas un par de minutos más tarde apareció en el umbral de la puerta la gigantesca figura del alcalde de Casa y Corte.

—¡Qué buenos vientos traen a vuesa merced por aquí! —lo saludó con efusión—. ¡Pasad, mi buen Capablanca, pasad! ¡Está vuesa merced espléndido! —Le miró de arriba abajo calibrando la calidad de su indumentaria.

El alcalde era un hombre corpulento, de unos cincuenta años de edad, cara alargada, mata de pelo cano y barba más blanca. Vestía completamente de negro, de pies a cabeza.

Don Argimiro invitó al pesquisidor a tomar asiento. Se acomodaron uno frente al otro, en unos sillones fraileros de cuero finamente labrado. Después de un preámbulo con preguntas acerca de la salud y de la situación de cada cual, el alcalde de Casa y Corte preguntó directamente:

—¿En qué puedo serviros, mi buen amigo?

—Lo que me ha traído a visitar a vuesa merced es que puedo facilitarle una información que supongo podrá interesarle.

—¿De qué se trata? —preguntó interesado el alcalde.

—Está relacionada con el asesinato de un individuo, cuyo cadáver apareció días atrás en el campo de San Blas.

El alcalde echó su cuerpo hacia delante, en un gesto de complicidad, y preguntó con voz queda:

—¿Qué sabéis de ese asunto?

El pesquisidor adelantó su cuerpo y casi susurró al oído de Salcedo:

—Conozco los nombres de los asesinos.

Don Argimiro quedó paralizado y miró de hito en hito a Capablanca.

—¿Está vuesa merced seguro de lo que acaba de decirme?

—Completamente.

Los ojos acerados del alcalde no pestañeaban. Estaba muy serio.

—¿Qué pruebas tenéis?

Pedro miró fijamente a los ojos de su interlocutor.

—Primero ha de prometerme vuesa merced que guardará secreto de ello.

—¿Secreto, dice vuesa merced?

—Yo le facilito los datos que le llevan hasta los asesinos, pero no podrá desvelar, al menos una parte de la prueba que puedo facilitarle.

—¡Por Dios, que no entiendo a vuesa merced, Capablanca!

—Es muy sencillo. Yo os muestro la prueba que os pone tras la pista de los asesinos y luego vuesa merced se olvida de ciertos detalles que están contenidos en la prueba, al menos durante algún tiempo.

—Un momento, a ver si os entiendo. ¿Vuesa merced va a mostrarme una prueba que me permitirá esclarecer un crimen, pero a la vez me dice que no podré utilizarla?

—Más o menos —respondió Pedro.

—Sigo sin entender a vuesa merced —protestó el alcalde.

—¿Os interesa conocer los nombres de los asesinos?

—¡Claro que me interesa! ¿Cómo no va a interesarme?

—Supongo que también os interesa conocer la causa del asesinato.

—¡Por supuesto!

—¿Qué me decís, si os facilito los nombres de los autores del crimen y por qué lo cometieron, pero se olvida vuesa merced de ciertos detalles, que de salir a la luz pública en estos momentos entorpecerían un encargo que me han hecho? Si eso sale a la luz, pondría sobre aviso a alguien y echaría por tierra todas las pesquisas que llevo realizadas, al hilo de las cuales he podido enterarme de ese asunto que consideré, inmediatamente, que sería de vuestro interés.

Don Argimiro asintió con un movimiento de cabeza.

—Mi mayor deseo, don Argimiro —continuó Capablanca— es haceros este favor, pero no puedo perjudicar ni mis intereses, ni los de la persona que me encomendó el asunto que tengo entre manos. Ésa es la razón y no otra por la que solicito vuestra palabra de guardarme el secreto que le he pedido.

Tras la explicación, Salcedo acabó por comprender, al menos en parte, la postura en que se encontraba Capablanca y empeñó su palabra de no revelar aquello que pudiese perjudicar los intereses de su amigo.

Los dos hombres se estrecharon la mano y acto seguido el pesquisidor sacó de su jubón la carta de Genaro Lupo y se la alargó al alcalde, quien leyó el texto con avidez.

Cuando concluyó las arrugas del rostro de Salcedo estaban más pronunciadas.

—¿Cómo ha conseguido vuesa merced esto? —preguntó muy serio.

—Eso es algo que no puedo deciros, don Argimiro. Pero tened por seguro que fue escrito por el propio Lupo.

—¿Cómo podría comprobarlo?

—No lo sé. Aunque supongo que siendo ensamblador, habrá dejado testimonios escritos. Podéis preguntarle al arrendador del corral de la Cruz, un italiano que se llama Berucci. Trabajaba para él, es posible que entre sus pertenencias hayan quedado algunos papeles. Un buen calígrafo podría comparar y determinar la procedencia de la escritura.

—Ésa no es mala idea —afirmó el alcalde.

—Sólo hay un problema —afirmó tranquilamente Capablanca.

—¿Cuál es el problema?

—Si el calígrafo leyese ese texto conocerá detalles que no deben, por el interés que os he señalado, salir a la luz pública en este momento.

—¡En ese caso no podré hacer la comprobación! —replicó Salcedo.

—Sí podréis, siempre y cuando cortemos ese texto con unas tijeras de forma que luego puedan encajar las piezas perfectamente y esa confesión no quede desvirtuada. Le podéis entregar al calígrafo un trozo de escritura que no revele lo que deseo que permanezca en secreto. Permitidme un momento ese papel.

Don Argimiro Salcedo le devolvió la confesión de Lupo a la vez que comentaba:

—Sois de la mismísima piel del diablo, Capablanca —pero ahora su sonrisa denotaba satisfacción.

—Si la cortamos por la línea que comienza por Domingo Copín y le entregamos la parte inferior, podrá analizar y comparar la escritura y no sabrá nada que a mí me interese mantener oculto.

—Decidme, ¿qué es lo que no desea vuesa merced que se sepa?

Capablanca miró al alcalde a los ojos y éste sostuvo la mirada sin pestañear.

—Que lo robado por Lupo eran los manuscritos originales

de la comedia de don Pedro Calderón que se va a estrenar el segundo Domingo de Pascua.

—¿Los problemas para ese estreno de los que se habla por todas partes, están relacionados con el robo de los manuscritos?

—Así es, en efecto.

—¿Tenéis encomendado el rescate de esos manuscritos? —El alcalde estaba desconcertado.

—Ése es, precisamente, el encargo que tengo.

—Así pues, los problemas de que todo el mundo habla se encuentran en que han robado la comedia.

—Los dos manuscritos, tanto el que había para hacer las copias de los actores como el que necesitaban las gentes de la tramoya.

—Y por lo que veo tenemos a algún francés implicado en este asunto —apostilló don Argimiro.

—Ese tal monsieur Jacques de Villerbane parece que está al servicio del embajador galo.

—Le interesará entonces a vuesa merced tener noticia puntual de lo que ocurrió ayer por la tarde en la embajada de Francia.

—He oído decir que se formó una buena y que hubo heridos —comentó el pesquisidor con desinterés.

—Al parecer alguien, sin que se tenga noticia cierta de qué era lo que perseguía, aunque todo apunta a que buscaban un rato de diversión a costa de esos malditos gabachos, soltó una piara de lechones en los jardines de la embajada. Cuando los criados, alertados por los gruñidos de los marranos y los ladridos de los perros, acudieron al jardín les dispararon una granizada de arcabuzazos. Los rumores hablan de heridos, aunque sobre su número se dan cifras muy diferentes.

El pesquisidor se encogió de hombros y trató de volver la conversación al terreno que a él le interesaba.

—Creo que ese Domingo Copín, el dueño del horno de San Buenaventura, es de ascendencia francesa, lo que nos puede señalar la conexión con monsieur Jacques. Me parece, don Argimiro, que si vuesa merced juega bien sus bazas, la reacción de los franceses ante la invasión porcina sufrida por su embajada que a buen seguro les llevará a pedir satisfacciones, podrá frenarla con una acusación contra monsieur Jacques. Ése no sería un mal tanto para vuesa merced —concluyó Capablanca.

En los ojos del alcalde brilló un ramalazo de ambición.

—Hay otro implicado en el asunto del asesinato, aunque mejor sería decir del robo de los manuscritos. —El pesquisidor volvía a la carga. Había cobrado una sustancial ventaja en su encuentro con Salcedo.

—Decidme de quién se trata.

—He averiguado que el propio arrendador del corral de la Cruz, ese italiano llamado Berucci, está implicado en el robo.

El alcalde hizo un gesto de extrañeza.

—¿Qué ventaja puede tener ese Berucci en arruinar una función cuando él mismo se iba a encargar de ponerla en escena? —preguntó interesado Salcedo—: Eso es tirar piedras contra su propio tejado —sentenció.

—Una vieja deuda pendiente con Calderón de la que cree que ha llegado el momento de cobrarse y, por otro lado, creo que puede influir el hecho de que su mujer es francesa. Natural de la misma ciudad que monsieur Jacques de Villerbane, La Rochela, un puerto francés famoso por ser un nido de hugonotes.

El alcalde guardó un breve silencio para preguntar después:

—¿Cuál es el papel de ese Berucci en todo esto?

Capablanca, aunque no tenía seguridad, decidió jugarse una carta. Sabía que después de la impresión favorable que había causado en Salcedo, podía permitirse aquella apuesta, considerando, además, que el riesgo era mínimo.

—Berucci, instigado por los franceses, indicó a Genaro Lupo la posibilidad de ganarse un buen puñado de ducados. Según confesión del propio Lupo, ciento cincuenta. En la embajada de Francia se urdió el plan para hacerse con las dos copias que existían de la obra con que iban a reabrirse los corrales de comedias. Una no presentaba problema porque estaba en poder de Berucci, a quien habían comprado con dinero y con el ansia de venganza que el italiano tenía contra el viejo dramaturgo. Esa copia era la que don Pedro Calderón, que creía superada aquella vieja rivalidad, había entregado al italiano para la preparación de los decorados y todo lo referente a la puesta en escena. La otra tendría que hacerse con ella. La elección de Genaro Lupo no era casual, Berucci sabía que tenía engatusada a la criada de la persona que realiza las copias para Calderón. Por aquella vía podría acceder al segundo de los manuscritos. No había errado en sus cálculos y Lupo se hizo con la segunda copia. De esa forma Calderón se quedaba sin estreno y la apertura de los corrales en entredicho. Insisto en que quienes armaron toda la trama para que los corrales no se abriesen y así aumentar el malestar del pueblo contra el gobierno fueron los franceses. Fueron ellos también quienes temieron que Genaro Lupo podía irse de la lengua y decidieron quitarlo de en medio; es posible incluso que tuviesen decidida su muerte desde el primer momento. En definitiva, le citaron en un lugar descampado para que les entregase los manuscritos y pagarle la cantidad acordada, el sitio elegido fue el campo de San Blas, y allí mismo le asesinaron.

—Pero eso no prueba que Berucci participase en el asesinato —indicó el alcalde—. Además, no se le cita para nada en la postrera confesión de Lupo. —Don Argimiro agitó la confesión que tenía en su mano—. Ni siquiera sabemos si conocía las intenciones del hornero de San Buenaventura y de monsieur Jacques.

—Tiene vuesa merced toda la razón, pero está involucrado en el asunto.

—Estará involucrado en el robo, pero no tengo tan claro que lo esté en el crimen del campo de San Blas. —El alcalde, que se había percatado de las intenciones del pesquisidor, le preguntó—: ¿Adónde quiere vuesa merced llegar?

Capablanca sabía que ya no valían subterfugios y no vaciló en su respuesta:

—A que Berucci quede neutralizado, aunque sea sólo por unos días.

—¿Qué queréis decir con neutralizado? —Don Argimiro Salcedo había vuelto a ponerse serio.

—Necesito que esté detenido unos días.

—Tendrá que serlo bajo algún tipo de acusación —señaló el alcalde.

—Puede ser acusado de cómplice de Domingo Copín y de monsieur Jacques de Villerbane. Puedo juraros que ésa no sería una falsa acusación.

—¿Cómplice de un robo al que no puedo aludir, según la palabra que me habéis obligado a empeñar?

—Cómplice de unos asesinos, aunque él no haya participado directamente en la ejecución del crimen.

Don Argimiro Salcedo meditó aquella propuesta. Capablanca decidió ayudarle a tomar una decisión.

—Si detenéis a Domingo Copín, no digo a monsieur Jacques de Villerbane porque ignoro su situación en la embajada del rey de Francia y, tal vez, pueda gozar de ciertas inmunidades...

—¡No para asesinar! —saltó Salcedo.

—Me refiero a inmunidades para ser detenido sin ciertos formulismos previos —se defendió el pesquisidor.

—Desde luego sería más complicado que hacerlo con el hornero —concedió el alcalde.

—Bien, decía que si detenéis al hornero es posible que, interrogado con habilidad, dando por hecho que conocéis sus tratos con el italiano y que por tanto piense que es inútil negarlo, confiese su relación con Berucci. Ya tendríais un motivo para detenerle. Es un favor que os pido.

Don Argimiro Salcedo quedó otra vez en una silenciosa meditación, antes de dar una respuesta a la propuesta del pesquisidor.

Capablanca aprovechó para comentar:

—Arrestadle sólo si Domingo Copín confiesa una relación con Berucci. En ese caso podríais prenderlo para que prestase declaración y en el interrogatorio dar por hecho que conocéis su relación con el hornero y monsieur Jacques. Si confesase como creo que ocurrirá, vuesa merced podría ponerlo en prisión.

El alcalde no debía de estar muy convencido porque el tiempo transcurría y continuaba sumido en cavilaciones. El silencio se le estaba haciendo eterno a Capablanca, que temía haberse excedido en sus planteamientos. Después de varios minutos Salcedo comentó:

—Acabáis de hacerme un gran favor, al comunicarme el contenido de ese papel —señaló la confesión de Lupo— os lo devolveré de la forma que deseáis. Pero sabed que sólo procederé al arresto de Berucci si logro establecer alguna relación con los autores del asesinato. ¿Trato hecho? —extendió su mano hacia Capablanca.

—Trato hecho. —El pesquisidor estrechó la mano del alcalde, sellando de aquella forma su acuerdo.

—Una cosa más —apuntó Pedro.

—Ya hemos cerrado un trato —protestó el alcalde.

—Solamente pediros que no pierda vuesa merced un instante. Cada hora que pasa tiene un valor extraordinario.

—En cuanto os marchéis avisaré a un calígrafo. Hay uno muy bueno en la calle de Leganitos. Luego identificaremos la letra y, si todo va como pienso, antes de mediodía habré procedido al arresto del hornero. Mantendré informado a vuesa merced de todo lo que suceda.

—Tened cuidado con Berucci cuando vayáis a pedirle colaboración para buscar entre los papeles de Lupo una relación con la identificación de la letra; es escurridizo como una sanguijuela.

—Perded cuidado, aunque lo tendré en cuenta.

El pesquisidor cogió el ajado papel que contenía la confesión de Genaro Lupo y preguntó:

—¿Tiene vuesa merced unas tijeras?

El alcalde busco en un cajón de su escritorio y sacó unas negras tijeras de hojas cortas y gruesas. Capablanca cortó el papel de forma ondulada y con mucho cuidado para que las partes, si volvían a juntarse, encajasen como piezas de un rompecabezas. Entregó la parte correspondiente a Salcedo y se guardó la otra.

Se despidió del alcalde y cuando estaba ya en la puerta se volvió:

—Muchas gracias, don Argimiro. Espero que todo salga como lo hemos planeado. Que vos tengáis a los criminales y yo a Berucci encerrado. Hay en juego mucho más de lo que podáis imaginar.

—¿Qué es eso que me dice vuesa merced?

—Se lo explicaré a vuesa merced en otra ocasión. Ahora no hay tiempo que perder.

## 16

El pesquisidor caminó desde la Casa de la Villa al mesón de San Martín, sin detenerse en ninguna parte. Tenía que poner en marcha dos acciones sin pérdida de tiempo y para ello necesitaba la ayuda de Pascualillo. Dio un rodeo por los Caños del Peral, por si lo encontraba ayudando a su progenitor o realizando el trabajo de éste.

No lo encontró en la fuente ni por los alrededores y tampoco vio al padre. Preguntó a unos arrapiezos que por allí vagabundeaban si conocían a Pascualillo, uno de ellos con la cara picada de viruela y peladas en los cabellos, le dijo que sí, que conocía al hijo del aguador. A pesar de las secuelas dejadas por las enfermedades, el chiquillo alumbraba inteligencia en sus ojos. El pesquisidor le preguntó si quería ganarse dos maravedíes.

—¿Qué hay que hacer? —fue la respuesta.

—Muy poco, buscarle y decirle que Capablanca quiere verle.

—¿A vuesa merced le dicen Capablanca? —preguntó el chiquillo, apuntando una sonrisa.

—¿Por qué me lo preguntas? —El pesquisidor estaba escamado.

—Por qué va a ser, porque va vuesa merced más negro que un tizón.

Pedro apenas pudo contener la risa. Le entregó los dos maravedíes y le insistió de nuevo:

—Dile a Pascualillo que corre prisa.

Por el rabillo del ojo se percató de cómo varios mozalbetes, que se habían mantenido a una prudencial distancia, se acercaban al chiquillo y formaban corro a su alrededor, mientras éste mostraba ufano las dos piezas de cobre. Debió de decir algo que fue acogido con una explosión de júbilo.

Una vez en el mesón, preguntó por Isabel y le dijeron que no estaba, que había salido. Tampoco estaba fray Hortensio, quien le había anunciado que no podría ir hasta bastante después del almuerzo porque tenía ineludibles deberes propios de su estado. Se quitó la capa y el sombrero, y pidió recado de escribir y papel para mandarle un mensaje a Calderón. Necesitaba que le facilitase la dirección de Berucci, no la del corral, sino la casa de su morada. Tenía una corazonada y trataría de comprobarla. El texto que escribió al dramaturgo era muy corto.

> Se me hace necesario conocer la dirección de Berucci. Si le es posible a vuesa merced facilitármela, escríbala en este mismo papel.
>
> Capablanca

Acababa de recoger la improvisada oficina cuando entró Isabel, lo miró de soslayo y apenas le saludó. Venía, con su padre, del mercado de verduras, legumbres, cereales, miel, quesos y frutas que los hortelanos de la vega del Jarama montaban una vez por semana en la explanada del costado de la parroquia de San Ginés, cerca de la calle Mayor. Los productos eran frescos y se compraba a precio más bajo que el de los regatones. La moza venía con una carretilla de madera formada por una plataforma de tablones, una rueda y dos largos brazos para tirar. Rebozaba tanto el verdor de la compra que no se veía otra cosa. El mesonero cargaba con un saquillo de lona echado sobre el hombro y llevaba en la otra mano, enganchadas por el pico a una trencilla de esparto, media docena de redondas perdices de plumaje gris y melado, y estiradas patas de un vivo color rojo.

Isabel no dijo nada y se fue con el carrillo directamente a la cocina. El pesquisidor, que estaba seguro de que lo había visto, achacó su silencio al esfuerzo que realizaba. Pero cuando comprobó que pasaban los minutos y no salía de la cocina, pensó que le ocurría algo. Se acercó al mesonero que ya se afanaba entre pucheros y peroles.

—¿Le ocurre algo a Isabel?

Francisco Valle Ropero miró al pesquisidor y le espetó, sin ninguna clase de miramientos:

—¡Con lo que sabe vuesa merced y lo listo que es, parece algunas veces bastante despistado! ¡Y perdone vuesa merced que se lo diga de esta forma!

Capablanca se quedó atónito, mirando al mesonero:

—¡Pero bueno! ¿Puede saberse qué es lo que pasa aquí esta mañana?

Valle Ropero seguía trajinando en los fogones. Avivaba el fuego, comprobaba las cadenas de colgar los calderos y vertía en ellos diferentes cantidades de agua, de una cuba grande de madera que tenía cerca. Cada vez que sacaba agua no olvidaba de cubrir la cuba con una tapadera redonda. Al cabo de un rato, cuando el pesquisidor, creía que su pregunta se había perdido, contestó:

—Don Pedro, la Isabel lleva muy mal algunos de los recados que recibe vuesa merced.

Se sentó de nuevo y fijó su vista en el papel que había escrito, mientras el mesonero echaba puñados de sal a un caldero ya puesto al fuego en el que había introducido cuatro gruesos trozos de tocino; luego arrancó unas hojas de laurel de una rama que colgaba del techo y también fueron a parar al caldero. Después gritó hacia la cocina:

—¡Venga esos nabos! ¡Que ya vamos mal de tiempo!

Al cabo del rato apareció Isabel con un cubo rebosante de nabos troceados, de reluciente blancura y un manojo de verdes hojas. Sin decir nada se acercó al caldero y se puso a echar con mucho genio puñados de nabos en su interior; cuando acabó cortó en tres o cuatro partes la verdura del manojo y la arrojó dentro.

—¡A ver, María, esa cebolla, que el agua va a romper a hervir! —El grito de Isabel iba hacia la cocina. Luego se limpió las manos en el delantal y muy seria, con un punto de orgullo, le dijo al pesquisidor sin mirarle siquiera—: La criada de doña Beatriz de Argüeso ha venido preguntando por vuesa merced. Dejó recado de que su ama desea veros.

En aquel momento llegó Pascualillo. Venía jadeante y con el rostro acalorado por el esfuerzo, de tanta prisa como se había dado. Se acercó a donde estaban Capablanca e Isabel y saludó alegremente:

—¡Buenos días, don Pedro; buenos días, Isabel; buenos días a todos!

Un coro de voces respondió al saludo del mozo.

—Buenos días nos dé Dios —respondió Isabel, quien revolvió el pelo de su cabeza en un gesto cariñoso, y se marchó sin decir más a la cocina.

—Balandras me ha dicho que me buscaba vuesa merced. He venido lo más pronto que he podido.

—No te he visto por los Caños del Peral. ¿Hay algún problema?

—Mi padre, don Pedro, lleva dos días con dolor de ijada y no se le quita.

—¿Ha tomado algún remedio?

—Ha tomado una infusión de hierbas que le ha preparado una vecina, pero no le ha aliviado. Lo dejé quejándose esta mañana cuando me fui para llevar el agua a las casas, porque ha pasado mala noche y no está para trabajar. En el momento que os haga el recado le daré una vuelta para ver cómo se encuentra.

—¿No lo ha visto el médico? —preguntó el pesquisidor.

Pascualillo no abrió la boca, negó con la cabeza.

—¿No me respondes?

—No señor, no lo ha visto.

—¿Por qué no?

Al muchacho se le saltaron las lágrimas y agachó la cabeza.

—¡Pues porque no, don Pedro! ¡Decidme ya qué es lo que tengo que hacer!

El pesquisidor puso su mano en la barbilla y trató de levantarle la cara; Pascualillo se resistía. No quería que le viesen llorar. Pedro se levantó, le rodeó el hombro con el brazo y le apretó contra él, el muchacho ya no pudo contener el llanto. Fue entonces cuando Capablanca se percató de que tenía unos verdugones en el cuello.

Se lo llevó hacia un rincón, pidió una escudilla de leche, hizo gestos a los demás de que le dejasen a solas y que cada cual continuase con lo suyo, como si allí no pasara nada, y esperó pacientemente a que el muchacho se desahogase.

—¿Quieres contarme lo que ha pasado?

Pascualillo levantó la cara, tenía los ojos enrojecidos por el llanto y con toda seguridad sentía vergüenza de haber llorado delante de don Pedro.

—Es por mi padre, señor.

—¿Tan mal está?

—No es eso, don Pedro, es que cuando anoche le dije que tenía un real de a ocho, me exigió que se lo entregase. No es que yo no quisiese dárselo, pero sabía que si lo hacía se iría a gastarlo de mala forma; bebería hasta que no pudiese más y con el dolor de la ijada eso es lo peor que puede hacer. Mi padre es bueno, pero se le pone muy mal temple cuando bebe. Como me resistí, me golpeó con una cuerda de cáñamo hasta que me obligó a dárselo.

—¿Por eso tienes esos verdugones en el cuello?

—Ésos son los que se ven —gimoteó el muchacho—. Una vez que tuvo la pieza, se marchó, a pesar de que era muy tarde. Parecía que se le habían quitado todos los males, y cuando volvió al cabo de varias horas estaba completamente borracho. Otra vez se quejaba de que le dolía el costado y vomitó. Lo limpié como pude y lo acosté. No ha dejado de quejarse de dolor de ijada, pero en realidad, no sé si está enfermo o lo que le pasa es por culpa de la borrachera.

Pedro había oído pacientemente a Pascualillo, porque lo que el muchacho más necesitaba era que alguien lo escuchase, una vez que había decidido hablar. Las sensaciones que el pesquisidor había tenido mientras le oía eran contradictorias. Sintió indignación contra Pascual García quien, al parecer, volvía a las andadas. Tuvo que contener la ira que le embargó cuando conoció la causa de las señales que Pascualillo tenía en el cuello. Y no pudo evitar una oleada de ternura cuando el muchacho, a pesar de todo, manifestaba el cariño que le tenía a aquel truhán que era su padre.

—¿Has comido, hijo? —le preguntó el enternecido pesquisidor.

—Esta leche que vuesa merced ha pedido.

Capablanca se levantó y fue en busca de Isabel, quien se había percatado de que algo le ocurría al muchacho. Su malhumor había quedado atrás.

—Pascualillo tiene problemas porque su padre ha vuelto a las andadas. No ha comido, así que prepárale algo sustancioso.

—¿Qué ha ocurrido?

—Su padre le quitó un real de a ocho que le di, se ha emborrachado y le ha pegado.

—¡Hijo de mala madre! —exclamó Isabel.

—Cuando le lleves la comida hazte de nuevas. No le digas nada, lo peor para él es la humillación que esto le supone.

Aquello era lo que la tenía a mal traer con Capablanca. Era capaz de regalar a un muchacho un real de a ocho —la paga de dos días de un artesano—, como si tal cosa. Sin pensar en que la mayor parte del tiempo estaba sin un cuarto y, además, la ternura que en un momento dado era capaz de tener con los más débiles. Decidió de todas formas que también era un trápala que enredaba y que chuleaba a su casera para no pagarle la renta. Así era aquella combinación de señorío y picaresca que formaban una mezcla, a veces explosiva, en la figura de Pedro Capablanca.

—¿No tenía que hacerle un recado a vuesa merced? —le preguntó Isabel.

—Eso puede esperar o mejor lo haré yo mismo mientras él come. Además, tengo que resolver un asunto y lo voy a resolver definitivamente. Ahora lo más importante es que el muchacho se tranquilice; ha debido vivir un infierno según me ha contado.

«Aquel canalla —pensó Isabel mientras se iba para la cocina— se hacía querer, entre otras cosas, por el fondo de generosidad que había en su corazón.»

El pesquisidor rompió el papel que había escrito, se puso la capa y el sombrero, y se limitó a decir:

—¡Ahora vuelvo!

Pascualillo casi gritó:

—¡Por favor, no lo haga vuesa merced!

Pedro se acercó al muchacho y le preguntó en voz baja:

—¿Qué es lo que no he de hacer, hijo?

—No vaya a ir vuesa merced a ver a mi padre, por el amor de Dios, se lo pido a vuesa merced. Éste es un asunto que hemos de resolver entre él y yo.

—Me parece que sería mejor que tuviese unas palabras con él.

—Os aseguro que no, don Pedro. Dejadlo estar, que yo lo resolveré —suplicó el muchacho.

—Me parece que te equivocas, Pascualillo, pero si ése es tu deseo, así se hará. Ahora quédate tranquilo y come, que yo volveré enseguida.

A Calderón le extrañó que el pesquisidor apareciese por su casa otra vez aquella misma jornada.

—¿Ha ocurrido algo grave? —le preguntó el dramaturgo nada más verlo.

—Nada, don Pedro, nada. Pero necesito una información que tal vez vuesa merced pueda facilitarme.

—Decidme, ¿y si está en mi mano?

—¿Sabéis dónde vive Berucci?

—Vive en una calle que dicen de la Comadre de Granada, en la esquina con la calle de la Encomienda. ¿Para qué queréis su dirección?

—Es mejor que lo tengamos bajo control. Recordad que en este momento es el único obstáculo para el estreno.

Calderón asintió y le recomendó:

—Andaos con tiento, ese Berucci ha resultado ser un mal bicho.

—Perded cuidado, don Pedro, lo tendremos vigilado.

—Ya ha venido Bandrés y se ha llevado la copia. Por suerte, el trabajo que tenía realizado no se ha perdido. Me ha prometido que mañana antes del mediodía lo tendrá todo acabado.

—Ésa es una buena noticia. Y ahora excusadme, pero no dispongo de todo el tiempo que quisiera. Si no os importa, puedo salir sin acompañamiento, ya conozco el camino —se despidió Capablanca.

—Como si estuvieseis en vuestra propia casa.

Pascualillo estaba más tranquilo cuando el pesquisidor regresó al mesón, Isabel le había preparado un verdadero festín. Parecía haber dejado atrás su malhumor de antes, al menos mientras no se acordase de doña Beatriz de Argüeso. Estaba acompañando al muchacho que acababa de dar cuenta del condumio. Iba a levantarse cuando Pedro se sentó, pero éste la invitó a quedarse.

—¿Estás ya mejor?

—Mucho mejor, don Pedro. La Isabel es una mujer extraordinaria.

La moza se sonrojó ante el comentario. El pesquisidor intentó acariciarle la mano, pero ella la retiró sin disimulo.

—No sé, Pascualillo, si en las condiciones en que está tu padre, podrás hacerme el trabajo que necesito...

—¿De qué se trata, señor? —Los ojos del muchacho brillaron, pese a estar enrojecidos por el llanto.

—Me hace falta tener sometido a vigilancia a un francés para saber si realiza visitas a determinados lugares. Habría que aguardar a que se moviese y seguirlo discretamente.

—¿Será mucho tiempo?

—Eso no lo sé, dependerá de cómo vayan las cosas y de lo que podamos descubrir.

—¿Cuándo habría que empezar, señor?

—Lo antes posible.

El muchacho estaba sufriendo la tortura de la duda y se le hizo un nudo en la garganta. Tuvo que sobreponerse para no romper de nuevo a llorar. Iba a renunciar, por un extraño amor filial, a hacer algo con lo que siempre había soñado. Era la primera vez que don Pedro le planteaba la posibilidad de hacer una cosa como aquélla, que suponía colaborar directamente en sus pesquisas. Hasta entonces todo habían sido recados, llevar un papel, buscar una dirección o acompañarle a él y a fray Hortensio a algún lugar. Haciendo un esfuerzo logró articular con dificultad las palabras:

—Lo siento, señor, pero en estos momentos me resulta imposible. —Las lágrimas agolpadas en sus ojos estaban a punto de salírsele.

—Un momento —interrumpió Isabel—, ¿tu respuesta a don Pedro es porque tienes que atender a tu padre?

Pascualillo asintió:

—No puedo dejarle en las condiciones en que se encuentra. Al menos hasta ver si todo está causado por un exceso de vino o es que verdaderamente está enfermo.

—Lo que vuesa merced quiere ¿no puede esperar ni siquiera un día? —preguntó Isabel.

Al pesquisidor le hubiese encantado decir que sí, pero no era posible en las circunstancias en que se encontraba.

—En estos momentos nuestro peor enemigo es el tiempo.

—Está bien. —Isabel se puso en pie. Aun con las haldas que vestía tenía una hermosa figura—. Tú harás lo que te ha pedido don Pedro, yo me encargaré de tu padre. ¡Apostaría la salvación de mi alma que lo que tiene es una borrachera de banderas!

Los ojos de Pascualillo no pudieron contener una lágrima:

—Isabel, ¿eso que dices es cierto?

—Tan cierto como que me llamo Isabel Valle.

El muchacho se puso en pie de un salto y echó los brazos al cuello de la moza, juntó su mejilla a la de ella y le susurró al oído:

—No sé cómo podré pagarte.

—¡Arreando, que el tiempo apremia!

Capablanca puso su mano en la espalda de Isabel en un gesto cariñoso.

—¡Quieta esa mano, que vuesa merced no tiene concedida la venia! —Hubiera dado lo que le hubiesen pedido por una caricia de don Pedro, pero le podía su orgullo de hembra herida—. ¡Eso se lo guarda vuesa merced para su casera!

A pesar del desplante, el pesquisidor estaba agradecido a Isabel. En pocos minutos Pedro explicó a Pascualillo dónde vivía Berucci. Le dijo que el francés al que había que seguirle los pasos era muy alto y tenía cara de estar siempre doliéndole el estómago y que para controlarle debería montar guardia en la embajada francesa.

—Antes o después el gabacho saldrá o llegará allí.

Le explicó que tenía interés en obtener algún dato sobre la mujer de Berucci, pero que sólo conocía su nombre, se llamaba Chantal. También era importante saber si había algún tipo de relación entre el francés, que se llamaba monsieur Jacques, y dicha mujer o su marido.

—Has de armarte de paciencia, Pascualillo. Pueden pasar horas y horas sin que ocurra nada. Procura disimular en el tiempo que estés a la espera. Para ello búscate puntos de vigilancia que sean discretos y el mayor número posible de ellos. Cuando sigas a alguno has de tener mucho cuidado para que no vayan a descubrirte. Si eso ocurriese, además del peligro que supone, tendrías que dejarlo.

—¿A quién debo vigilar: a Berucci, a su mujer o al gabacho?

—Estarás siempre pendiente del gabacho. Me interesa saber todos los pasos que da. No te olvides de comunicarme cualquier cosa que haga por muy poco importante que a ti te parezca. Aunque lo principal es todo lo que relacione a ese francés con Berucci y su mujer.

El muchacho asintió con la cabeza.

—¿Alguna cosa más, don Pedro?

—Que tengas suerte.

## 17

Capablanca fue puntual a su cita con el marqués de las Almadrabas; don Diego le recibió de inmediato y de forma efusiva.

—Pedro, no te puedes imaginar el efecto que ha tenido lo de ayer. ¡Hoy no se habla en la corte de otra cosa! El embajador de Embrun ha presentado una reclamación formal y ha solicitado audiencia a Su Majestad, tengo entendido que le recibirá mañana mismo, pero no llegará la sangre al río. Lo más que habrá que hacer es reparar los daños del jardín, que no han sido pocos. ¡Pero eso carece de importancia porque los gabachos están que trinan y eso ha producido tal efecto que todo el mundo anda sacando pecho!

—¿Corre algún rumor o ha habido algún comentario sobre nuestra presencia allí y lo que buscábamos? —preguntó el pesquisidor.

—Ni una sola palabra. Lo que interesa a las viperinas lenguas que allí concurren es el escándalo, lo cual nos favorece sobremanera. Por lo que respecta al estreno —continuó el marqués— quiero que sepas que el presidente del Consejo de Castilla, que fue quien autorizó la presencia de un oidor en la embajada de Francia, me ha manifestado su satisfacción por la forma en que se han desarrollado los hechos. No pudo contener la alegría cuando le dije que habías logrado recuperar los manuscritos. Su gratitud está contenida en esta bolsa —don Diego cogió una redonda bolsa de cuero que había en la mesa y se la entregó a Capablanca—. Creo que son cincuenta ducados en moneda de oro. Me ha dicho que no se repare en gastos para que se adelante todo lo que sea posible el trabajo, con tal de que quede garantizada la representación. Ahora, sentémonos y cuéntame con detalle cómo están las cosas.

En pocas palabras Capablanca le informó de los progresos habidos. Le dijo que para mañana al mediodía la compañía de actores tendría sus copias y la que necesitaban los tramoyistas y decoradores estaba pendiente de entregarse a quien fuera a hacerse cargo de tales cuestiones, que si no se había hecho ya era por causa de la situación en que se encontraban con Berucci. También le contó que había puesto vigilancia a monsieur Jacques de Villerbane para tenerle controlado y buscar alguna información acerca de su relación con el italiano y que había puesto sobre la pista del asesinato de Genaro Lupo a un alcalde de Casa y Corte, amigo suyo, quien trataría de probar la connivencia del italiano con los asesinos para poder detenerle.

—Si logramos que vaya a la cárcel —comentó Capablanca a su amigo— creo que podemos garantizar el estreno de la función. Otra cosa es que en dicho estreno haya problemas.

—¿Por qué dices eso?

—Porque me parece que los franceses no se quedarán quietos. A propósito de franceses: ¿qué hay de la traca que tienen preparada para el Lunes de Pascua?

—No debes inquietarse por eso. Por una parte, porque están desconcertados con lo que pasó ayer; el efecto en su ánimo ha sido grande y sospechan que quien quiera que esté detrás de todo esto no se quedará quieto. Es posible que se hayan dado cuenta de que no pueden actuar con la impunidad con que han venido haciéndolo en los últimos tiempos; también de eso se ha hablado esta mañana en la corte.

»Estoy muy contento —continuó el marqués— porque es como si hubiésemos recuperado parte de nuestra estima, como si nuestro complejo de inferioridad ante los franceses hubiese desaparecido. ¡Si hubieses visto cómo estaban los gabachos que han ido a presentar la protesta y a solicitar la audiencia! Por otro lado, porque se van a disponer piquetes de hombres armados en todos los puntos donde habitualmente hay concurso de gente; también, como ya te dije, se va a duplicar el abasto de pan y de otros productos de necesidad entre las clases populares. Se está hablando con los veedores de los gremios para que tomen aquellas medidas que consideren necesarias entre sus agremiados para evitar problemas. Todo el mundo está dispuesto a prestar ayuda; basta con que digas que los franceses están detrás de la algarada con que se quiere soliviantar al pueblo para que muestren su mejor disposición. El Lunes de Pascua Madrid será una balsa de aceite. Los alcaldes de Casa y Corte tendrán a todos los alguaciles y corchetes patrullando sin cesar. Las preocupaciones, mi querido amigo, las tenemos en otro lado.

—Creo que el estreno, si se prende a Berucci, tampoco ofrecerá problemas.

—No me refiero a eso. Hemos sabido por un correo extraordinario de nuestro embajador en París que los franceses están preparándose para la guerra. Atacarán a Holanda y tendremos que luchar. El problema, además de que toda guerra lo es por sí misma, se encuentra en que no estamos en condiciones de enfrentarnos a nadie. Ni tenemos tropas, ni medios con que aprontarlas. Un ejército, amigo mío, es algo que no se improvisa.

—¿Tan grave es la situación?

—Peor de lo que puedas imaginarte. Los problemas internos son muy importantes. Con un rey menor de edad y que no sabemos si llegará a la mayoría, todo tiene un aire de provisionalidad que es muy perjudicial. Nadie quiere tomar decisiones que hipotequen el futuro porque le podrían pedir cuentas. Los franceses saben que las cosas están así y ésa es la razón por la que no paran de maquinar para que las dificultades aumenten.

—Al menos esta vez van a salir trasquilados —se desahogó el pesquisidor.

—Por eso precisamente la gente estaba tan ufana esta mañana. Pero no debemos confundirnos; éstos son, mi querido amigo, fuegos de artificio. Disfrutamos con ellos de una manera fugaz, pero no tienen consistencia.

—Hace un rato os veía contento, don Diego. Me atrevería a decir que exultante; sin embargo, ahora os encuentro desanimado, abatido.

—No es eso, Pedro, es que no soy de los que la vista de una rama no les deja ver el bosque. Estoy seguro de que los franceses van a llevarse un fiasco con todo lo que han planeado para alterar la vida en Madrid, y me alegro por ello. Pero si hay guerra, la perderemos.

—Sin embargo, señor, no podemos descuidarnos si queremos que el fiasco se haga realidad.

—Tienes toda la razón. No te entretengo más. Ya sabes que contamos con todo el apoyo del presidente del Consejo de Castilla.

El pesquisidor clavó su mirada en los ojos de su amigo.

—¿Eso significa que puedo contar con la detención de Berucci?

—Trata por todos los medios que tal asunto lo resuelva ese alcalde amigo tuyo. Si hubiese problemas me lo comunicas.

El pesquisidor encaminó sus pasos hacia la casa de doña Beatriz de Argüeso. No se sentía muy estimulado, pero creyó conveniente no dejar pasar más tiempo sin hacerle una visita. La tarde comenzaba a declinar y enfilaba la esquina de la calle de la Gorguera cuando una sombra le salió al paso. Instintivamente,

Pedro dio un paso atrás y se llevó la mano a la empuñadura de su espada.

—¡Teneos, señor, que soy yo, Pascualillo! —El muchacho hablaba con voz queda.

—¡Por todos los demonios! ¿Qué haces tú aquí?

—Porque tengo que decir a vuesa merced algo de suma importancia y es urgente que lo sepa.

—¿Has averiguado algo importante?

—Yo creo que sí.

—En ese caso vamos a buscar un lugar más discreto. —Miró hacia la gente que cuchicheaba a la puerta del convento de las carmelitas descalzas, donde hacía largo rato que había concluido la última de las misas, pero la gente permanecía charlando. Cruzaron la calle del Pardo y bajaron por la de las Huertas, donde apenas había gente. Cuando consideró que podían hablar sin temor a ser escuchados, le preguntó—: ¿Qué es lo que has averiguado?

El mozalbete miró a un lado y otro para cerciorarse de que nadie más podía escuchar sus palabras.

—Tal y como me indicó vuesa merced, me aposté en las cercanías de la embajada de los gabachos y tuve la suerte de cara porque al poco rato el individuo que tenía que seguir, salió. Su figura es inconfundible, me fui tras él hasta un horno de pan que hay en la calle de San Buenaventura. Allí estuvo muy poco rato, charlando con el hornero. Un hombre corpulento y con aspecto de oso. No pude enterarme de nada de lo que hablaron porque cuando decidí poner en práctica una estratagema, que fue comprar una rosquilla de pan, el francés salía ya del horno.

—No debiste hacerlo; tal vez se haya fijado en ti, y si luego te ve en otro lugar, empezará a sospechar.

—Aproveché para entrar el momento en que lo hicieron dos mujeres; creo que no reparó en mi presencia. Además, siguiendo vuestros consejos, esperé un tiempo suficiente para que se alejara. Eso me permitió ver que un alcalde de Casa y Corte, acompañado por varios alguaciles, entraron en el horno, me distraje un poco y casi pierdo la pista del francés.

—¿Qué sabes de la entrada de esos alguaciles en el horno?

—Sólo eso, don Pedro. Si me entretengo más, como he dicho a vuesa merced, le pierdo la pista al gabacho. Tuve que correr hasta que le vi y me puse a seguirlo a distancia y, como vuesa merced sospechaba, fue a casa de Berucci. Pero el italiano no estaba allí.

—¿Cómo lo sabes?

El pesquisidor pudo percibir que el muchacho se alteraba y se ruborizaba ligeramente.

—La casa que está al lado de la de Berucci está en ruinas y abandonada, no me resultó complicado introducirme en ella. Desde allí se tenía una buena vista de la parte posterior de la vivienda contigua, un jardín con una especie de galería cubierta sostenida por arcos. Pensaba irme porque era poco lo que se veía y podía ocurrir que el francés se marchase y le perdiese. —Pascualillo estaba excitado contándole a Capablanca sus pesquisas—. Pero otra vez la suerte me acompañó, porque apareció en el patio acompañado de una mujer. Iban cogidos de la mano, y aunque no podía escuchar lo que hablaban sí supe que hablaban en francés, de lo que deduje que ella también es de esa nación. Supongo que se trataba de la mujer de Berucci. Se apartaron a un rincón de la galería y… y…

—¿Y qué, Pascualillo?

—Señor, ese tipo le metió la mano por el corpiño y ella se reía. Después la besó una y otra vez en la boca, en el cuello y en los pechos. Ella hacía como que se resistía, pero por la expresión de su cara se veía claramente que estaba disfrutando con aquellas porquerías. —A Pascualillo le aumentaba el sonrojo—. Cuando se entraron, me apresuré a salir de la casa por si el francés se marchaba, poder seguirle. Salí a la calle y aguardé un rato, pero el gabacho no salía y, sin embargo, fue Berucci quien llegó. ¡Si se adelanta un poquillo coge a su mujer y al francés poniéndole los cuernos!

El pesquisidor pensó en la cantidad de cornudos que había en Madrid. Algunos de sus trabajos los había realizado en ese terreno y había descubierto que no pocos de los afectados por el mal eran, sin embargo, cornudos complacientes.

—Le cuento todo esto a vuesa merced —continuó Pascualillo como si tratase de justificarse— porque me dijo que no dejase nada atrás, que cualquier detalle podía tener gran importancia.

—Has hecho muy bien, aunque no me haya gustado que te metieses en una casa en ruinas y abandonada. Eso es peligroso y no quiero que corras ningún tipo de riesgos.

—Allí no había riesgo, don Pedro, en sitios mucho peores que ése he estado yo —indicó con cierto orgullo el muchacho—. Pero escuchadme que ahora viene lo más importante de todo lo que he podido averiguar.

Capablanca se había percatado de cómo disfrutaba Pascualillo, tanto que el mal momento vivido por el muchacho parecía cosa olvidada.

—Llegó Berucci; como he dicho a vuesa merced, disimulé todo lo que pude paseando por la calle, pero como pasaba el tiempo sin que ocurriese nada y mi presencia duraba allí demasiado tiempo, me metí otra vez en la casa abandonada. Volví a mi anterior lugar de observación por si había suerte… ¡Y la hubo! Los tres estaban sentados en la galería, tomando un refrigerio. Me acordé de la rosquilla que llevaba en bolsillo porque me abrió el apetito verlos comer, pero decidí no hacer ningún ruido. Ahora charlaban en nuestra lengua y pude escuchar la mayor parte de las cosas que decían porque me acerqué hasta el lugar más próximo que pude y me quedé a no más de siete u ocho varas de distancia. No os podéis ni siquiera imaginar de qué era de lo que estaban hablando.

—¿De qué hablaban? —El pesquisidor llenó de expectación su pregunta.

—Hablaban de vuesa merced, don Pedro; de vuesa merced y de unos papeles que creo que son una comedia de don Pedro Calderón.

—¿Qué fue lo que pudiste escuchar? —Ahora el interés de Capablanca iba mucho más allá de mostrarse afectuoso con Pascualillo.

—Alguna cosa se me escapó, pero me enteré de que el gabacho le decía a Berucci que vuesa merced se había visto con el italiano en el mesón de la Perendanga. Monsieur Jacques quiso saber quién erais y el italiano se lo dijo. Le dio vuestro nombre y le contó que Calderón de la Barca os había encomendado la búsqueda de los manuscritos. Cuando Berucci dijo esto, el francés dio respingo y un puñetazo en la mesa, parecía muy excitado, y gritó algo que no entendí. Se puso de pie, miró al cielo y con los puños cerrados volvió a decir cosas que no entendía. Luego, dirigiéndose al italiano, le dijo: «Ese individuo es el mismo que estuvo en la embajada haciéndose pasar por un oidor de la justicia». Esas fueron sus palabras exactas porque se me quedaron grabadas. Después dijo algo parecido a «Ya tienen los manuscritos en su poder» o «Ya tienen los papeles en su manos».

A Capablanca se le oscureció el semblante.

—¿Escuchaste algo más?

—El gabacho, que continuaba indignado, dijo que se había llevado a cabo una agresión a su rey como no se había visto nunca y que no se conformarían con buenas palabras. No sé a qué se refería con eso. También dijo que aquello era como una declaración de guerra, que se había invadido el territorio de Francia y otras cosas más. Estuvo un buen rato diciendo otras locuras como ésas o por el estilo.

—Lo decía —indicó Capablanca el muchacho— porque el jardín de su embajada, al igual que toda la embajada, está considerado en el derecho de gentes como si fuera territorio de Francia. Por eso es por lo que lo decía, al haberse metido la gente en ese jardín.

—¿Eso quiere decir, don Pedro, que por lo de los lechones podemos tenérnoslas tiesas con los gabachos?

—Es posible que haya un conflicto con Francia y que no tarde mucho, pero la razón no estará en una piara de lechones o que hayamos estropeado el jardín de su embajada. ¡Cuéntame! ¿Qué más ocurrió?

—Decía el francés todas esas cosas y que presentarían una denuncia contra vuesa merced. Se marchó haciendo grandes aspavientos. Se entraron en la casa y yo me apresuré a abandonar mi escondite para que no se me escapara el gabacho, pero no pude. Cuando iba a salir de la casa comprobé que en la calle había un revuelo extraordinario. Hube de permanecer agazapado y desde allí atisbar lo que ocurría.

—¿Y qué era lo que pasaba?

—Se había presentado en casa de Berucci un alcalde de Casa y Corte con varios alguaciles y corchetes. No sé lo que ocurre pero por donde voy aparecen los de las varas. Parece ser que hubo un cruce de palabras gruesas, forcejeos y al final se llevaron preso al italiano.

—¿Y al francés?

—No lo sé, señor. Allí había mucho jaleo y no pude enterarme. En la calle, al olor de los alguaciles, se agolpó cada vez más gente. Cuando se corrió la voz de que detenían a Berucci ocurrió algo extraño.

—¿Qué ocurrió?

—¡Que la gente jaleaba a los alguaciles y les hacía palmas! ¡Nunca había visto yo que la gente se pusiese al lado de los alguaciles o de los corchetes en ninguno de los casos en los que les he visto intervenir! Se lo llevaron en un carruaje cerrado. Cuando se lo llevaban algunos de los presentes le gritaron insultos. Le llamaron cabrón y cornudo.

—¿Hace mucho rato de todo esto? —preguntó el pesquisidor.

—Sí, hará... por lo menos dos horas, tal vez más; no estoy seguro. En el momento que pude salirme de la casa, lo hice y me fui corriendo al mesón, pero no estabais allí. Fue la Isabel, quien me dijo, con muy mal genio, que posiblemente os encontraría en casa de la casera de vuesa merced. Paseando por ahí os he estado aguardando hasta que os he visto llegar.

El pesquisidor le puso una mano en el hombro y dijo al muchacho:

—Has hecho un excelente trabajo. Ni yo mismo lo hubiese hecho mejor. Ahora, vámonos para el mesón. No podemos perder un minuto.

Echaron a andar con paso rápido. La oscuridad había crecido de forma notable y la noche se venía encima. Era muy poca la gente que había ya por las calles y todos los que transitaban iban con prisa. En algunos lugares, donde había imágenes sagradas empotradas en las paredes, en pequeñas hornacinas, empezaban a alumbrar algunas candelillas, tazones llenos de aceite en cuya superficie flotaban lamparillas. La temperatura había descendido mucho y empezaba a hacer frío, acentuado por el aire que se había levantado.

En el mesón de San Martín aguardaba fray Hortensio. Estaba acomodado en una mesa solitaria próxima a un rincón, delante de una jarrilla de vino. Al ver al pesquisidor se levantó con una agilidad impropia del volumen que desplazaba.

—¡Menos mal que ya estáis aquí!

—¿Ocurre algo?

—¡Que si ocurre algo! Exactamente no sé lo que será, dos veces han venido preguntando unos alguaciles por vuesa merced en menos de una hora. ¡Dos veces en menos de una hora! —señaló, para reforzar sus palabras, con dos dedos extendidos de su mano izquierda.

Justo en aquel momento, como si hubiesen estado aguardando en la calle la llegada del pesquisidor, cosa que probablemente había sido así, apareció en la puerta del mesón la negra imagen de dos alguaciles envueltos en sus capas. Uno de ellos se le acercó y preguntó:

—¿Es vuesa merced don Pedro Capablanca?

—Sí, soy yo.

—Tened, entonces, la bondad de acompañarnos.

—¿Hay algún problema? —preguntó fray Hortensio. Isabel, guardando cierta distancia, estaba pendiente de lo que ocurría. El alguacil no prestó oídos al fraile.

—¿Estoy detenido? —preguntó el pesquisidor mirando al alguacil.

El agente se atusó una de las guías de su mostacho.

—A mí no me han dicho que lleve a vuesa merced detenido, sino que nos acompañe a la Casa de la Villa.

Pedro miró a Isabel, que estaba ostensiblemente nerviosa.

—Aguardad un instante, que he de decirle una cosa a aquella mujer. —Señaló con un gesto de cabeza a la mesonera.

—Siempre y cuando no se entretenga vuesa merced mucho tiempo, llevamos ya largo rato aguardando a que llegase.

—Será cuestión de un instante.

El alguacil se retiró a la puerta junto a su compañero que no se había movido de allí. Pedro se acercó a Isabel.

—¡Decidme que no ocurre nada malo! —La moza retorcía en sus manos un paño de cocina.

Con voz muy baja, apenas era un susurro, Pedro trató de tranquilizarla:

—No te preocupes por mí. No me pasará nada. Escúchame con atención y no hagas ningún gesto. Dime primero si Restituta duerme en la embajada o lo hace en su casa.

—Duerme en su casa.

—¡Gracias a Dios!

—¿Por qué decís eso?

—Porque puede tener problemas. Tienes que avisarle cuanto antes para que abandone el servicio del arzobispo de Embrun, que se vaya sin decir adiós. Lo mejor que puede hacer es salir de Madrid lo antes posible y poner distancia de por medio, ya veremos la forma de ayudarle. Si esta noche tiene que dormir en el mesón, dale cobijo.

—¡Todo esto tiene que ver con la escandalera que habéis organizado con los lechones y los gabachos! ¡Pobre Restituta!

—No te lamentes y trata de avisarle esta misma noche. —Capablanca sacó tres ducados de un bolsillo y los puso en la palma de la mano de la mesonera, mientras le decía—: Dile a tu amiga que no se quede en Madrid. Esto es por los perjuicios y para el viaje.

—Pero ¿qué es lo que ocurre? —Isabel estaba angustiada.

—Ahora no tengo tiempo para explicártelo, ya te lo contaré más tarde. Sin pérdida de tiempo ve a su casa y avísale.

—¿A estas horas?

—¡A estas horas, Isabel! ¡Le va en ello la vida!

—¡Dios mío! —Se tapó la boca con la punta de los dedos.

# 18

En la Casa de la Villa había cierta tranquilidad. Capablanca y los dos alguaciles, acompañados de fray Hortensio porque los agentes no habían puesto reparo a que viniese con ellos, llegaron hasta allí después de un largo paseo. El pesquisidor dijo a su amigo que si veía que la cosa se ponía negra diese aviso a don Diego de Guzmán. Temía que los franceses hubiesen puesto una denuncia contra él, acusándole de robo y de hacerse pasar por otra persona, aunque sabía que no podían presentar una sola prueba en su contra. Pero seguro que tenían influencias entre los agentes de la autoridad y que hasta era posible que algún alcalde recibiese una generosa asignación de oro francés.

Capablanca y fray Hortensio esperaron un largo rato, sin que nadie les diese noticia alguna acerca de la razón por la cual el pesquisidor se encontraba allí. Después de una hora, apareció un corchete feo, un poco bizco y con cara de estar espantado, aunque aquella expresión era de su natural, y le dijo a Pedro que subiese con él. El fraile intentó subir, pero el corchete se opuso, si su paternidad lo deseaba podía aguardar allí abajo, pero que arriba no subía.

—No se me olvidará tu cara, porque no es fácil que se me olvide —dijo el fraile con calculada malicia—. Espero que algún día tengas necesidad de que te imponga una penitencia por el perdón de tus pecados, que a buen seguro serán muchos y graves, si es verdad que la cara es el espejo del alma.

Quien había mandado a buscarle era don Argimiro Salcedo. El alcalde presentaba aspecto de cansado, tenía desabotonado el jubón, las mangas remangadas, se había quitado el cinturón, el cabello canoso de su cabeza aparecía revuelto. Su despacho estaba pobremente iluminado porque había prendidas menos bujías de las que serían recomendables, pero Pedro pensó que, tal vez, se trataba de algo estudiado y que formaba parte de la puesta en escena que en un trabajo como el suyo tenía no poca importancia. El alcalde se levantó para saludarle e indicó al corchete que se retirase.

—Perdonad, don Pedro, que haya hecho esperar a vuesa merced todo este rato, pero no creí que fuera a tardar tanto tiempo en despachar los asuntos que tenía pendientes.

—No tiene importancia, don Argimiro. Aquí me tiene vuesa merced para lo que guste de mi humilde persona.

—Sentémonos, Capablanca, sentémonos. Póngase cómodo, vuesa merced, que no necesitamos de ceremonias entre nosotros.

El pesquisidor se quitó la capa y el sombrero. Había empezado a relajarse cuando vio que era Salcedo quien le había llamado y más aún cuando comprobó la actitud del alcalde de Casa y Corte.

Tomaron asiento en los mismos sillones donde lo habían hecho por la mañana. El alcalde trataba de relajarse tras un jornada que, por su aspecto, había sido de un trabajo intenso. Estiró las piernas y se acomodó en el sillón sin tener en cuenta las normas del buen comportamiento.

—Vuesa merced tenía toda la razón. Comprobé la denuncia por el asesinato de Genaro Lupo, presentada por un tal Lupercio Bandrés y por la criada de éste. Pero no se tenían más pistas del caso que un cadáver encontrado en el campo de San Blas y que el arma asesina era un virote de ballesta. Le habían acertado con un solo tiro. El tal Bandrés y su criada afirmaban desconocer la causa de su muerte; sabían de ella porque el fallecido había puesto sobre aviso a la criada, con la que mantenía alguna relación, de que le buscasen allí si no acudía a verla. Se había comprobado que el cadáver era el del susodicho Lupo y que trabajaba como ensamblador de retablos con algunos de los maestros imagineros que tienen abierto taller en esta corte y que también había trabajado en decorados para la representación de comedias; ahora estaba, precisamente, preparando cosas para el estreno de Calderón. La verdad es que la de ese Lupo era una de las muchas muertes con violencia que ocurren en esta corte, y al no haber testigos o pistas claras estábamos desorientados. Vuestra ayuda de esta mañana ha sido capital para esclarecer el caso.

—¿Todo está ya resuelto? —preguntó con tono de incredulidad el pesquisidor que, si bien tenía noticias de que los alguaciles se habían movido, no esperaba tanta eficacia.

—Después de que vuesa merced me diese el soplo, procedimos a la comprobación de la letra de la carta cuya mitad me entregasteis esta mañana. Por suerte, el calígrafo estaba en su casa y fuimos hasta el corral de la Cruz, allí no había nadie. La tramoya está a medio preparar y los decorados en muy mal estado porque a algunos les ha llovido y el agua los ha estropeado, creo que no podrán servir. Sólo estaba el encargado del local, un anciano que tiene su vivienda en una dependencia aneja al corral. Nos franqueó la entrada por tratarse de la justicia. En nuestra búsqueda encontramos los papeles del difunto, un cartapacio donde, con letra gruesa, ponía «GENARO LUPO». Para el calígrafo la identificación fue cosa de coser y cantar porque entre los papeles había anotaciones de medidas y apuntes varios para realizar determinados trabajos. Allí mismo redactó un informe en el que certificaba que la mano que había escrito la media carta que yo tenía en mi poder era la misma que había escrito los papeles que se guardaban en la carpeta rotulada con el nombre de Genaro Lupo. Sin más dilación procedimos a la detención del hornero de San Buenaventura. Ese sujeto se sentía tan a salvo de la fechoría cometida que no se había molestado en deshacerse de la ballesta con que cometió el asesinato; bastó un registro superficial para que la encontrásemos. El virote pertenecía a aquella ballesta. —El alcalde hizo un inciso—. ¿Sabe vuesa merced que las ballestas son armas de una extraordinaria precisión, que en distancia corta son mortales y que los virotes que disparan se confeccionan con medidas que están ajustadas para cada arma concreta?

—No, no lo sabía —respondió el pesquisidor.

—Yo tampoco hasta que pedimos un informe a Sancho Mateo, que es el ballestero mayor de Su Majestad. ¡Toda una autoridad en la materia, don Pedro! Nos dijo que no había el menor asomo de duda de que el virote pertenecía a aquella ballesta y que tanto el arma como el dardo eran de excelente calidad. Sin que tuviese ninguna información al respecto y sin que se le formulase ninguna pregunta Sancho Mateo nos dijo algo extraordinario.

Capablanca puso cara de interés.

—¡En su opinión, la ballesta y el virote eran de fabricación francesa!

—¡Todo encaja, don Argimiro!

—Aún hay más, mi querido amigo —en aquel instante la satisfacción sobresalía por encima del cansancio en el rostro del alcalde—: procedimos al arresto de Domingo Copín, quien es individuo de aspecto rudo. Pero es pura fachada: ha cacareado como una gallina. Ha confesado su participación en el asesinato y ha reconocido que fue el autor del tiro que acabó con la vida de Lupo. ¡El caso está resuelto, don Pedro! ¡En pocas horas ha quedado aclarado el asesinato del campo de San Blas! —El alcalde, que daba por concluida su explicación, dejó caer sus brazos en los del sillón y estiró las piernas hasta el límite de su longitud. En aquella postura le sorprendieron las palabras del pesquisidor.

—Pero el trabajo de vuesa merced no concluyó con la detención de Copín y su confesión. —Había una sonrisa pícara en su boca y un brillo de malicia en sus ojos—. La cosa no acabó ahí porque hoy se han practicado más detenciones relacionadas con este mismo asunto.

El alcalde abandonó inmediatamente la posición distendida en que se encontraba.

—¡Ya ha tenido vuesa merced conocimiento de ello!

—¿Deseáis algunos detalles y la explicación del porqué actuasteis así?

—¡Por mil pares de demonios! ¡Contádmelo vos mismo!

—La confesión de Copín inculpó tanto a monsieur Jacques de Villerbane como a Berucci.

El alcalde se puso en pie:

—¿Cómo es que sabéis eso, si la confesión del hornero ha sido secreta?

—Porque es muy difícil que un criminal cante su culpa, estando otros de por medio, sin echarles el muerto a ellos. Y mucho más si se trata de personas con mayor relieve que el suyo; piensan que es una manera de protegerse, bien porque creen que al compartir el delito su parte de culpa disminuye, bien porque tienen el convencimiento de que al implicar a sujetos de mayor rango se tratará de echar tierra sobre el asunto. Copín os ha dicho que él se limitó a cumplir las órdenes que le daba monsieur Jacques. Primero diría que cumplía órdenes de persona muy importante y hasta os amenazaría veladamente con problemas por lo que estaba ocurriendo. Luego os daría el nombre de esa persona tan importante, como una garantía de su impunidad.

Aunque Salcedo conocía la perspicacia del pesquisidor, tenía los ojos desmesuradamente abiertos.

—¿Cómo es posible...?

—¡El ser humano, don Argimiro! ¡El ser humano!

—Ni monsieur Jacques ni Berucci son personas de tanto relieve, como para que Copín se sintiese seguro a la hora de confesar algo tan grave como un crimen.

—No tienen relieve para vuesa merced, pero sí lo tienen para un hornero de pan. Los valores y las referencias son siempre una cuestión de escalas. ¡Que no os quepa la menor duda!

—Puedo concederos que tal circunstancia se diese en el caso de monsieur Jacques de Villerbane; se trata de una persona que forma parte de una legación diplomática, aunque sea de un rango inferior. Pero no en el caso de Berucci, un arrendador de un corral de comedias, cuya mujer le pone los cuernos, cosa que es del dominio público.

—Tiene vuesa merced toda la razón. Pero para detener a Berucci, con las reticencias que esta mañana teníais, necesariamente vuesa merced ha tenido que conseguir una prueba concluyente y sólo la inculpación de Copín podía habérosla proporcionado tan rápidamente.

El alcalde de Casa y Corte se rindió ante los argumentos de Capablanca.

—¡Ya os lo he dicho, Capablanca, sois de la mismísima piel del diablo!

—¿Está detenido monsieur Jacques? —preguntó el pesquisidor.

—Lo está —asintió don Argimiro— pero ¿para qué preguntáis lo que ya sabéis?

—En realidad lo que deseo saber es si continúa en prisión. Ya sabéis... estas cosas pueden tomar derroteros extraños... Cuestiones relacionadas con la diplomacia y la tensión que hay con los franceses por lo acaecido en la embajada y demás...

—No sé por cuánto tiempo, pero esta noche la pasará entre rejas.

El pesquisidor se relajó definitivamente. Si Isabel le había hecho caso, y así lo esperaba, Restituta no estaba en peligro inminente y, tal vez, definitivamente a salvo de la venganza de los franceses.

—Y Berucci, ¿tiene posibilidades de salir pronto de la cárcel?

—Dependerá de la decisión que tome el juez tras el interrogatorio, pero en el mejor de los casos no verá la luz hasta pasado, cuando menos, un mes. Eso contando con que tenga mucha suerte. Lo digo porque no está implicado directamente en el asesinato, aunque la declaración de Copín lo ha convertido en cómplice.

—Es bueno que así sea para que no estorbe la función del segundo Domingo de Pascua —señaló un relajado Capablanca—. ¿Desea vuesa merced alguna otra cosa de mi persona?

—Nada, amigo mío, nada más.

Salcedo se puso en pie y el pesquisidor también. Mientras se despedía, cogió su capa y su sombrero, y encaminó sus pasos hacia la puerta. Estaba a punto de marcharse cuando el alcalde le preguntó:

—Capablanca, por pura curiosidad, ¿ha tenido vuesa merced que ver algo con la algarada de la embajada francesa?

—¿Algarada en la embajada de Francia? —El pesquisidor dio a sus palabras un tono de sorpresa—. No sé de qué me habla vuesa merced.

El alcalde hizo un gesto que tenía parte de resignación y parte de cómplice condescendencia.

En la antesala aguardaba el corchete a quien fray Hortensio deseaba perdonar sus pecados, le acompañó escaleras abajo sin abrir la boca, conforme bajaban se hacía más perceptible un ruido acompasado que provenía de la planta baja. El fraile basilio dormitaba en el banco, sus manos con los dedos entrelazados descansaban sobre su panza y se movían al compás que marcaba la misma, daba cabezadas y emitía suaves ronquidos. En aquel momento en la Casa de la Villa la tranquilidad era la nota dominante.

## 19

Capablanca se sentía abotargado cuando se levantó a la mañana siguiente. Trató de estimular sus músculos con unas flexiones de brazos que realizaba a menudo y que consistían en asirse de unas cuerdas atadas a la viga principal del techo de su buhardilla. Fray Hortensio, que era conocedor de aquella práctica, le había dicho en más de una ocasión que al levantar el peso de su cuerpo en vilo acabaría por echarse encima el tejado de la buhardilla, que no estaba para aguantar tales acciones, amén de que tales estiramientos no podían ser buenos para la salud de un cristiano. El esfuerzo y la tensión de aquellos días le estaban afectando, pero se sentía contento, Berucci estaba en la cárcel y también monsieur Jacques. Con el ejercicio, al cabo de algunos minutos había empezado a sudar, lo dejó cuando sintió los primeros síntomas de cansancio, se lavó el torso y los brazos con agua fría que vertió de un jarro en una jofaina, y se vistió. Luego miró en la pequeña alacena que se abría en una de las paredes y que cerraban unas puertecillas de celosía y se comió un pedazo de pan, de una hogaza que guardaba en una talega, y un trozo de longaniza. Poco más había en su despensa. En ello estaba cuando oyó que llamaban a la puerta. Por costumbre pensó en alguno de los acreedores que le hostigaban periódicamente, pero se acordó que en aquellos momentos era un hombre de posibles, casi rico para una temporada. Se decidió a abrir en lugar de mantenerse en silencio, como hacía habitualmente, hasta que quien llamaba, cansado de hacerlo, se marchaba escaleras abajo, echando votos y juramentos.

Abrió y comprobó que no se trataba de un acreedor, sino del criado del marqués de las Almadrabas. Se desearon buenos días y el fámulo le transmitió su recado:

—Mi señor don Diego me envía a deciros que os aguarda hoy en su casa a la una del mediodía y que no dejéis de asistir.

—¿Sabes para qué quiere verme tu amo? —El pesquisidor sabía que la pregunta era ociosa, aunque lo supiese, cosa improbable, no se lo diría. Sin embargo, el criado le facilitó una información interesante.

—Sólo puedo deciros, si me guardáis el secreto, que mi señor el marqués está citando para la misma hora a varias personas; entre ellas se encuentra don Pedro Calderón de la Barca.

Capablanca no se explicaba la razón de que el marqués le citara, pero la presencia del dramaturgo dejaba claro que el asunto estaba relacionado con la representación de *El astrólogo fingido.*

—Muy bien, dile a tu señor que allí estaré puntual.

«¿Qué querrá don Diego con esa reunión?», se preguntó.

Capablanca cerró la puerta, terminó la longaniza y planificó su jornada. Lo primero sería acudir al mesón de San Martín para conocer qué había resuelto Isabel con Restituta, aunque estaba tranquilo sabiendo que monsieur Jacques estaba entre rejas. Luego recordó que había dejado a doña Beatriz esperándolo. También tendría que hacer algo en aquel sentido. Y después ya no habría tiempo para mucho más antes de acudir a casa del marqués de las Almadrabas, según el recado que acababa de recibir.

Cuando llegó al mesón había poca actividad. Isabel estaba en la cocina preparando comida para el almuerzo y una de las mozas le avisó de la presencia del pesquisidor. Salió secándose las manos en el delantal; pese a que la indumentaria no le favorecía resultaba una mujer hermosa, con su larga melena de pelo negro ligeramente rizado, que aquella mañana llevaba suelto, y sus enormes ojos negros.

—¿Avisaste a Restituta?

—Ya va camino de Jarandilla.

—¿Tan pronto?

—¡Cómo que tan pronto! —Isabel se puso en jarras—. ¡Anoche todo eran prisas y temores! ¿No me dijo vuesa merced que lo antes posible pusiese tierra de por medio?

—Tienes toda la razón. —El pesquisidor no quería enojarla. Además había cumplido el encargo a la perfección.

—Anoche, nada más irse vuesa merced, pedí permiso a mi padre, me arrebujé en mi mantón, que por cierto ese fraile del demonio ha dejado deslustrado —Pedro pensó que habría que reponerlo y que le compraría el mejor mantón que hubiese en todo Madrid—, y me fui a casa de Restituta. Tuve que organizar un buen escándalo para despertarla. Le conté lo que me dijo vuesa merced, le dije que cogiese su hatillo y se viniese conmigo. Aquí ha descansado un rato y al alba se ha marchado con unos arrieros que van para Talavera. Le he dado los dineros que me entregó vuesa merced para que se ayude en el viaje. Me dijo que os diese las gracias y que no os preocupaseis porque de todas formas pensaba marcharse, que estaba de los gabachos hasta el moño. También me dijo algo que no alcanzo a comprender y que tampoco quiso aclararme.

—¿Qué fue lo que te dijo?

—Que si aún sentíais molestias. ¿A qué se refería con eso?

Capablanca se encogió de hombros, mostrando signos de extrañeza.

—La verdad, no sé qué es lo que querría decir con eso.

Isabel esbozó una sonrisa picarona y cambió de conversación.

—Parece que vuesa merced tiene un buen día. —La mesonera no sabía que entre los planes del pesquisidor estaba visitar a su casera.

—Si no ocurre nada, tenemos resuelto el asunto del manuscrito, lo que no está nada mal. Pero sobre eso ya hablaremos, porque habrá que celebrarlo como se merece.

Aunque doña Beatriz de Argüeso recibió de morros a Capablanca y de poco le sirvieron al pesquisidor las excusas que le ofreció por el «turbión de acontecimientos en los que se vio envuelto», logró que poco a poco la apasionada dama variase sustancialmente sus formas. Cuando recibió las primeras carantoñas los morros se convirtieron en mohines. Con los primeros escarceos amorosos la sonrisa apareció en sus labios y al final del encuentro jadeaba de placer. El pesquisidor, a pesar de las tensiones acumuladas, dejó satisfechos todos los deseos de su casera, aunque ahora no le apretaba la necesidad para saldar las cuentas. Lo cierto y verdad era que le había tomado afición a aquella manera de pagar.

La reunión en casa de don Diego de Guzmán discurría en un hermoso salón de estilo renacentista. Alrededor de la ovalada mesa de caoba, la madera de moda para los muebles de lujo desde que los galeones de las Indias la traían del otro lado del Atlántico, estaba sentado el marqués de las Almadrabas, presidiendo a los presentes, a su derecha tomaba asiento don Pedro Calderón de la Barca y a su izquierda Cosimo Loti, el gran coreógrafo y tramoyista a quien bajo el reinado de Felipe IV se le habían encargado las representaciones teatrales que se realizaban en el palacio del Buen Retiro, para divertimiento de los monarcas y de la corte. Las puestas en escena realizadas por Loti habían alcanzado niveles inimaginables, como cuando para representar una *masque* acuática llenó el escenario de agua, convirtiéndolo en un mar sobre el que se desplazaban galeras con sus remeros en medio de un oleaje artificial. Al lado de Calderón se sentaba Pedro Capablanca, y junto al italiano estaba situado José Pardiñas, dueño de una de las mejores compañías de actores que había en Madrid, la misma que tenía apalabrada con Berucci la representación de *El astrólogo fingido*. Por último, al lado del pesquisidor estaba don Críspulo Auñón, en su calidad de hermano mayor de la cofradía de Nuestra Señora de la Soledad, que era la dueña del corral de la Cruz.

Sobre la brillante y pulida mesa estaban las copias de la obra, así como las partes individualizadas que cada uno de los actores tenía que representar. Lupercio Bandrés había cumplido con su palabra. También estaban los bocetos para los diferentes decorados, así como dibujos, con sus medidas y explicaciones, de diferentes artilugios necesarios para la puesta en escena de la obra.

Tras unas palabras del anfitrión, agradeciendo a todos los presentes que hubiesen pospuesto sus obligaciones para estar en la reunión, señaló que la causa de que estuvieran allí reunidos era el encargo que le había realizado el presidente del Consejo de Castilla para asegurar la coordinación de los trabajos que todo estreno teatral llevaba consigo. Después explicó las razones de la presencia de don Pedro Capablanca, sin cuyo esfuerzo y trabajo habría sido imposible tratar el asunto que allí les tenía convocados. Don Pedro Calderón corroboró las palabras del marqués. Después el anfitrión indicó que la asistencia a aquella reunión de don Críspulo era de suma importancia para aclarar cualquier duda acerca del asunto que allí les había convocado y que no era otro que el de la representación con la que se autorizaba la apertura de los corrales de comedias en todo el reino a partir del segundo Domingo de Pascua. El marqués, después de aquella explicación, hizo un gesto al hermano mayor invitándole a hablar.

—Con la autorización de Su Excelencia, que ha tenido la amabilidad de abrirme las puertas de su casa junto a vuesas mercedes, señalaré simplemente que como responsable de mi cofradía, propietaria del corral de la Cruz, estoy en condiciones de afirmar que, dadas las circunstancias en que al presente se encuentra el señor Berucci, detenido por ciertas acusaciones que pesan sobre su persona, la cofradía queda relevada, según reza en el contrato que tenemos suscrito con el mencionado Berucci, de cualquier compromiso, según la cláusula ocho de dicho contrato, que dice así —don Críspulo se colocó unas lentes, tomó unos papeles que llevaba guardados en una carpetilla, y leyó con voz pausada, como si estuviera reunido con un elevado número de cofrades:

> Ítem más, que si por alguna causa el arrendador se viese imposibilitado de llevar a cabo las representaciones que se estipulan en la cláusula cuarta de este contrato, lo cual redundaría en notorio perjuicio a los intereses de esta Santa Cofradía de Nuestra Señora de la Soledad y Niños Expósitos, dicha cofradía queda relevada de cualquier obligación y puede, sin ningún trámite previo, cerrar un acuerdo con otro arrendador. Todo ello sin perjuicio de las reclamaciones que pudiese realizar al presente arrendador y que en derecho le correspondieren.

El cofrade se quitó las gafas y apostilló:

—Dadas las presentes circunstancias, a las que ya me he referido, el maestro Berucci se encuentra imposibilitado de cumplir su compromiso, por lo que la cofradía que represento ha decidido aplicar la cláusula que acabo de leer a vuesas mercedes de forma literal y, en consecuencia, rescindir el contrato.

Dicho aquello don Críspulo recogió los papeles, los guardó

en la carpetilla y entrelazó los dedos de su manos en un claro gesto de dar por concluida su intervención. El marqués le agradeció la exposición, ponderando la claridad de la misma, y señaló:

—En resumidas cuentas, la cofradía de Nuestra Señora de la Soledad está en condiciones de cerrar un acuerdo con el maestro Cosimo Loti aquí presente para poner en escena la obra de don Pedro. Si el maestro Cosimo tiene la bondad...

Loti era un hombre de avanzada edad, pero en plenitud de facultades.

—Yo también he de manifestar mi agradecimiento al señor marqués por haberme invitado a esta reunión y por considerar que mi humilde persona puede ser útil para llevar a la escena la nueva obra de don Pedro —miró a Calderón—, según está anunciado; si bien en la calle el rumor que corre señala que no será posible su estreno, dados los avatares acaecidos en las últimas semanas, incluida la prisión del maestro Berucci. —Era del domino público la mala relación existente entre los dos italianos y Loti no perdió la ocasión de mencionar su detención—. Aunque apenas disponemos de tiempo y lo realizado en decorados, vestuario y artificios varios para la representación es muy poco, si nos afanamos es posible que podamos llegar al estreno. No puedo garantizarlo en este momento, pero creo que será factible si no surge ningún contratiempo y se ponen a nuestra disposición todos los medios necesarios para acometer una empresa que en circunstancias normales requeriría de no menos de dos meses, y sólo disponemos de dos semanas.

Era cierto que el tiempo era muy corto, pero Loti, como buen italiano, estaba vendiendo caro su trabajo. Sabía que era posible llevar aquel estreno a cabo, pero deseaba que todo el mundo pensase que ello había sido posible gracias a su persona. Don Diego le agradeció su disposición a colaborar y le indicó que tendría todos los medios necesarios para que pudiese realizar su trabajo a plena satisfacción. A continuación pidió a

José Pardiñas, el dueño de la compañía de teatro que expusiese su punto de vista. Era hombre rudo y también era fama que tenía un carácter difícil.

La compañía de Pardiñas, un gallego que llevaba afincado en Madrid muchos años y que toda su vida había estado unida a la escena, era hijo y nieto de cómicos de la legua. Su padre, Santiago Pardiñas, había abandonado el carácter itinerante de su compañía de cómicos y se había establecido en Madrid, donde alcanzó grandes éxitos. No abandonó las representaciones en otros lugares alejados de la corte, pero fue Madrid el lugar donde desarrolló principalmente su actividad. José, quien había echado los dientes en un escenario, logró reagrupar a buena parte de cómicos y actores de su compañía, desperdigados por causa del prolongado cierre, cuando Berucci le había encargado, en su condición de arrendador del corral de la Cruz, que su compañía se hiciese cargo de la representación. Ahora estaba agobiado porque sus actores y actrices no tenían los papeles que habían de representar para los ensayos.

—En tan poco tiempo no sé si será posible que podamos tener la obra a punto. ¡Son tan pocos días! —se quejó.

El marqués, que era consciente de que los lamentos del cómico no respondían a la realidad porque en Madrid sobraban actores, decidió apretar al gallego.

—Si vuesa merced no puede hacerse cargo de la representación, lo mejor que puede hacer es decírnoslo ahora para que no perdamos tiempo. Hay varias compañías que están interesadas. ¿No es así, don Pedro? —El anfitrión miró al dramaturgo.

Calderón con voz muy serena —sabía que, salvo un percance no previsto, el estreno de su obra estaba garantizado— le señaló que, en efecto, la compañía de Moncada, un valenciano que había trabajado en varias ocasiones con él, estaba interesada en el estreno. Fue como un mazazo para Pardiñas a quien sólo escuchar el nombre de Moncada le había avinagrado el semblante. El viejo escritor ponía de manifiesto, una vez más, que era un profundo conocedor de la naturaleza humana.

—Si vuesa merced acepta en este momento, aquí están los papeles separados e individualizados —apuntó con el índice un mazo de pliegos— y una copia de *El astrólogo fingido*. Si no cree posible que sus actores estén en condiciones de estrenar para la fecha fijada, también debe manifestarlo ahora.

Pardiñas, si lo que pretendía era obtener unos ducados de más, había fracasado y se encontraba entre la espada y la pared. Decidió, con el semblante contraído, recoger velas.

—Tendremos que hacer un esfuerzo, pero, salvo imprevistos, mi compañía estrenará vuestra obra.

Hubo un murmullo general de asentimiento.

—Los detalles los discutirán vuesas mercedes con don Pedro —señaló el marqués, quien no podía disimular su satisfacción. Estaba convencido de que el segundo Domingo de Pascua el corral de la Cruz pondría en escena el estreno la obra de Calderón, y las representaciones volverían a ser una realidad para distracción y diversión de todos, nobles y plebeyos, poderosos y débiles. Además, se había tomado aquello como una cuestión de honra personal, que tenía mucho de honra nacional, en el pulso que le habían echado a los franceses.

A continuación don Diego de Guzmán agitó una campanilla a cuyo reclamo acudió el mayordomo de la casa.

—¿Ha llamado vuesa merced?

—Isidoro, ¿está todo preparado?

—Tal y como Su Excelencia lo había ordenado.

—Bien, amigos míos, tomemos un refrigerio que Isidoro ha tenido a bien disponernos en el comedor.

Lo que el marqués había calificado de refrigerio era una suculenta comida, hecha a base de platos fríos: carnes mechadas, pechugas de pavo, lengua de vaca en gelatina, embutidos variados, empanadas de carne y de atún, mojama, queso fresco y curado y otras delicias. Para postre había gajos de naranja confitados, pastelitos de crema y dulces de almendra. Todo ello regado con caldos excelentes, tintos y blancos. En casa de don Diego de Guzmán tampoco se llevaba a sus últimos extremos la abstinencia cuaresmal y a buen seguro habría licencia, gracias a la bula de la Santa Cruzada, que permitía, a quienes tuviesen posibles, comer carne en aquellos días mediante el pago de una suma a la Santa Madre Iglesia, sin caer en el pecado correspondiente.

Una vez que los invitados se despidieron, don Diego pidió al pesquisidor que se quedase. Su rostro se había ensombrecido tras la satisfactoria reunión y a la perspicacia de Capablanca no escapó el cambio tan radical habido en su semblante. Sólo una persona acostumbrada a las lides cortesanas era capaz de convertir el disimulo en un arte que permitía ocultar los sentimientos como forma de evitar que se diesen pistas o indicios a adversarios y enemigos. Don Diego de Guzmán, ciertamente, era un cortesano. No había dejado traslucir un solo ápice de lo que le afectaba a lo largo de la reunión que acababan de celebrar.

—Creo que no tendremos muchos problemas con la representación, Pardiñas es un jeremías, pero tiene una buena compañía y Loti es el mejor en su oficio —comenzó el marqués, una vez que estuvieron solos. Capablanca sabía que aquél no era el motivo por el que le había pedido que se quedase—. Aunque las noticias que tenemos es que los franceses harán lo indecible porque ese día haya problemas, lo cual significa que tendremos que estar alerta para evitar que se salgan con la suya. —Hizo un inciso—. Ahora lo que me preocupa es tu persona.

—¿Yo, señor? —El pesquisidor exageró.

—Sí, tú. Tu vida corre peligro y es necesario que tomes precauciones, aunque mejor sería decir que tomemos precauciones.

—¿Podéis explicaros, don Diego?

La voz del marqués sonó grave:

*En resumen, Pedro, te consideran la causa de todos los males que en este momento padecen en Madrid.*

—Los franceses saben que tú has sido quien les ha estropeado todo lo que habían planificado y que tú eres también quien ha facilitado los datos a la justicia para que dos de ellos, un agente, pues eso y no otra cosa es el hornero de San Buenaventura —un agente al servicio de Francia, con la tapadera de una actividad inocente— y un miembro de su legación diplomática, estén acusados con pruebas irrefutables de haber cometido un asesinato. Por causa de eso la tensión es muy fuerte. Saben que suplantaste a un oidor para apoderarte de los manuscritos, si bien esto último no lo pueden decir porque sería reconocer que andaban detrás del robo. Aunque no tienen pruebas, están convencidos de que el asalto, así es como lo califican, del patio de su embajada fue una estratagema ideada por ti como una maniobra de distracción para apoderarte de los papeles de Calderón. Lo de los lechones los ha herido en su orgullo de una forma que no puedes imaginarte. Estoy seguro de que si en lugar de cerdos se hubiesen soltado conejos, liebres o gallinas se lo hubiesen tomado muy mal, pero no estarían tan ofendidos. En resumen, Pedro, te consideran la causa de todos los males que en este momento padecen en Madrid. Has hecho fracasar sus planes porque ya saben que va a celebrarse la representación, has puesto en nuestras manos a dos de sus agentes, que serán condenados, y has deshecho una buena parte de su red de espionaje en Madrid, porque de los papeles incautados a Copín hemos obtenido una valiosa información. Es tan importante que se han visto obligados a desmontar gran parte de su estructura y han hecho salir a toda prisa de esta corte a varios de sus agentes, que han quedado inutilizados porque ya sabemos quiénes son. Lo más grave del caso, mi querido amigo, es que esto no ha hecho sino tensar unas relaciones que los franceses tratan de deteriorar lo más posible para buscar excusas con que declararnos la guerra. Por muchas negativas que en ese sentido haga el arzobispo de Embrun —continuó el marqués— todas las noticias que nos llegan, incluidas las del gobernador de los

Países Bajos, el marqués de Castel Rodrigo, nos indican que habrá guerra y todo apunta a que será antes que después. Los franceses quieren el Franco Condado y tratarán de conseguirlo por cualquier procedimiento. Pero, en fin, como eso no tiene remedio —el tono de don Diego era de resignación— lo que ahora me importa es que tú estés a salvo.

—¿Tan grave es la situación?

—Más de lo que puedas pensar. Luis XIV, a quien no se le han pagado los quinientos mil ducados de la dote de su mujer, la infanta María Teresa, afirma que la renuncia que su esposa hizo a sus derechos como hija de Felipe IV no es válida porque no se ha cumplido con la cláusula del pago. En consecuencia reclama, ignorando el derecho de gentes y las leyes que rigen las relaciones entre los países, y aduciendo una norma en desuso del derecho local de Brabante, que su esposa, reina de Francia, a la que no ha dejado de ponerle los cuernos con mademoiselle de La Valière todos estos años, tiene derecho preferente de herencia sobre el Franco Condado y nos exige su entrega. Como, lógicamente nos negaremos, será la guerra. Por eso y por muchas otras cosas no puedes imaginarte lo que disfruté la otra tarde en la embajada y estos días en la corte. Volviendo a lo tuyo. Los has humillado y eso no te lo perdonarán.

—Trataré de cuidarme, pero creo que si vienen a por mí tengo pocas posibilidades de sobrevivir.

—Tienes pocas posibilidades, si permaneces en la corte. Pero si pones tierra por medio no te encontrarán y, pasado un tiempo, las aguas habrán vuelto a su cauce y podrás regresar a Madrid. Creo que lo mejor es que estés algunos meses fuera.

—Eso resulta más fácil de decir que de hacer y, aunque le tengo mucho aprecio a mi pellejo, tampoco soy de los que, llegado el momento, se esconden como una rata —respondió el pesquisidor.

El marqués no le contestó, abrió una gaveta y sacó un pequeño fajo de papeles atados con un balduque azul; de los papeles colgaban dos cintas de seda en las que pendían sendos sellos de lacre. Se los alargó a Pedro.

—Aquí tienes autorización real para embarcarte rumbo a las Indias. Pasaje para viajar en el *Santísima Trinidad*, uno de nuestro mejores galeones, que saldrá de Sevilla a mediados de mayo y rendirá viaje en La Habana. Llevas cartas de presentación para el gobernador de dicha ciudad en las que se le indica que te facilite pasaje a Tierra Firme y otra carta para el alcalde mayor de la ciudad de Santiago de los Caballeros, en la Capitanía General de Guatemala. Un poder para hacerlo valer ante la Audiencia de Chiapas y la documentación que te acredita como heredero de los bienes de tu tía, doña Blanca Mier. También van dos letras cuyo importe suma doscientos cincuenta ducados que puedes hacer efectivas o en Sevilla o en La Habana, en la casa de banca de Gonzalo de Armendáriz.

El pesquisidor estaba anonadado. Allí estaba, como si se hubiese producido un milagro, toda la documentación y algunos papeles más por los que llevaba porfiando largos años. No podía creérselo.

—¿Cómo... cómo... ha sido posible?

—Es la forma que tiene el presidente del Consejo de Castilla de agradecerte lo que has hecho para evitar un problema que le habría dado no pocos quebraderos de cabeza.

—Pero ¿vos...?

—Yo me he limitado a susurrarle al oído en el momento oportuno que era necesario que salieses de Madrid porque los franceses te buscan para picar tus hígados y echárselos de comer a los cerdos.

—¿A los cerdos?

—Sí, a los cerdos. Eso le impresionó vivamente. Creo que se acordó de lo acaecido en la embajada.

Capablanca estaba emocionado.

—Yo... yo no sé cómo agradeceros... agradeceros esto.

—El agradecido soy yo, y no puedes imaginarte cómo celebro haber tenido la ocasión, antes no había sido posible, de conseguir todos esos papeles que te van a convertir en un hombre muy rico. Espero que no te quedes allí, sino que regreses hecho un indiano, lo más pronto posible.

Pedro, que sostenía el fajo de papeles, susurró sin quitarles la vista de encima:

—Parece cosa de magia que todo se haya resuelto en tan pocas horas.

—También me lo parece a mí. Y ahora no pierdas tiempo; si puedes abandonar Madrid esta tarde, hazlo. Si no te es posible, que sea mañana, pero cuanto antes mejor. He dado instrucciones a dos criados para que desde que salgas de esta casa te acompañen adondequiera que vayas. Una precaución más: si esta noche te quedas en Madrid, no duermas en tu casa. Te cazarían como a un conejo en su madriguera.

Los dos amigos se abrazaron con fuerza, Pedro apenas podía contener la emoción. Caminaban hacia la puerta de la calle cuando el marqués le dijo:

—Se me olvidaba: en esos papeles llevas extendida una autorización para embarcar y un pasaje en blanco. Si quieres que alguien te acompañe sólo tendrás que ponerle el nombre.

# Epílogo

El pesquisidor Pedro Capablanca abandonó Madrid camino de Sevilla con el propósito de embarcarse hacia las Indias dos días después de que su amigo, don Diego de Guzmán, marqués de las Almadrabas, le hubiese hecho entrega de la documentación y los medios que le permitirían hacer aquel viaje. Aquellas dos noches durmió en el mesón de San Martín. El motivo por el que retrasó su partida un día más de lo que aconsejaba la prudencia fue para dar tiempo a que su amigo, fray Hortensio Algodonales, obtuviese del prior de su convento autorización para realizar aquel viaje. Fue decisivo para doblegar la resistencia del prior el argumento de que fray Hortensio sería el primer fraile de la orden de San Basilio que iría a las Indias, adonde llevaría la palabra de Dios, administraría sacramentos y recabaría información acerca de la conveniencia de la fundación de un convento de basilios allende los mares. Dicha gloria nadie podría arrebatársela al convento que la orden tenía en Madrid y que, fundado en 1608 en la calle del Desengaño, él dirigía con sabiduría y prudencia, además de con paciencia infinita para soportar las barrabasadas de fray Hortensio del Espíritu Santo, que era el nombre místico de Algodonales.

También influyó el hecho, no poco importante, de que el orondo fraile estaría bastantes meses fuera de Madrid, lo que, sin duda, supondría un alivio para la comunidad, que también echaría de menos sus brillantes resoluciones en materia de casuística y de moral, que tanto lustre daban a aquella casa y que eran la única razón por la que soportaban las correrías en que se ejercitaba junto a ese amigo que el demonio había puesto a su vera y que se llamaba Pedro Capablanca.

Otra de las razones para que el pesquisidor retrasase su salida, que tanto preocupaba al marqués de las Almadrabas, fue la compra que hizo de un extraordinario mantón que adquirió en la más reputada tienda de paños que había en los soportales de la plaza Mayor para Isabel Valle Ropero a la que, además, entregó doce ducados para que se los administrase a Pascualillo, si al muchacho le llegaban tiempos de necesidad.

También consideró de cortesía y... algo más despedirse de doña Beatriz, quien le dijo que fuera cual fuese el resultado de su viaje, siempre esperaría que su regreso a Madrid no se demorase por mucho tiempo.

El estreno de *El astrólogo fingido* fue el 17 de abril, segundo Domingo de Pascua, y constituyó un éxito extraordinario. Los franceses, que habían fracasado en su propósito de provocar una asonada el Lunes de Pascua, se emplearon a fondo para que el influyente sector del clero y de la corte que se oponía a la apertura de los corrales de comedias, al considerar tales lugares como antros donde públicamente se ofendía de Dios y se cometían toda clase de pecados derivados de la promiscuidad que suponía para ellos la concurrencia a un mismo lugar de personas de diferentes sexos intentase evitar la representación, pero fracasaron estrepitosamente. Trataban, como último recurso a su alcance una vez fracasado el robo del manuscrito, que el escándalo envolviese a la representación. El oro francés, una vez más, corrió abundante para comprar voluntades. Grupos de gente se apostaron en las calles próximas al corral de la Cruz con el propósito de provocar a quienes acudían al estreno. Los enfrentamientos fueron fuertes porque, avisados de tal posibilidad, había también partidas prevenidas para hacer frente a los provocadores. Muy pronto se sumaron a ellos los *mosqueteros*, gente acostumbrada a la pendencia y al enredo. Cuando alguien extendió la voz de que los alborotadores estaban pagados por los franceses, se desató contra ellos la ira popular y hubo numerosos contusionados y heridos. El escarmiento fue tal que los que habían adquirido entradas con el mismo propósito de provocar un escándalo durante la representación, optaron por la prudencia.

El éxito fue total. Se jaleó al dramaturgo como en los tiempos del gran Lope, obligándole a salir al escenario. También la compañía de Pardiñas se apuntó un gran tanto. Todo el mundo alabó la escenografía de Loti y los artilugios que el italiano había puesto en funcionamiento para crear efectos extraordinarios. Tanto fue el éxito, que la obra prolongó sus representaciones durante veintitrés días, lo que suponía una marca pocas veces alcanzada.

Por Madrid se rumoreó que la reina había acudido a ver la representación. Lo más probable es que el rumor fuese uno más de los que circulaban por los mentideros y que careciese de fundamento. No era doña Mariana de Austria mujer que gustase de aquellos deleites, ni su confesor, el severo Nithard, la animaría a que se deslizase por tan peligrosa pendiente en punto tocante a la salvación de su alma.

Un día de comienzos del mes de mayo de aquel año de 1667 en que Pedro Capablanca y fray Hortensio Algodonales fueron a registrarse como pasajeros del *Santísima Trinidad*, que ya estaba fondeado en el puerto de Sevilla, le fue entregada una carta al primero de ellos, la cual había llegado por la posta de Madrid a aquella dirección. La remitía don Pedro Calderón de la Barca y decía así:

A don Pedro de Capablanca

Sin la habilidad de vuesa merced y sin su esfuerzo no hubiese sido posible resolver el cúmulo de imponderables que se oponían al estreno de *El astrólogo fingido*, cuyo éxito me ha recordado mejores tiempos para nuestra escena. Hubiese supuesto una gran satisfacción para mi persona el que vuesa merced estuviese en Madrid estos días, pero Su Excelencia el marqués de las Almadrabas me ha dicho que ha emprendido vuesa merced un largo viaje para resolver asuntos de su patrimonio. Le deseo que todo salga según la voluntad de vuesa merced.

Para su regocijo he de comunicarle que Su Majestad la reina, acompañada de su confesor y consejero, el padre Nithard, han acudido, con suma discreción, a ver la representación desde uno de los aposentos del corral. Se ha difundido el rumor de que así ha sido, pero la mayoría no lo cree posible dado el carácter de Su Majestad y el rechazo del confesor a toda representación que vaya más allá de los autos sacramentales. Puedo haceros esta afirmación porque tuve el honor de acompañar a Su Majestad en el citado aposento, desde el cual seguimos las incidencias de la representación. Me pidió que le guardase el secreto, pero sin que me obligase a hacerlo con ningún tipo de compromiso. Por eso os lo cuento y también porque vuesa merced es la única persona que sabe que el asunto de que trata esta comedia, cuyos azarosos avatares para haber sido llevada al escenario tan a fondo conoce vuesa merced, fue sugerido por la propia reina y su confesor para poner en entredicho cierto horóscopo que los partidarios de Su Alteza, don Juan José de Austria, han hecho circular para impulsar sus ambiciones políticas y darle un varapalo a las mismas.

Ruego a vuesa merced me siga guardando ese secreto que en su día le confié y este que ahora acabo de confiarle, sabedor de que la discreción de que hace gala vuesa merced es la mejor garantía de ello.

B. L. M. de vuesa merced, su agradecido y humilde servidor,

Don Pedro Calderón de la Barca

*Cabra, a 13 días del mes de abril de 2004*

J. C. P.

# Nota final

*El manuscrito de Calderón* recrea el ambiente del Madrid de la minoría de edad de Carlos II bajo la regencia de su madre, doña Mariana de Austria y el valimiento del confesor de la reina, el padre Everardo Nithard.

El ambiente en torno al teatro se atiene a los parámetros de la época. También la lucha por el poder en la corte responde a planteamientos históricos. La actitud desafiante y altiva de los franceses responde a la realidad de sus comportamientos; es una creación literaria la forma en que queda recogida en los episodios que se exponen en las páginas de este libro.

En ese marco se desarrolla la aventura de Pedro Capablanca, el pesquisidor, y de su amigo fray Hortensio Algodonales, personajes de ficción creados por el autor al igual que Isabel Valle, Pascualillo o Sancho Birriel, el ciego de la Bureba.

Está documentada la rotura de una redomilla llena de líquido pestilente en el estreno de una comedia, que obligó a desalojar el corral. Ocurrió durante la representación de una obra de Ruiz de Alarcón; posiblemente, quien indujo a la fechoría fue Lope de Vega, cuya rivalidad con el autor mexicano alcanzaba límites insospechados. El autor la ha trasladado a una supuesta rivalidad de Calderón de la Barca con Agustín Moreto por razones de la trama.

Don Pedro Calderón de la Barca era, a la altura de 1667, una figura consagrada y la de mayor relieve en un panorama literario en franca decadencia. Escribió, en fecha muy anterior, una obra titulada *El astrólogo fingido*, pero su argumento nada tiene que ver con el expuesto en estas páginas. Sí es cierto que don Juan José de Austria se hizo un horóscopo en Flandes, donde se le vaticinaba que ceñiría una corona.

En el Madrid del siglo XVII existió el mesón de la Perendanga, verdadero núcleo de la mala vida de la época; también el descampado de San Blas y el corral de la Cruz, cuya propietaria era la Cofradía de Nuestra Señora de la Soledad y Niños Expósitos. El mesón de San Martín no existió en aquel Madrid, pero sí una calle y un postigo con ese nombre. Los nombres de las calles responden a la realidad de aquel Madrid, según el plano de Pedro de Texeira, de 1656.

JOSÉ CALVO POYATO

[illegible] titulada *El astrólogo fingido* [illegible]

[illegible] de Austria [illegible]

En el Madrid [illegible] de la Penitencia [illegible]

[illegible] Madrid, [illegible]

[illegible]

José [illegible]